U0128015

神思：藝術的精靈

再版前言

這套「中國美學範疇叢書」初版於二〇〇一年，時隔十五年再版，作為編委與作者，依然感到書不盡言，言不盡意。

中國美學範疇，顧名思義，是對中國數千年源遠流長的美學與文藝史理論的概括。範疇這個術語本是從西方哲學引進的。西方所謂範疇是指人類主體對事物普遍本質的認識與把握。它與概念不同，概念一般反映某個具體事物的類屬性，而範疇則是對事物總體本質的認識與把握。中國美學的範疇與西方美學相比，富有體驗性與感知性，善於在審美感興中直擊對象，這種範疇把握，融情感與認識、哲理與意興於一體，正如嚴羽《滄浪詩話》所説「唐人尚意興而理在其中」。中國美學範疇，實際上是中國古代美學與哲學智慧的彰顯，也是藝術精神的呈現。諸如感興、意象、神思、格調、情志、知音等美學範疇，既是對中國美學與文藝活動的總結與概括，也是人們從事藝術批評時的器具。對中國美學範疇的認識與研究，不僅是一種學術研究與認識，而且還是一種體驗與濡染的精神活動。中國美學範疇的生成與闡述，與個體生命的活動息息相關，這種美學範疇在社會形態日漸工具化的今天，其精神價值與藝術價值越發顯得重要。中國當代美學範疇與精神的構建，毫無疑問應當從中國傳統美學範疇中汲取滋養。

這套叢書緣起於一九八七年，當時正是國內人文思潮湧動的時候，那時我還是在中國人民大學哲學系美學教研室任教的一名年輕副教授。吾師蔡鍾翔教授與中國人民大學中文系的同事成復旺、黃保真教授一起編寫出版了《中國文學理論史》，接著又發起與組織編寫了「中國美學範疇叢書」，歷時十三年，於二〇〇一年由百花洲文藝出版社出版了第一輯，有《美在自然》、《文質彬彬》、《和：審美理想之維》、《興：藝術生命的激活》、《原創在氣》、《因動成勢》、《風骨的意味》、《意境探微》、《意象範疇的流變》、《雄渾與沉鬱》等十本。我承擔了其中的《和：審美理想之維》、《興：藝術生命的激活》兩本。

在編寫這套叢書時，蔡老師作為主編，撰寫了總序，確定了基本的編寫思想，對於什麼是中國美學範疇及其特點，作出了闡釋，將其歸納為：一、多義性與模糊性；二、傳承性與變易性；三、通貫性與互滲性；四、直覺性與整體性；五、靈活性與隨意性。這五點是中國美學範疇的特點。強調中國美學範疇的認識與體驗、情感與理性、個體與總體的有機融合。另外，蔡師也強調「中國美學範疇叢書」的編寫與出版，是隨著中國美學的研究深入而催生的。在上個世紀八十年代初的美學熱中，對於中國美學史的興趣成為當時亮麗的風景線，我在當時也開始寫作《六朝美學》一書。而隨著中國美學史研究的深入，人們越來越對中國美學範疇產生了濃厚的興趣，在當時，意象、意境、境界、神思、比興、妙悟等範疇成為人們的談資，時見於論文與著作中，也是文藝學與美學中的熱門話題。正是有鑒於此，彙集這方面的專家與學者，編寫一套專門研究中國美學範疇的高水平叢書的策劃，便應運而生。正如蔡師在全書總序中所說：「『叢書』選題主要是元範疇和核心範疇，也包括少量重要的衍生範疇，在這些範疇之內涵蓋若干相關的次要範疇。這是對中國傳統美學範疇的一次全面深入的調查，工程是浩大的、艱難的，但確是意義深遠的，它將為中國美學和中國文論的史的研究和體系研究打下堅實的基礎。」

這套書從策劃到編寫，再到出版，歷經十多年，作為撰寫者與助手的我，見證了蔡師的嘔心瀝血，不辭辛勞。比如揚州大學古風教授撰寫的《意境探微》一書，傾注了蔡老師審稿時的大量心血。儘管古教授當時已經在《中國社會科學》、《文藝研究》、《文學評論》等刊物發表了相關論文，在這方面成果不少，但是蔡老師本著精益求精的方針，反覆與他通信商談書稿的修改，經過多次打磨與修改之後，最後形成了目前出版的書稿。記得那時我和蔡老師都住在人民大學校內，每次我去他家拜訪時，總是見到他在昏黃的檯燈下伏案看稿與改稿，聊天時也是談書稿的事。有時他對作者書稿的質量與修改很是著急與焦慮，我也只好安慰他幾句。

本叢書體現這樣的學術立場與宗旨。這就是：一、追求「究天人之際，通古今之變，成一家之言」的學術旨趣。每本書都以範疇的歷史演變與範疇的結構解析為基本框架，同時，立足於探討中國美學範疇的當代價值與當代轉化。作者在遵循基本體例的同時，又有著鮮明的個性與觀點，彰顯「和而不同」的學術自由精神。二、本著「萬物並育而不相害，道並行而不相悖」的兼容并包之襟懷，融會中西，將中國美學範疇與西方美學與文化相比較，盡量在比較中進行闡釋，避免全盤西化或者唯古是好的偏執態度。

值得一提的是，叢書的第一輯出版後，在二〇〇二年五月二十五日，叢書編委會與江西百花洲文藝出版社在中國人民大學中文系舉行了第一輯的出版座談會，當時在京的一些著名學者侯敏澤、葉朗、童慶炳、張少康、陳傳才，以及詹福瑞、韓經太、左東嶺、朱良志、張晶、張方等學者參加了座談會並作了發言，我也有幸與會。學者們充分肯定了這套叢書的出版對於推動中國美學的研究，有著積極的意義，認為這套書具有很高的學術水準。與會者讚揚這套書體現了古今融會、歷史的演變與範疇的解析相貫通的學術特色，同時也提出了中肯的意見。正是在這些鼓勵之下，叢書的編委會與作者經過五年的繼續努力，於二〇〇六年底出版了叢書第二輯的十本，即《美的考索》、《志情理：藝術的基元》、《正變・通變・新變》、《心物感應與情景交融》、《神思：藝術的精靈》、《大音希聲——妙悟的審美考察》、《虛實掩映之間》、《清淡美論辨析》、《雅論與雅俗之辨》、《藝味說》等。第二輯與第一輯相比，內容更加豐富，涉及中國美學與藝術的一些深層範疇，寫法愈加靈動，與藝術創作的結合也更加明顯。顯然，中國美學範疇研究的水平隨著叢書的推進也得到相應的提升。

從二〇〇六年叢書第二輯出版至今天，一晃又過去了十年。令人哀傷的是，蔡老師因病於二〇〇九年去世了。原先設想的出版三十本的計劃也終止了。在這十年中，中國美學範疇的研究有了很大的進展，比如將中國美學範疇與中國文化、中國哲學相連繫的論著問世不少，將中西美學範疇進行比較研究的成果也頗為可觀。但是這套叢書的學術價值歷經時間的考驗，不但沒有過時，相反更顯示出它的內在價值與水平。時值當下對中國傳統文化與國學的研究與討論的熱潮，這套叢書的實事求是的治學態度，認真負責的撰寫精神，以及浸潤其中的追求人文與學術統一、古今融會、中西交融的學術立場，不追逐浮躁，潛心問學的心志，在當前越發彰顯其意義與價值。在當前研究中國美學的書系中，這套叢書的地位與價值是不可替代的，在今天再版，實在是大有必要。在這十年中，發生了許多變故，叢書的顧問王元化、王運熙先生，副主編陳良運先生，編委黃保真先生，作者郁沅先生等，以及當初關心與幫助過這套叢書的著名學者侯敏澤、童慶炳先生，還有責任編輯朱光甫先生，已經離世，令人傷懷。對於他們的辛勞與幫助，我們將永遠銘記在心。今天，這套叢書的再版，也蘊含著紀念這些先生的意義在內。

本次再版，百花洲文藝出版社本著弘揚優秀傳統文化的宗旨，經過與作者協商，在重新校訂與修訂的基礎之上，將原來的叢書出版，個別書目因各種原因，未納入再版系列。相信此次再版，將在原來的基礎之上，提升叢書的水平與質量。至於書中的不足，也有待讀者的批評與指正。

袁濟喜

二〇一六年十二月三十一日

總序

範疇，是對事物、現象的本質連繫的概括。範疇在認識過程中的作用，正如列寧所指出的，它「是區分過程中的梯級，即認識世界的過程中的梯級，是幫助我們認識和掌握自然現象之網的網上紐結」(《哲學筆記》)。人類的理論思維，如果不憑藉概念、範疇，是無法展開也無從表達的。美學範疇，同哲學範疇一樣，是理論思維的結晶和支點。一部美學史，在一定意義上也可以說是一部美學範疇發展史，新範疇的出現，舊範疇的衰歇，範疇含義的傳承、更新、嬗變，以及範疇體系的形成和演化，構成了美學史的基本內容。

中國傳統美學範疇，由於文化背景的特殊性，呈現出與西方美學範疇迥然不同的面貌，因而在世界美學史上具有獨特的價值。中國現代美學的建設，非常需要吸納融匯古代美學範疇中凝聚的審美認識的精粹。自二十世紀八十年代後期以來的十餘年中，美學範疇日益受到我國學界的重視，古代美學和古代文論的研究重心，在史的研究的基礎上，有逐漸向範疇研究和體系研究轉移的趨勢，這意味著學科研究的深化和推進，預計在二十一世紀這種趨勢還會進一步加強。到目前為止，研究美學、文藝學範疇的論文已大量湧現，專著也有多部問世，但嚴格地說，系統研究尚處在起步階段，發展的前景和開拓的空間是十分廣闊的。中國傳統美學範疇的特點是很突出的，根據現有的研究成果，大致可以歸結為以下幾點：

一、多義性和模糊性。範疇中的大多數，古人從來沒有下過明確的定義或界說，因此，這些範疇就具有多種義項，其內涵和外延都是模糊的。如「境」這個範疇，就有好幾種含義。標榜「神韻」說的王士禎，卻缺乏對「神韻」一詞的任何明晰的解說。不僅對同一範疇不同的論者有不同的理解，同一個論者在不同的場合其用意也不盡相同。一個影響很大、出現頻率很高的範疇，使用者和接受者也只是仗著神而明之的體悟。

二、傳承性和變易性。範疇中的大多數，不限於一家一派，而是從創建以後便一代一代地傳承下去，成為歷代通行的範疇，但於其傳承的同時，範疇的內涵卻發生著歷史性的變化，後人不斷在舊的外殼中注入新義，大凡傳承愈久，變易就愈多，範疇的內涵也就變得十分複雜。如「興」這個範疇，始自孔子，本是屬於功能論的範疇，而後來又補充進「感興」、「興會」、「興寄」、「興托」等含義，則主要成為創作論的範疇了。

三、通貫性和互滲性。古代美學中有相當數量的範疇是帶有通貫性的，即貫通於審美活動的各個環節。如「氣」這個範疇，既屬本體論，又屬創作論；既屬作品論，也屬作家論，又屬批評、鑑賞論。至於各個範疇之間的互滲，如「趣」和「味」的互滲，「清」和「淡」的互滲，包括對立的互轉，如「巧」和「拙」的互轉，「生」和「熟」的互轉，就更加普遍。因而範疇之間千絲萬縷、交叉糾纏的關係，形成一個複雜的網絡。

四、直覺性和整體性。許多範疇是直覺思維的產物，其美學內涵究竟是什麼，只可意會，不可言傳。典型的例子如「味」這個範疇，什麼樣的作品是有滋味的，如何賞鑒作品才是品「味」，怎樣才是「辨於味」，「味外味」又何所指等等，都是不可能用言語來指實，只能是一種心領神會的直覺解悟。既然是直覺的，即不經過知性分析的，就必然是整體的把握。如風格論中的許多範疇，何謂「雄渾」，何謂「沖淡」，何謂「沉著痛快」，何謂「優游不迫」，都不可條分縷析。直覺性與模糊性無疑是有不可分割的連繫的。

五、靈活性和隨意性。漢語中存在大量的單音詞，其組合功能極強，一個單音詞和另一個單音詞組合便構成一個新的複音詞。中國古代美學利用組詞的靈活性，創建了許多新的範疇，如「韻」和「氣」組合構成「氣韻」，「韻」和「神」組成「神韻」，「韻」和「味」組成「韻味」，等等。而這種靈活性可以說達到了隨意的程度，一個主幹範疇能繁育滋生出一個龐大的範疇群或範疇系列，舉其極端的例子而言，如「氣」，不僅構成了「氣韻」、「氣象」、「氣勢」、「氣格」、「氣味」、「氣脈」、「氣骨」，還演化成「元氣」、「神氣」、「逸氣」、「奇氣」、「清氣」、「靜氣」、「老氣」、「客氣」、「孱氣」、「傖氣」、「山林氣」、「官場氣」等等，當然這些衍生的名稱未必都算得上範疇，但確有一部分上升到了範疇的地位。

上述這些傳統美學範疇的特點，也就是研究中的難點，要給予傳統美學範疇以現代詮釋，而不是以古釋古，難度是很大的。根本的問題在於古今思維方式的差異。我們現代的思維方式，基本上是採納了西方的思維方式，因此在詮釋中很難找到對應的現代語彙，要將傳統美學範疇裝進現代邏輯的理論框架，便會感到方枘圓鑿，扞格難通。中國的傳統思維，經歷了不同於西方的發展道路，即沒有同原始思維決裂，相反地卻保留了原始思維的若干因素。我們不能同意西方某些人類學家的論斷，認為中國的傳統思維還停留在原始思維的水平。中國古人的理論思維在先秦時代已達到很高的水平，所保留的原始思維的痕跡，有些是合理的，保持了宇宙萬物的整體性和完整性，不以形式邏輯來切割肢解，是符合辯證法的原理的，在傳統美學範疇中也表現出這種長處。因此，研究中國美學範疇，必須結合古人的思維方式，連繫整個中國傳統文化的大背景來考察，庶幾能作出比較準確、接近原意的詮釋。範疇研究的深入自然會接觸到體系問題。中國古代美學家、文論家構築完整的理論體系者極少，但從範疇的整體來看是否構成了一個統一的體系呢？範疇的層次性是較為明顯的，如有些研究者區分為元範疇、核心範疇（或主幹範疇）、衍生範疇（或從屬範疇）等三個或更多的層次。但範疇之有無邏輯體系，研究者尚持有截然不同的觀點。我們傾向於首肯「潛體系」的說法，即範疇之間存在有機的連繫，範疇總體雖然沒有顯在的體系，卻可以探索出潛在的體系。但要將這種「潛體系」轉化為「顯體系」並非易事，因為這是兩種思維方式的轉換，轉換實際上是重建。有些研究者梳理整合出了一套範疇體系，只能是一家之言，是一種先行的試驗。由於對個別範疇還未研究深透，重建整個中國美學理論體系的條件就沒有完全成熟。於是我們萌發了一個構想，就是編輯一套「中國美學範疇叢書」，每一種

（或一對）範疇列一專題，寫成一本專著，對其美學內涵作詳盡的現代詮釋，並盡量收全在其自身發展的不同歷史階段上的代表性用法和代表性闡述，力爭通過歷史的評析揭示各範疇內涵邏輯展開的過程。「叢書」選題主要是元範疇和核心範疇，也包括少量重要的衍生範疇，在這些範疇之內涵蓋若干相關的次要範疇。這是對中國傳統美學範疇的一次全面深入的調查，工程是浩大的、艱難的，但確是意義深遠的，它將為中國美學和中國文論的史的研究和體系研究打下堅實的基礎。

這一工程從一九八七年開始策劃，歷時十三年，得到許多中青年學者的熱烈響應。更有幸的是，在世紀交替之年，獲得江西省新聞出版局和百花洲文藝出版社領導的大力支持，在他們的努力下，「叢書」被列入「十五」國家重點圖書出版規劃，「叢書」共計三十本，預定在四年內分三輯出齊。為此組織了力量較強的編委會，投入了充足的人力、物力、財力，力爭使「叢書」成為精品圖書。我們萬分感佩江西出版部門充分估計「叢書」學術價值的識見和積極為文化建設做貢獻的熱忱。最終的成果也許難以盡愜人意，但我們相信「叢書」的出版，必將在中國美學範疇研究的長途跋涉中留下一串深深的足印。

蔡鍾翔

陳良運

二〇〇一年三月

內容提要

「神思」由南北朝時期最著名的文藝理論家劉勰提出，在中國古典美學中是一個有重要理論價值的範疇。關於「神思」的理解與闡釋，或以為是藝術想像，或以為是靈感，或以為是構思，本書則認為：「神思」是中國古典美學中關於藝術創作思維的核心範疇，其內涵包括了文學創作的準備階段、創作衝動的發生機制、藝術構思的基本性質、創作靈感的發生狀態、審美意象的產生過程以及作品的藝術傳達階段等。「神思」具有自由性、超越性、直覺性和創造性特點，是一個動態的運思過程及思維方式，而非靜止的概念。「神思」有著感興的發生機制，它又是與創作者的虛靜審美心態密切連繫的。想像是「神思」中的主要內涵，並體現出內視性。「神思」的發生往往是以偶然性為特徵的。

目次

第三章

「神思」的虛靜審美心態

第四章

「神思」與藝術創作思維中的想像

第五章

「神思」與審美意象

第九章
「神思」與作家的主體因素

第十章
「神思」與藝術表現及審美形式

第十一章
「神思」與審美構形

第十二章
「神思」與藝術媒介

緒　論

「神思」作為美學範疇的本體追問

第一節　中國古典美學範疇活力的彰顯與建構

「神思」在中國古典美學的園囿中，是一棵充滿活力綴滿鮮果的樹。它紮根於中國文化與哲學的沃壤之中，汲納了中華民族的思想精華，有著悠遠的歷史，又為中華民族的文學藝術創造了無數具有耀眼光彩和獨特魅力的傑作。對於中國古代美學範疇的梳理，對於建構具有鮮明民族特色的美學體系，「神思」這個範疇的考察不僅是不可迴避的，而且，是有著非常重要的理論價值的。在中華美學傳統的宏大框架裡，「神思」綰合了一些相關範疇而居於顯要位置的部分。在某種意義上也可以這樣看，很大程度上，「神思」較為充分地體現了中華美學的民族特色。「神思」是在審美創造主體的思維層面的核心範疇。

說到範疇研究，筆者於此表示一點淺顯的看法。有關範疇的哲學與美學意義，已在前此的專著與論文中[1]得到了較為深入的闡發，這裡也許沒有置喙的必要。然而，從中國古代美學的當代價值這樣一個角度來看，中國古典美學範疇的研究及學理性闡釋，不僅是有必要的，而且是現階段最有建設性意義的工作。若干年來我國理論界（尤其是古代文藝理論界）所倡揚的古代文論的現代轉換，是古代美學與文論研究中的一個熱門話題，其目的自然是使中國古代美學和文論，在當代的文藝理論建設中實現自己的價值，煥發出生機與活力；同時，又使我國當前的美學研究更多地發出中華民族自己的聲音。

在這個轉換的進程中，範疇建設是非常重要的一翼。無論是西方美學還是中國美學，範疇都是支撐整個體系的「骨骼」。西方美學之所以有其鮮明的特色，一個重要的因素是在其漫長的歷史中形成了一系列成熟的範疇，如「優美」、「崇高」、「悲劇」、「喜劇」、「和諧」、「淨化」、「荒誕」等等。中國古典美學中也有許多內涵獨特而豐富的範疇，如「形神」、「風骨」、「神思」、「感興」、「妙悟」、「意境」、「情景」等等，這些範疇都頗為典型地體現著中國人獨特的思維方式，有著濃郁的中國氣派。應該說，中國古典美學範疇比西方更為豐富，但也更為繁雜。這些範疇的存在及其相互連繫，使中國美學與西方美學相比有著毫不遜色的抗衡實力，同時，也有互補的優勢。

客觀地說，與西方相比，中國古代美學的範疇，多是處在素樸的、直觀的形態下，體現了中國學者的以直觀感悟為主的思維特色，而缺少理論上的明晰性與邏輯上的嚴密性，對於這些範疇，批評家們拿來即用，很少加以理論上的界定與說明，即便是有所說明，也多半

1 如張岱年著《中國古典哲學概念範疇要論》、汪湧豪著《範疇論》和蔡鍾翔等《範疇研究三人談》等。

是描述性、比喻性的，而少有對此範疇的內涵與外延的嚴格定義。如司空圖的《二十四詩品》，作者對所標舉的詩學範疇只是用詩的語言加以比喻。以「沖淡」品為例，什麼是「沖淡」呢？《二十四詩品》云：「素處以默，妙機其微。飲之太和，獨鶴與飛。猶之惠風，荏苒在衣。閱音修篁，美曰載歸。遇之匪深，即之愈稀。脫有形似，握手已違。」全然是用詩的語言，對「沖淡」範疇作比喻性的描述。再如「興趣」這個範疇，宋代詩論家嚴羽這樣論述：

盛唐諸人唯在興趣，羚羊掛角，無跡可求。故其妙處，透徹玲瓏，不可湊泊。如空中之音，相中之色，水中之月，鏡中之象，言有盡而意無窮。（《滄浪詩話》〈辨〉）

這也是借用一些禪學的話頭來比喻興趣的特徵。對範疇不加界定，隨機運用，這也是中國古代藝術批評中的普遍性做法。這就造成了中國古代美學範疇的某種模糊性與直觀性。與西方的美學範疇相比，長於直觀而缺少嚴格界定是客觀事實。

但是，我們更應看到，中國古代美學的範疇雖然較為鬆散，較為直觀，卻又有著無可比擬的豐富性與審美理論價值。西方的美學範疇，很多是從哲學家的哲學體系中派生出來的，是其哲學體系中很嚴密的有機部分，而與具體的藝術創作、鑑賞，卻較為疏遠；而中國古典美學則不然，它們是與具體的文學藝術創作、批評共生的，水乳交融的。大多數範疇都是在具體的藝術評論中產生的，因此，帶著濃郁的藝術氣質和經驗性狀。再就是範疇表述的美文化，譬如劉勰對「風骨」這個重要的美學範疇的描述：

是以怊悵述情，必始乎風，沉吟鋪辭，莫先乎骨。故辭之待骨，如體之樹骸，情之含風，猶形之包氣。結言端直，則文骨成焉；意氣駿爽，則文風清焉。若豐藻克贍，風骨不飛，則振采失鮮，負聲無力。是以綴慮裁篇，務盈守氣，剛健既實，輝光乃新。其為文用，譬征鳥之使翼也。（《文心雕龍》〈風骨〉）

再如《文心雕龍》〈物色〉篇中的「贊」對「物色」這個範疇的描述：「山沓水匝，樹雜雲合。目既往還，心亦吐納。春日遲遲，秋風颯颯。情往似贈，興來如答。」都是非常形象而又充滿詩意的。再如張炎在詞學中提出「清空」的範疇，他這樣論述說：

詞要清空，不要質實。清空則古雅峭拔，質實則凝澀晦昧。姜白石詞如野雲孤飛，去留無跡。吳夢窗詞如七寶樓台，眩人眼目，碎拆下來，不成片段。此清空質實之說。[2]

這種以優美的、詩化的語言來論述範疇者，在中國古典美學資料中是俯拾即是的。這種藝術氣質和美文化的特色，不但不是弱點，恰恰是中國美學最有價值、最有生機的成分。

然而，中國美學的大多數範疇，不如西方美學的一些基本範疇那樣具有最大的涵蓋性和普適性，有那種現當代的中西美學都廣泛接受的深刻影響，原因是多種多樣的，但其中重要的一點，在於它們失之於漫漶繁雜，並且理論的抽象程度不夠，各個範疇之間也往往邊緣不清，你中有我、我中有你的情況是存在於許多範疇之中的。這種情況

2 《詞源》卷下，見唐圭璋編：《詞話叢編》第一冊，中華書局1985年版，第259頁。

卻為我們的研究提供了一個很大的空間，也使所謂「現代轉換」有了切實的課題。對於中國古典美學範疇重新進行審視、闡釋和整合，這是「轉換」的可行性途徑。我們的工作目的，是要使這些範疇具有較為嚴謹的理論形態，有內涵與外延的界定，有自己的邏輯起點。一方面重新煥發它們的生機與活力，使它們那種「生香活色」的藝術氣質和美文化的特色得以彰顯與傳播；另一方面，則是使其更為理論化、系統化和邏輯化，具有較為嚴密的表述方式。對於中國古典美學範疇的研究，一個切實的工作思路當是熔煉整合。

所謂「熔煉整合」，有兩方面的含義：一是將相同或相近範疇的資料集中到一起，加以提煉，納入到一個主範疇的構架之中，使之既有豐富的底蘊與內涵，又有高度的綜合性質；二是梳理各主範疇之間的有機連繫，形成一個有著深刻的內在關係的範疇網絡。這樣就可以形成一個既有鮮明的中華民族特色，又有較為嚴密的邏輯連繫的美學體系。

第二節　「神思」：關於藝術創作思維的核心範疇

在中國古典美學的諸範疇中，「神思」是一個關於藝術創作思維的核心範疇或曰主範疇、基本範疇。之所以稱之為核心範疇，是因為它可以涵蓋藝術創作思維的基本性質，可以將與藝術創作思維有關的範疇綰合在一起，並且概括了藝術思維的全過程。

「神思」這個範疇，當然是由魏晉南北朝時期卓越的文論家劉勰在《文心雕龍》〈神思〉中正面提出的。劉勰並非是憑一時的心血來潮，或全然的主觀臆想，而是對以往關於藝術創作思維的論述的綜合、提煉與升華。尤其是西晉時期陸機的《文賦》，更是劉勰「神思」論的直接理論來源。陸機在《文賦》中，以十分優美、生動的辭賦語言描述了文學創作從創作前的準備，到藝術構思的進入；從靈感的突起，到作品的藝術表現。陸機雖然是以形象的語言作精美的描述，但與劉勰的《文心雕龍》〈神思〉相比，還遠不如後者的理論深度和概括高度。我們現在從範疇的角度可以看出，劉勰對「神思」的論述在古典美學的範圍內，不僅是「前無古人」，也可以說是「後無來者」的。如果說在劉勰以前，「神思」的有關思想還只是處於「萌芽」狀態，那麼，到了劉勰這裡，「神思」作為中國美學的重要範疇已然以十分成熟的形態樹起了一塊聳然而立的碑石。

關於「神思」有各種理論上的闡釋，或以之為藝術構思，或以之為藝術想像，或以之為靈感，或以之為藝術創作的運思過程（參見本書第二章的有關論述）。筆者以為這些觀點都有相當充分而客觀的道理，在「龍學」和「神思」論的研究中都可以卓然成家。但從筆者的「熔煉整合」的意識來看，「神思」可說是有關藝術創作思維的基本範疇。劉勰之前，已有「神思」這個詞語的出現，同時，也有一些有關藝術思維的零散論述；劉勰之後，有許多文論家、詩論家、畫論家等從不同的側面將「神思」的思想加以延伸和發揮，而從對「神思」作為範疇的全面建設上來說，仍然要推劉勰《文心雕龍》中的〈神思〉篇為最系統、最理論化的表述。本書對「神思」這個美學範疇的考察，自然也以劉勰的〈神思〉篇為重心。但筆者又認為「神思」是一個中國古典美學中關於藝術創造思維的核心範疇，所涉及問題的廣度和深度並不止於〈神思〉一篇，許多文論家、詩論家、畫論家等都為「神思」論做出了獨特的理論貢獻。因此，筆者對「神思」論的考察，又並不侷限於《文心雕龍》中的〈神思〉篇，而是綰合諸多論者的相關論述，進行分析和綜合，對「神思」論作出較為全面客觀而又具有現實的理論意義的闡釋。

依筆者之見，「神思」論可視為藝術創作思維的核心範疇。它可以包含狹義和廣義兩個層面：狹義是指創作出達於出神入化的藝術傑作的思維特徵、思維規律和心意狀態；廣義則是在普遍意義上揭示了藝術創作的思維特徵、思維過程和心理狀態。它包含了審美感興、藝術構思、創作靈感、意象形成乃至於審美物化這樣的重要的藝術創造思維的要素，同時，它是對藝術創作思維過程的動態描述。

「神思」在一個層面上是指創作出達於至高境界也即出神入化的藝術作品的思維活動。「入神」在中國古典美學中是對於藝術作品的一種相當高的價值評判，也是一種由必然而入自由的藝術創作狀態。唐代大詩人杜甫所說的「讀書破萬卷，下筆如有神」，就是指超越了規矩法度、進入自由境界的狀態，而創作出的是非常獨特的、具有很高審美價值的作品。宋人嚴羽在《滄浪詩話》〈詩辨〉中說：「詩而入神，至矣，盡矣，蔑以加矣。」這是嚴羽論詩的至高標準。畫論、書論也以「神品」為最高品級。唐代著名書論家張懷瓘將書法藝術分為「神」、「妙」、「能」三品，以「神品」為至上之品。這些都說明在中國人對藝術品的評價中，「神」是至高的品級。而從陸機和劉勰對「神思」的建設性論述中，我們也可以看到，從某種意義上講，「神思」並非一般的思維活動，而是那種在創作出藝術佳構時的文思泉湧、氣勢充沛、意象縱橫的藝術思維的最佳狀態。劉勰所說的「吟詠之間，吐納珠玉之聲；眉睫之前，卷舒風雲之色：其思理之致乎！」所創造的是十分美妙的意象，並非庸常的東西。與「神思」密切相關的一個概念「天機」，也可以將其歸屬於「神思」這個大的範疇之內，它所表徵的便是那種超乎一般的靈思，是指創作出最佳、最獨特的作品的契機。藝術理論家們所談論的「天機」，都是指那些被人們視為出神入化的奇妙佳構，對這些作品的創作動因充滿了無限的神往。陸機所說的「方天機之駿利，夫何紛而不理」描述的是文思的湧暢，創作出的是非常美好的作品。明代詩論家謝榛對戴復古「春水渡傍渡，夕陽山外山」的讚賞「屬對精確，工非一朝」，認為是由「天機」而成：「詩有天機，待時而發，觸物而成，雖幽尋苦索，不易得也。」（《四溟詩話》卷二）宋代著名的畫論家董逌對大畫家李公麟的高度評價，也認為其為「天機自張」[3]：「至其成功，則無毫髮遺恨。此殆技進乎道，而天機自張者耶？」以「天機」論藝，都是指達於化境的藝術佳構。這恰恰正是「神思」的一種內涵。

對於「神思」的理解與闡釋，有的學者認為是藝術想像，有的認為是靈感，有的認為是藝術構思，這些都是有著充分的理由的，因為「神思」論中非常深刻地論述了有關藝術想像、靈感、構思等問題；然而，如果把「神思」等同於或想像、或靈感、或構思，都是不完整的、不夠確切的，因為從劉勰《文心雕龍》〈神思〉篇和陸機《文賦》來看，都是將「神思」作為藝術創作思維的整體加以論述的，包含了藝術創作思維的全過程和多方面的特質。在筆者看來，「神思」是中國古典美學中關於藝術創作思維的核心範疇，其內涵包括了文學創作的準備階段、創作衝動的發生機制、藝術構思的基本性質、創作靈感的發生狀態、審美意象的產生過程以及作品的藝術傳達階段等。「神思」具有自由性、超越性、直覺性和創造性等特點，是一個動態的運思過程及思維方式，而非靜止的概念。

「神思」體現了創作主體的自由本質，突破時間與空間的限制，使

3　董逌：《廣川畫跋》，見於安瀾編：《畫品叢書》，上海人民美術出版社1982年版，第290頁。

想像的翅膀衝破客觀時空的隔層，上可達於天，下可入之地；可以回溯於千載之前，可以馳騁於百代之後。劉勰對「神思」的界定明確指出了藝術創作思維的這種特點：「古人云：『形在江海之上，心存魏闕之下。』神思之謂也。文之思也，其神遠矣。故寂然凝慮，思接千載；悄焉動容，視通萬里。」（《文心雕龍》〈神思〉）陸機《文賦》所說的「精騖八極，心游萬仞」，都是突破客觀時空的侷限，精神活動的範圍沒有邊界，可以穿越時間的鉛幕，可以打破空間的藩籬，而創造出另一個獨特的審美時空來。「神思」的自由性質還在於不拘於成法，變化萬端，進入一種自然靈妙的境界。「神」的含義所指：一是神靈和精神的作用，二是指微妙的變化。這裡引張岱年先生的論述以說明之：

以「神」表示微妙的變化，始於《周易大傳》。〈繫辭上傳〉云：「陰陽不測之謂神。」又云：「神無方而易無體。」又云：「知變化之道者，其知神之所為乎！」〈說卦傳〉云：「神也者妙萬物而為言者也。」這就是說：「神」表示陰陽變化的「不測」、表示萬物變化的「妙」。何謂「不測」？〈繫辭下傳〉云：「易之為書也不可遠，為道也屢遷，變動不居，周流六虛，上下無常，剛柔相易，不可為典要，唯變所適。」所謂「不測」即「不可為典要」，唯變所適之義，表示變化的極端複雜。「妙」，王肅本作「眇」，妙眇古通，即細微之意。「妙萬物」即顯示萬物的細微變化。韓康伯〈繫辭注〉云：「神也者，變化之極，妙萬物而為言，不可以形詰者也。故曰陰陽不測。嘗試論之曰：原夫兩儀之運，萬物之動，豈有使之然哉？莫不獨化於太虛，欻爾而自造矣。」韓氏以「變化之極」解釋「神」，基本上是正確的，「神」表示變化的複雜性。[4]

「神思」之「神」，首先是微妙變化之意，而「神思」則是變化莫測的運思。如唐代張懷瓘所說的「千變萬化，得之神功，自非造化發靈，豈能登峰造極！」（《書斷》〈中〉）

「神思」是一種直覺性的思維方式，作家汲納物像，進行運化熔冶，創造出新的意象。陸機《文賦》說：「其致也，情曈曨而彌鮮，物昭晰而互進。」、「物」即是物像。劉勰則稱為「物色」。劉勰說：「是以詩人感物，聯類不窮；流連萬象之際，沉吟視聽之區。寫氣圖貌，既隨物以宛轉；屬采附聲，亦與心而徘徊。」（《文心雕龍》〈物色〉）指出詩人的思維過程是以物像為其材料的。「神思」並非停留於物像的汲納和運動，而是將其熔冶為新的審美意象，《文心雕龍》〈神思〉篇中所說的「窺意象而運斤」，此處的「意象」，便是經過詩人運化熔冶而形成的審美意象，它帶著鮮明的創造性，是以往所未曾有過的。「神思」的「思」，作為一種審美之思，不僅是認識，更多的是包含著新創、生成，新的審美意象便由此而誕生。「神思」不是邏輯思維的過程，而是一種難以言傳的微妙思致。正如劉勰在《文心雕龍》〈神思〉篇中所說：「至精而後闡其妙，至變而後通其數。伊摯不能言鼎，輪扁不能語斤，其微矣乎！」非常形象而准確地道出了「神思」的這種直覺的性質。

「神思」是與藝術創作主體的審美情感融合為一的。「神思」論高度重視情感在「神思」中的作用。「情」的發動，是「神思」產生的動因；在作家的構思過程中，「情」也一直是聯結、改造物像進而形成新

4 張岱年：《中國古典哲學概念範疇要論》，中國社會科學出版社1987年版，第97頁。

的審美意象的最重要的因素。劉勰所說的「人稟七情，應物斯感。感物吟志，莫非自然」（《文心雕龍》〈明詩〉）；陸機所說的「遵四時以嘆逝，瞻萬物而思紛；悲落葉於勁秋，喜柔條於芳春」（《文賦》）；鍾嶸所說的「氣之動物，物之感人，故搖盪性情，形諸舞詠」（《詩品序》）；等等，都認為「情」應外物而勃發，成為文學創作的動因。而在藝術構思的過程中，「情」是一直貫穿於始終的重要因素。「神思」的運化，當以「吟詠情性」為要務，如劉勰所說之「為情而造文」。劉勰認為，作品的文采是由創作主體的內在情感自然生發而成的。他說：「夫以草木之微，依情待實；況乎文章，述志為本：言與志反，文豈足征？」（《文心雕龍》〈情采〉）所謂「志」，這裡主要是指主體的情感。而且，在劉勰看來，「神思」是以意象為基元而貫通連屬的，意象又是由「情」孕化而成的，他在《文心雕龍》〈神思〉篇的「贊」語中說：「神用象通，情變所孕。」準確地道出了情感在「神思」中的重要作用。但是這個「情」，不能簡單地視為個人的日常化的情感、情緒，而是某種業已經過了中和、昇華，並賦予了一定形式感的審美情感。劉勰在《文心雕龍》中有〈情采〉一篇，提出「情采」的概念，也就是使情感與形式結合，所謂「情文」，正是情感的審美化。

「神思」雖是直覺性的思維，以審美意象為創造目的，但卻並非是非理性的，而是將理性的思致或云「義理」融化在意象之中，或以警策透辟的力度，挺立在諸多意象之中。陸機非常強調篇中的「警策」，主張「立片言以居要，乃一篇之警策，雖眾辭之有條，必待茲而效績」（《文賦》），這裡的「警策」，當然是指「義理」的警動人心。陸機認為這種「警策」之句是全篇的核心和靈魂。陸機《文賦》又說：「理扶質而立干，文垂條而結繁。」認為義理在文中是應立的主幹。李善《文選注》：「文之體必須以理為本。」揭明了陸機之意。劉勰在其《文心雕龍》〈隱秀〉篇中論述了「隱」和「秀」作為一對具有深刻的辯證關係的審美範疇的意義。他說：「是以文之英蕤，有秀有隱。隱也者，文外之重旨者也；秀也者，篇中之獨拔者也。隱以復意為工，秀以卓絕為巧。」、「卓絕」即有理性深刻、警動人心之意。「贊」中對「秀」的概括，此意便更為明確，贊語中說：「言之秀矣，萬慮一交。動心驚耳，逸響笙匏。」、「萬慮一交」乃是思慮的昇華，理念的精粹。但這種秀出篇章的理性華彩，不是邏輯推理式的，而是在意象運思過程中自然產生的。

「神思」作為藝術創作思維，並非僅是停留在內在觀念形態的構想上，而是將審美意象的構思與其藝術傳達結合起來同時考慮。與西方有關藝術想像論、靈感論相比，中國古代的「神思」論更為注意將意象的創造和藝術語言的表現密切結合，或者說是以確切而生動的藝術語言使內在的審美意象得以物化。陸機在《文賦序》中說：

余每觀才士之所作，竊有以得其用心。夫其放言遣辭，良多變矣。妍蚩好惡，可得而言。每自屬文，尤見其情。恆患意不稱物，文不逮意，蓋非知之難，能之難也。故作《文賦》，以述先士之盛藻，因論作文之利害所由，他日殆可謂曲盡其妙。至於操斧伐柯，雖取則不遠，若夫隨手之變，良難以辭逮。蓋所能言者，具於此云爾。

陸機所患者在於「意不稱物，文不逮意」，而他所探求的也正是以意稱物，以文逮意。陸機在《文賦》正文中一開始便將神思的運化、物像的漸次明晰，審美意象的漸次成熟，與作品的語言表現連繫起來論述：

傾群言之瀝液，漱六藝之芳潤，浮天淵以安流，濯下泉而潛浸。於是沉辭怫悅，若游魚銜鉤而出重淵之深；浮藻聯翩，若翰鳥纓繳而墜曾雲之峻。收百世之闕文，采千載之遺韻，謝朝華於已披，啟夕秀於未振；觀古今於須臾，撫四海於一瞬。

陸機在這裡以頗具詩意的語言所主張的是，以非常富於文采而獨具個性的辭語來傳達作者的構思。劉勰在《文心雕龍》〈神思〉篇中所說的「神居胸臆，而志氣統其關鍵；物沿耳目，而辭令管其樞機。樞機方通，則物無隱貌；關鍵將塞，則神有遁心。……然後使玄解之宰，尋聲律而定墨；獨照之匠，窺意象而運斤」，則是直接揭明了語言將審美意象加以物化、得以彰顯的重要功能。如何以更為確切、更有審美價值的語言來傳達、物化審美意象，這是「神思」論的一項重要的內涵。

第三節　「神思」與魏晉南北朝時期的哲學思潮

「神思」作為藝術創造思維的範疇，在魏晉南北朝時期的提出與崛起，有著內在的時代因素和哲學上的背景。就其實質而言，「神思」是對審美創造主體精神的高揚，是對審美自由追求的肯定，也是對主體創造能力的全面揭示。

在此之前，中國的美學資料中，對於審美創造主體的心理能力的分析是很難見到的。儘管美學家們把老子、莊子的「虛靜」、「心齋」等說成是審美心胸，但其實老、莊所論都非藝術創作問題。《禮記》〈樂記〉等藝術理論文獻以心物交感作為藝術發生的動因，客觀地闡釋了創作衝動的產生，但與後來魏晉南北朝時期相比，在藝術創作主體方面的解釋，都過於簡單了。而魏晉南北朝時期的「神思」論，則可以說是對審美創造主體的心理能力的首創性的描述與全面揭示。陸機的「佇中區以玄覽」，宗炳的「澄懷味像」，劉勰的「陶鈞文思，貴在虛靜」，都是講藝術構思時的審美心胸。而關於創作靈感、藝術想像，陸機、劉勰的論述至今看來仍然是相當經典的。這些都是對審美創造主體能力的全面開掘和舉揚。

主體的心理能力，超越有限，超越在場，突破身觀經驗的束縛，在心靈的世界中馳騁無垠的時空，這是人的審美心理的必然追求。「審美是令人解放的」，這種解放自然是一種心靈的解放。而這正是與魏晉時期玄學思潮及其流風餘韻有深刻的內在關係的。對於主體心靈的高揚，對於超越有形的追求，都是與當時的哲學思想有著不解之緣的。魏晉玄學即為「玄遠之學」，所要探尋的是世界的形而上的本體，恰如著名學者湯用彤先生在與漢代哲學思想的對比中所概括的玄學的特點：

> 魏晉之玄學則不然。已不復拘拘於宇宙運行之外用，進而論天地萬物之本體。漢代寓天道於物理。……其所探究不過宇宙之構造，推萬物之孕成。及至魏晉乃常能棄物理之尋求，進而為本體之體會。舍物像，超時空，而研究天地萬物之真際。[5]

湯用彤先生相當精闢地指出了魏晉玄學超越物像、詢問本體的哲學精神。正始時期著名的玄學家王弼、何晏創玄學中「貴無」一派，主張「天地萬物以無為本」。《晉書》〈王衍傳〉中說：「魏正始中，何

5 湯用彤：《魏晉玄學論稿》，上海古籍出版社2001年版，第44頁。

晏、王弼等祖述老莊，立論以為『天地萬物皆以無為本，無也者開物成務，無往而不存者也。陰陽恃以化生，萬物恃以成形，賢者恃以成德，不肖恃以免身，故無之為用，無爵而貴矣』。」這段話概括了「貴無派」的哲學宗旨，認為天地萬物存在的依據是萬事萬物之上的抽象本體——「無」。「有」是生於「無」的。王弼明確指出：「夫物之所以生，功之所以成，必生乎無形，由乎無名。無形無名者，萬物之宗也。」[6]又說：「天下之物，皆以有為生。有之為始，以無為本。將欲全有，必反於無也。」[7]湯一介先生闡釋說：

這就是說，天地萬物都是有形有像的具體存在物，而這些有形有象的具體存在物得以發生，是由於「無」作為本體才呈現為形形色色的具體東西，如果要想使多種多樣的具體事物都能保全，就必須把握本體之「無」。[8]

以這種「貴無」思想為開端的玄學精神，是以形上追求為其根本特徵的。玄學又稱「玄遠之學」，「玄遠」和「玄虛」、「玄妙」意義相同，都是指超越於自然和社會之上的宇宙本體。魏晉時期的玄談是以「本末有無」這樣一些形而上的命題為其主要論題的，對於超越現象的本體追求是當日的普遍思潮。

與之相關的是對人的主體精神和主體能力的高度重視。玄學風氣的一個表徵在於品藻人物，而品藻人物的價值標準更多地在於人物的內在精神氣質，即人物的「神韻」。《世說新語》中評價人物更多的是

6 《老子指略》，見樓宇烈校釋：《王弼集校釋》，中華書局1980年版，第195頁。

7 《老子》〈四十章〉注，見《王弼集校釋》，中華書局1980年版，第110頁。

8 湯一介：《郭象與魏晉玄學》（增訂本），北京大學出版社2000年版，第43-44頁。

重視人的內在精神。如論王衍：「太尉神姿高徹，如瑤林瓊樹，自然是風塵外物。」（《世說新語》〈賞譽第八〉）評嵇康：「身長七尺八寸，風姿特秀。見者嘆曰：『蕭蕭肅肅，爽朗清舉』。或云：『肅肅如松下風，高而徐引』。山公曰：『嵇叔夜之為人，岩岩若孤松之獨立；其醉也，傀俄若玉山之將崩』。」（《世說新語》〈容止第十四〉）都是揭示人物的內在神韻的。

「形」、「神」之爭作為哲學史上的重要問題，帶來了美學中對人的主體能力和地位的高度重視。從漢代以來，「形」、「神」關係漸次成為哲學論爭中的一個突出問題。這個問題，從兩漢一直到魏晉南北朝，「形」、「神」問題始終是哲學論壇上的爭論無已的問題，爭論的焦點在於是「神滅」與「神不滅」兩種觀點的針鋒相對。「形」是指人的身體，「神」則是指人的精神、靈魂。所謂「神滅」論，認為精神依賴於身體而存在，身體消亡，精神亦隨之而消失。東漢的桓譚、王充，南北朝的范縝、何承天，都持這種觀點。范縝作《神滅論》，提出「形質神用」的命題，成為「神滅」論的突出代表。而西漢的司馬遷父子提出了「神本」論：「神者，生之本也；形者，生之具也。」（《史記》卷一百三十〈太史公自序〉）以精神為形體之本，成為後來的「神不滅」論的先聲。南北朝時高僧慧遠提出著名「形盡神不滅」論，力主形體消亡而精神不滅。他從理論上論證「神」不是物質，是精而靈的東西，是永恆不滅的。他對「神」的界說是：

夫神者何耶？精極而為靈者也。精極則非卦象之所圖，故聖人以妙物而為言，雖有上智，猶不能定其體狀。……神也者，圓應無生，妙盡無名，感物而動，假數而行。感物而非物，故物化而不滅；假數而非數，故數盡而不窮。[9]

南北朝時期的著名畫家，同時也是佛教思想家的宗炳，也寫下了長篇論文《明佛論》（一名《神不滅論》），詳細論證了「神不滅」論。他認為在「形」、「神」關係中，「神」為「形」的主宰，「形」是「神」的寓處。「神」以生「形」，「形」賴「神」生。《明佛論》中說：「今神妙形粗，而相與為用。以妙緣粗，則知以虛緣有矣。」[10]在宗炳的觀念裡，「神」是第一性的，「形」是第二性的，也就是說精神產生形體。在哲學上說，硬說精神是造作物質的本源，靈魂可以脫離形體而存在，這無疑是很荒謬的。但這種荒謬也並非毫無根據，它的背景就是魏晉時期人的自我意識的發現。哲學上的「形」、「神」之辯，反映著人的主體意識的建立。說形體是靈魂的派生物，這當然是頭足倒立，但魏晉南北朝時期連篇累牘的「神不滅」論的著述，卻曲折地反映出人們對精神現象的高度重視，人們對自己內心世界的認同。也正是在這種哲學背景下，中國古典美學確立了「神」的地位，並把「神」的意義弘揚到了前所未有的高度。正是這個宗炳，他從「神不滅」論的觀念出發，在美學上提出了「山水質有而趣靈」的命題，而且還在劉勰之前，使用了「神思」的範疇。他正是在反覆闡述山水畫創作主體的心靈功能中突出了「神思」的地位，他在《畫山水序》中說：

夫以應目會心為理者，類之成巧，則目亦同應，心亦俱會，應會感神，神超理得，雖復虛求幽岩，何以加焉？又神本亡端，棲形感

9　《沙門不敬王者論》〈形盡神不滅〉，見石峻等編：《中國佛教思想資料選編》第一冊，中華書局1981年版，第85頁。

10　石峻等編：《中國佛教思想資料選編》第一冊，第233頁。

類，理入影跡，誠能妙寫，亦誠盡矣。於是閒居理氣，拂觴鳴琴，披圖幽對，坐究四荒，不違天勵之藂，獨應無人之野。峰岫嶢嶷，雲林森渺，聖賢映於絕代，萬趣融其神思。余復何為哉？暢神而已，神之所暢，孰有先焉。

我們在這裡看到，宗炳在論述山水畫的創作時，將主體的「神思」視為最為重要的因素。從宗炳這裡，最能見出「神思」的這種「形」、「神」之爭的哲學背景。

「神思」論中包含著非常出色的對於靈感的論述。陸機在《文賦》中對靈感的描述：「若夫應感之會，通塞之紀，來不可遏，去不可止。藏若景（「景」同「影」——引者注）滅，行猶響起。方天機之駿利，夫何紛而不理？」是關於靈感的論述中最為經典、最為確切的描述，在以後的「神思」論中，關於「天機」也即靈感的論述相當之多，在很大程度上代表了「神思」論在魏晉南北朝之後的發展。但是，中國的「神思」論中關於靈感的論述與西方的「靈感」論相比，有其鮮明的特點。西方的「靈感」論帶有濃重的神祕色彩，不是乞靈於神賜的「迷狂」，便是歸之於天才的稟賦，基本上都是把靈感的發生原因歸之於主體一端的，而未見有從主客體相互關係的角度加以考察。中國的「神思」論中的靈感論述（如「感興」、「天機」等）則不然，關於靈感的發生機制，中國的「神思」論基本上都是從主客體關係的角度加以論述的。「神思」論在談及靈感的發生時幾乎都是把客觀事物的變化視為主體的創作衝動不可缺少的媒質，認為靈感的發生是外物感召心靈的產物。我們可以看到，「神思」論一直是沿著心物交融、主客體相互感應的方向發展，在藝術創構中樹立起「心」與「物」、「情」與「境」相互依存、缺一不可的觀念。陸機所說的：「遵四時以嘆逝，瞻萬物而思紛。」（《文賦》）劉勰所說的：「春秋代序，陰陽慘舒，物色之動，心亦搖焉。蓋陽氣萌而玄駒步，陰律凝而丹鳥羞，微蟲猶或入感，四時之動物深矣。若夫珪璋挺其惠心，英華秀其清氣，物色相召，人誰獲安？」（《文心雕龍》〈物色〉）鍾嶸所說的：「氣之動物，物之感人。故搖盪性情，形諸舞詠。……若乃春風春鳥，秋月秋蟬，夏雲暑雨，冬月祁寒，斯四候之感諸詩也。嘉會寄詩以親，離群托詩以怨。至於楚臣去境，漢妾辭宮；或骨橫朔野，魂逐飛蓬；或負戈外戍，殺氣雄邊；塞客衣單，孀閨淚盡，或士有解佩出朝，一去忘返；女有揚蛾入寵，再盼傾國；凡斯種種，感蕩心靈，非陳詩何以展其義？非長歌何以騁其情？」（《詩品序》）這些都以「感物」來論述創作衝動的發生。此後的詩論、畫論中對藝術靈感的認識，也都是感物而發、觸物而興。如《文鏡秘府論》中論「感興」一勢云：「感興勢者，人心至感，必有應說，物色萬象，爽然有如感會。」認為「感」是「心」、「物」之間的「感會」。宋代著名畫論家董逌以「天機」論畫，他說：

山水在於位置。其於遠近闊狹，工者增減，在其天機。務得收斂眾景，發之圖素。惟不失自然，使氣象全得，無筆墨轍跡，然後盡其妙。故前人謂畫無真山活水，豈此意也哉？燕仲穆以畫自嬉，而山水尤妙於真形。然平生不妄落筆，登臨探索，遇物興懷。胸中磊落，自成邱壑。至於意好已傳，然後發之。或自形象求之，皆盡所見，不能措思慮於其間。[11]

11　董逌：《廣川畫跋》，見於安瀾編：《畫品叢書》，上海人民美術出版社1982年版，第297頁。

董氏對李公麟畫評價最高，論其畫云：

伯時於畫，天得也。常以筆墨為遊戲，不立寸度，放情蕩意，遇物則畫，初不計其妍蚩得失。至其成功，則無毫髮遺恨。此殆進技於道，而天機自張耶？[12]

這些對「感興」、「天機」也即靈感的論述，都是以「心」、「物」之間的感遇為前提的。這並非偶然，而是與中國哲學中最為核心的基本觀念「天人合一」有深刻連繫的。

天人關係是中國古代哲學中非常重要的命題，「究天人之際」，是哲人們的普遍追求。「天」在其中的一個層面而言，指宇宙自然。從這個意義上說，「天人合一」指的是人與宇宙自然的統一與和諧。張岱年先生認為：「中國古代哲學家所謂『天人合一』，其基本的涵義就是肯定『自然和精神的統一』，在這個意義，天人合一的命題是基本正確的。」[13]張岱年先生關於「天人合一」的命題有這樣的概括說明：

關於人與宇宙之關係，中國哲學中有一特異的學說，即天人合一論。中國哲學之天人關係論中所謂天人合一，有二意義：一天人相通，二天人相類。天人相通的觀念，發端於孟子，大成於宋代道學。天人相類，則是漢代董仲舒的思想。[14]

在筆者看來，「天人合一」起於先秦哲學中的孟子和老莊思想，中

12 董逌：《廣川畫跋》，見於安瀾編：《畫品叢書》，第290頁。

13 張岱年：《中國哲學中「天人合一」思想的剖析》，《北京大學學報》1985年第1期。

14 張岱年：《中國哲學大綱》，中國社會科學出版社1982年版，第173頁。

經漢代的董仲舒「天人相副」和魏晉玄學「自然」觀的推演，至宋明理學到達高峰。

魏晉玄學「自然」觀，主要是對老莊哲學中的「天人合一」思想的秉承與發展。《老子》〈二十五章〉云：「人法地，地法天，天法道，道法自然。」《莊子》〈知北遊〉云：「汝身非汝有也。……孰有之哉？曰：是天地之委形也。生非汝有，是天地之委和也。性命非汝有，是天地之委順也。子孫非汝有，是天地之委蛻也。」人的一切皆非獨立於自然，而是自然之物。「自然」有二義，一為「自然而然」、「自成」之義；二為宇宙、自然界之義，這二者又是相通的。亞里士多德說：「一般說來，萬物所由生成者為自然，萬物所依以生成之范型亦為自然，其所生成者如一草一木，或一動物皆具有自然本性。」[15]張松如教授認為亞氏這段話恰可為老子之語的「真詮」，他說：

據此推演，而概括出「道法自然」的結論來，當然是可以成立的。若謂老氏所說「自然」誼為「自成」，則「道法自然」便正可表達出「道自因」這一概念。詹劍峰云：「所謂道自因，即從整個自然來看，自然事物的原因都在自然本身之中，不在自然之外。這就同恩格斯所說：『斯賓諾莎：實體是自身原因——把相互作用明顯地表現出來了』[16]相接近了。也可以說是具體而微。」[17]這豈不正好證明：老子「法自然」的道論，乃是以自然界為本原的，並且是對自然界本來面目的樸素的瞭解，不附加任何外來的成份。這無疑是唯物主義的自然觀了。[18]

15　亞里士多德：《形而上學》（中譯本），商務印書館1959年版，第136頁。

16　恩格斯：《自然辯證法》，《馬克思恩格斯全集》第20卷，第574頁。

17　詹劍鋒：《老子其人其書及其道論》，湖北人民出版社1982年版，第203頁。

18　張松如：《老子說解》，齊魯書社1998年版，第156頁。

張松如先生在這裡把「自然」的雙重含義令人信服地揭示出來。魏晉玄學中的主要幾派都倡導「自然」，主張人與自然的親和。這對魏晉時期的藝術理論和藝術創作，都有非常深遠的影響。山水詩、山水畫的勃興，都與這種思潮有深切的關係。宗白華先生有這樣精闢的論斷：「晉人向外發現了自然，向內發現了自己的深情。」[19]可謂一語中的。

「神思」論重情，這在前面已有論列，而「神思」中的「情」，並非止於一般的日常情感或情緒，而是經過提純、昇華且加以形式化的審美情感。在藝術創造過程中，「情」一直伴隨著「神思」，也可以說是「神思」的重要內涵，而其超越了一般的日常情感的性質進而審美化，是「神思」的情感蘊含的重要特質。「神思」論中的重「情」及其審美化的升華，是與中國哲學中的「性情」觀有深刻的內在連繫的。

關於「情」的內涵，荀子曾有這樣的界說：「形具而神生，好惡喜怒哀樂臧焉，夫是之謂天情。」（《荀子》〈天論〉）又說：「性之好惡喜怒哀樂謂之情。」（《荀子》〈正名〉）《禮記》〈禮運〉篇云：「何謂人情？喜怒哀懼愛惡欲七者，弗學而能。」從這些說法來看，「情」本屬於天然的、本能的情感、情緒。但「情」往往表現為一種感性的衝動，為了使之中庸合度，哲學上便很早有「性情」概念的出現。「性」和「情」是密切相關卻又有相當大的區別。「性」是人的內在的社會性本質，是較為理性化的。董仲舒論性情說：「天地之所生，謂之性情。性情相與為一瞑。情亦性也。謂性已善，奈其情何？」（《春秋繁露》〈深察名號〉）表現了性善情惡的傾向。《白虎通》〈性情〉篇云：「性

19 宗白華：《論〈世說新語〉和晉人的美》，見《藝境》，北京大學出版社1986年版，第131頁。

情者，何謂也？性者陽之施，情者陰之化也。人稟陰陽氣而生，故內懷五性六情。情者，靜也。性者，生也。此人所稟以生者也。故《鉤命決》曰：情生於陰，欲以時念也。性生於陽，以就理也。陽氣者仁，陰氣者貪，故情有利慾，性有仁也。」又說：「五性者何謂？仁義禮智信也。……六情者，何謂也？喜怒哀樂愛惡謂六情。」這些說法，都代表了中國哲學對「性」、「情」的基本看法。性情相應，使情得以中和，理性與感性處於協調狀態，而這也是使情感具有審美性質的端倪所在。

魏晉玄學中有「聖人有情」和「聖人無情」的爭論，而以王弼的「聖人有情」論最後成為人們認同的命題。「聖人無情」本是漢魏間流行學說，是當時名士間的普遍觀點。何晏即為「聖人無情」之代表，而王弼則另創新論，主「聖人有情」之說。何劭《王弼傳》云：

何晏以為聖人無喜怒哀樂，其論甚精，鍾會等述之，弼與不同，以為：聖人茂於人者神明也，同於人者五情也。神明茂，故能體沖和以通無；五情同，故不能無哀樂以應物。然則聖人之情，應物而無累於物者也。今以其無累，便謂不復應物，失之多矣。[20]

以何晏為代表的傳統觀點認為聖人不應有情，其說則如湯用彤先生所闡釋的：

夫內聖外王，則天行化，用舍行藏，順乎自然，賞罰生殺，付之天理。與天地合德，與治道同體，其動止直天道之自然流行，而無休

20　樓宇烈校釋：《王弼集校釋》，中華書局1980年版，第640頁。

戚喜怒於其中，故聖人與自然為一，則純理任性而無情。[21]

而在王弼看來，聖人之所於高於眾人，並非在於他的無情，而在於他「茂於神明」；而從人的情感角度來看，聖人與眾人是一樣的，「同於人者五情也」，聖人的喜怒哀樂與眾人是一樣的。然而，聖人的「茂於神明」使之可以體認沖和，達於「無」之本體，其「五情」也是秉之自然。如王弼在與荀融書中說：「夫明足以尋極幽微，而不能去自然之性，顏子之量，孔父之所預在，然遇之不能無樂，喪之不能無哀。」（何劭《王弼傳》）即是認為，聖人的「神明」可以通於本體的幽微之處，卻不能離開自然性情（「性」可以統性情而言，此處「性」字即指情），也不能沒有喜怒哀樂。湯用彤先生闡釋說：

王弼曰：「五情同，故不能無哀樂以應物。」蓋輔嗣之論性情也，實自動靜言之。心性本靜，感於物而動，則有哀樂之情，故王弼《論語釋疑》曰：「夫喜懼哀樂，民之自然，應感而動，則發乎聲歌。」（皇疏四）又曰：「情動於中，而形於言，情正實而後言之不怍。」（皇疏七）夫感物而動為民之自然，聖亦感物而有應，應物則有情之不同，故遇顏子而不能不樂，喪顏子而不能不哀，哀樂者心性之動，所謂情也。歌聲言貌者情之現於外，所謂「形」也。聖人雖與常人同有五情，然聖人之情，應物而無累於物。無累於物者，樂而不淫，哀而不傷，亦可謂應物而不傷。……情制性則人為情之奴隸（為情所累）而放其心，日流於邪僻。性制情，則感物而動，動不違理，故行為一歸於

21 湯用彤：《王弼聖人有情義釋》，見《魏晉玄學論稿》，上海古籍出版社2001年版，第67頁。

正，《易》〈乾卦〉之言「利貞者性情也。」王弼注曰：「不性其情，何能久行其正，利而正者必性情也（性情即性其情）。性其情者謂性全能制情，性情合一而不相礙。」[22]

由此可見，王弼認為聖人同常人一樣，都有「五情」，但能夠「性其情」，使之中和不失其正。

王弼的「聖人有情」論對於魏晉時期士大夫的「重情」傾向是有相當深刻的影響的。宗白華先生於此有充分的論述，不妨引此以為說明，宗先生說：

晉人雖超，未能忘情，所謂「情之所鐘，正在我輩（王戎語）！」是哀樂過人，不同流俗。尤以對於朋友之愛，裡面富有人格美的傾慕。《世說》中〈傷逝〉一篇記述頗為動人。庾亮死，何揚州臨葬云：「埋玉樹著土中，使人情何能已已！」傷逝中猶具悼惜美之幻滅的意思。

顧長康拜桓宣武墓，作詩云：「山崩溟海竭，魚鳥將何依？」人問之曰：「卿憑重桓乃爾，哭之狀其可見乎？」顧曰：「鼻如廣莫長風，眼如懸河決溜！」

顧彥先平生好琴，及喪，家人常以琴置靈床上，張季鷹往哭之，不勝其慟，遂徑上床，鼓琴，作數曲竟，撫琴曰：「顧彥先頗復賞此否？」因又大慟，遂不執孝子手而出。

22　湯用彤：《王弼聖人有情義釋》，見《魏晉玄學論稿》，第71頁。

桓子野每聞清歌，輒喚奈何，謝公聞之，曰：「子野可謂一往有深情。」

王長史登茅山，大慟哭曰：「琅琊王伯輿，終當為情死！」

阮籍時率意獨駕，不由路徑，車跡所窮，輒痛哭而返。

深於情者，不僅對宇宙人生體會到至深的無名的哀感，擴而充之，可以成為耶穌、釋迦的悲天憫人；就是快樂的體驗也是深入肺腑，驚心動魄；淺俗薄情的人，不僅不能深哀，且不知所謂真樂：王右軍既去官，與東土人士營山水弋釣之樂，游名山，泛滄海，嘆曰：「我卒當以樂死！」

晉人富於這種宇宙的深情，所以在藝術文學上有那樣不可企及的成就。[23]

從宗白華先生所舉的這些例子，不難看到魏晉南北朝時期的士大夫們普遍的重「情」傾向，而這種「情」，在大多數情形下，帶有濃厚的審美性質，是以「宇宙的深情」來叩問人生。玄學中的「聖人有情」，自然也便成為重要的哲學依據。

依筆者所見，「神思」在中國古典美學系統中的地位是非常重要的。它包括了有關藝術構思、藝術想像、創作靈感、審美意象創造以及藝術表現等藝術創作思維的整體過程，是關於藝術創作思維的核心

23 宗白華：《論〈世説新語〉和晉人的美》，見《藝境》，北京大學出版社1987年版，第131頁。

範疇，而在藝術想像、創作靈感、意象創造等方面的論述是十分深刻而充分的，而且毫不遜色於西方美學同類問題的成就，就其與藝術創作的相關性而言，又是超過了後者的。

「神思」論以異常豐富的語言，揭示了藝術創作思維那種超越法度、變化無窮的特質，同時還指出了客觀事物作為藝術創作思維的觸媒的重要作用。不僅如此，「神思」論還將藝術思維的直觀性和創造性凸現出來。「思」是以新的意象、新的境界、新的藝術生命的創造為其基本功能的。「神思」之「思」，是明顯地有別於認識論中的邏輯思維的。

「神思」論有著頗為廣泛的社會性的哲學淵源。魏晉時期的「形」、「神」之爭、「天人合一」的思想以及「聖人有情無情」等哲學命題，使「神思」這個美學範疇有著更為深刻的內涵，同時，也更多地體現出中華美學的民族特色。

在以往的古典美學與文藝理論領域中，關於「神思」的研究已有深厚而堅實的基礎，在某一方面也有相當深入的理論建樹，這對於中華美學的建構已有豐碩的貢獻。但把「神思」作為一個藝術創作思維的核心範疇所進行的整體性把握，尚未之有。這本小書乃是要在這方面作一些初步的探尋。

第一章

「神思」作為重要美學範疇的首創

第一節　「神思」的歷史前源

在中國古典美學的範疇發展史上，「神思」作為一個概念提出來是遠在劉勰的《文心雕龍》之前，而劉勰在《文心雕龍》中才把「神思」熔鑄成一個相當成熟的美學範疇。

從字面上看，漢末建安時期的曹植在他的作品中已經有了「神思」這個詞，如曹植的《陳審舉表》中有「又聞豹尾已建，戎軒鶩駕，陛下將復勞玉躬，擾掛神思。」這裡的「神思」無非是思慮之意。而曹植的《寶刀賦》云：「規圓景以定環，攄神思而造像。」（《藝文類聚》卷六十）這個「神思」，已是「奇妙之思」的意思。孔融《薦祢衡表》稱祢衡云：「目所一見，輒誦於口。耳所暫聞，不忘於心。性與道合，思若有神。」也是說祢衡的文思有如神助，非常敏捷。《晉書》載管輅曾云：「吾與劉穎川兄弟語，使人神思清發，昏不假寐。」這裡的「神思」，指的是思維神智。

劉宋時期的著名畫論家宗炳，最早在藝術思維的意義上使用「神思」的概念。宗炳的《畫山水序》，是最早的山水畫論。宗炳從他對「形神」問題的看法出發，在《畫山水序》中明確地提出「應會感神」、「暢神」等命題，同時，也將「神思」作為藝術思維的美學概念正式運用。《畫山水序》中說：「峰岫嶢嶷，雲林森渺。聖賢映於絕代，萬趣融其神思，余復何為哉，暢神而已。神之所暢，孰有先焉。」、「神思」在此即是超越時空、主客合一的神奇之思。徐復觀先生闡釋這段話道：

> 「峰岫嶢嶷，雲林森渺」，此乃山之形，亦即山之靈、山之神。自己之精神，解放於形神相融之山林中，與山林之靈之神，同向無限中飛越，而覺「聖賢映於絕代」，無時間限制；「萬趣融於神思」，無空間之間隔；此之謂「暢神」，實即莊子之所謂逍遙游。

徐復觀還在「萬趣融於神思」後加括號說「此時主客合一，即莊子所謂『物化』、『天游』」[1]。徐復觀的理解是較為客觀的。宗炳在畫論中重神，有著南北朝時期「神滅」、「神不滅」的哲學論爭的背景，宗炳在哲學上是力主「神不滅」的，他的著名佛學論文《明佛論》就是闡發他的「神不滅」的觀點的。而在山水畫的創作上，他所提出的「神」，有主客體兩個方面的含義：一是審美主體的「神」，即人的精神，「暢神」、「神思」是也；二是山水所蘊含的神韻，「應會感神」、「神

1 見《中國藝術精神》，春風文藝出版社1987年版，第207頁。

本亡端」是也。「神思」，就是指飛越時空的藝術思維。

在字面上並未出現「神思」，而在實質上真正成為劉勰的「神思」論的淵源的，是晉朝陸機《文賦》中的有關論述：

若夫應感之會，通塞之紀，來不可遏，去不可止。藏若景滅，行猶響起。方天機之駿利，夫何紛而不理？思風發於胸臆，言泉流於唇齒。紛葳蕤以馺遝，唯毫素之所擬。文徽徽以溢目，音泠泠而盈耳。及其六情底滯，志往神留，兀若枯木，豁若涸流。攬營魂以探賾，頓精爽而自求。理翳翳而愈伏，思軋軋其若抽。是故或竭情而多悔，或率意而寡尤。雖茲物之在我，非餘力之所戮。故時撫空懷而自惋，吾未識夫開塞之所由。

這段論述之所以為人們所重視，在於它非常生動準確地描述了藝術創作中的靈感狀態。這當然不能全然等同於「神思」這個美學範疇的全部意義，但從靈感思維這個層面上看，《文賦》這段話是對劉勰的「神思」影響最為直接的。這也是中國古代文論與美學中關於靈感的最有代表性的論述。

這段論述是中國古代美學中靈感理論中最有代表性的，無論哪種文學批評史、美學史之類的著述，都很難迴避它、忽略它。「神思」不能全然等同於靈感，但靈感卻是「神思」這個範疇最為重要的方面。陸機的這段話，也是劉勰「神思」論的主要源頭。無疑地，陸機對靈感思維的描述是非常生動直觀的，而且正面觸及了藝術創作中靈感思維的一些主要特徵。如靈感思維的突發性、偶然性和創造性等。陸機以「天機」作為藝術創作靈感思維的代名詞，「天機」的有無，是文學創作是否成功的關鍵所在。這裡首先指出的是靈感思維的突發性，「來不可遏，去不可止。藏若景滅，行猶響起」，當藝術思維中靈感降臨時是突如其來的，不可遏止的，而它離開的時候，也是無法挽留的。二是「天機」的降臨，還使創作呈現出高度亢奮、「駿利」的狀態。當此之時，詩人頭腦中的意象紛湧而至，而且很快形成了有序的內在結構（所謂「夫何紛而不理」）。三是「天機」的有無也是作品是否能獲得充分適合文思的藝術表現形式的最重要因素。當「天機駿利」時，靈思如春風鼓蕩於胸臆，優美的語言文辭如泉水般流溢而出。四是作品由此獲得了極佳的審美效果。這裡又因之談到文學意象的視聽審美效果問題。「文徽徽以溢目」，是說作品文采斐然，其內在視象燦溢目前；「音泠泠而盈耳」，是說作品的音韻之美，使人們獲得了異常豐富的聽覺美感。陸機還從反面描述了當「天機」隱遁、靈思無蹤時的情形，「六情底滯，志往神留，兀如枯木，豁如涸流」。思路是那樣的蹇澀，如同乾涸的河床。詩人寫成的篇什，有無「天機」作為它的創造性機制，是作品高下優劣的根由所在。「天機」不曾「光顧」，雖是苦思殫慮，寫出來的東西卻可能是有很多瑕疵（即「或竭情而多悔」），而有「天機」相助，那麼，可能雖是一揮而就，倚觀可待，卻是珠圓玉潤，透徹玲瓏（即所謂「或率意而寡尤」）。由此可見，「天機」的確是文學創作不可或缺的思維機制。

看起來，「天機」也即「神思」是不可控制的，正如陸機《文賦》所說的：「雖茲物之在我，非餘力之所戮。故時撫空懷而自惋，吾未識夫開塞之所由。」似乎是無法把握它的機樞。但陸機並未把它全然神祕化。與西方有關靈感的論述取並不相同的途徑。西方的「靈感」理論把靈感或歸之於「神賜迷狂」，或歸之於主體的天才，都是忽略客體因素的。而陸機的《文賦》，一開始就把「天機」的產生置於主客體的交互感通之中。所謂「應感之會」，指的就是作家心靈與外物的感應。在

《文賦》的開端之處，陸機說：

佇中區以玄覽，頤情志於典墳。遵四時以嘆逝，瞻萬物而思紛。悲落葉於勁秋，喜柔條於芳春。心懍懍以懷霜，志眇眇而臨雲。詠世德之駿烈，誦先人之清芬；游文章之林府，嘉麗藻之彬彬。慨投篇而援筆，聊宣之乎斯文。

這裡是闡釋文學創作的發生條件，也是創作靈感的產生因素。其中有二：一是與自然事物的交流感應，興發了創作情思；二是閱讀《典》、《墳》經籍，從文化遺產中獲得滋養。「中區」也即天地宇宙之中。「玄覽」，即細緻地觀察。李善《文選注》引《老子》〈十章〉「滌除玄覽」，河上公註：「心居玄冥之處，覽知萬事，故謂之玄覽也。」[2] 這第一句就是說創作主體與宇宙大化的交流感應。「遵四時以嘆逝」等四句，都是在說四時遷逝、萬物榮枯感發人的心靈，從而興發了創作的衝動。這是陸機所說的「天機駿利」的產生原因。

第二節　「神思」作為藝術創作思維範疇在《文心雕龍》中的提出

「神思」作為穩定的、成熟的審美範疇的正式提出，是在劉勰的《文心雕龍》中。《文心雕龍》作為一部文藝理論著作，它的體大思精，在中外文論史上都是罕見的。全書五十篇，形成一個相當嚴密的體系。而〈神思〉篇在這個體系中擔負著非同小可的重要角色。首先

2 見《老子道德經河上公章句》，中華書局1993年版，第147頁。

弄清〈神思〉在《文心雕龍》中的地位與作用，這對於我們認識「神思」是有重要價值的。一般來說，按劉勰自己在〈序志〉篇中所闡明的，五十篇分為上篇與下篇。前二十五篇是上篇，是論文之「綱領」。其中前五篇，即〈原道〉、〈征聖〉、〈宗經〉、〈正緯〉、〈辨騷〉是總論，劉勰稱之為「文之樞紐」。從〈明詩〉到〈書記〉這二十篇分論各體文章，可稱為「文體論」，劉勰概括說：「若乃論文敘筆，則囿別區分，原始以表末，釋名以章義，選文以定篇，敷理以舉統。上篇以上，綱領明矣。」後面的二十五篇，即為下篇。而從〈神思〉到〈總術〉這十九篇是論述創作的各個方面，一般被稱為創作論。〈時序〉是論述文學與時代的關係，〈物色〉是論述文學創作與自然景物之間的關係（筆者則認為此篇可歸入創作論中），〈才略〉、〈程器〉是論述作家的才稟與品德，〈知音〉是論述文學批評的態度與方法。〈序志〉這篇，不論具體問題，卻是全書的總序所在，它的作用是「以馭群篇」。劉勰在〈序志〉中論及下篇說：「至於割情析采，籠圈條貫，摛神性，圖風勢，苞會通，閱聲字，崇替於〈時序〉，褒貶於〈才略〉，怊悵於〈知音〉，耿介於〈程器〉，長懷〈序志〉，以馭群篇。下篇以下，毛目顯矣。」（《文心雕龍》〈序志〉）這就是《文心雕龍》的大致結構。

〈神思〉是創作論的首篇，也是創作論的綱領所在。劉勰在〈神思〉篇中稱「神思」為「馭文之首術，謀篇之大端」，足見其對「神思」地位的重視。著名的文藝理論家王元化先生這樣論述〈神思〉篇在《文心雕龍》體系中的地位：

劉勰以〈神思〉篇作為統攝創作論諸篇的總綱，正是體現了他把想像活動（神思）的藝術思維看作是貫串全部創作過程的觀點，這是一種卓識。[3]

這個意思是非常清楚的，在王元化先生看來，劉勰是把〈神思〉作為創作論的總綱的，而且，在某種意義上來說，後面的創作論諸篇，如〈體性〉、〈風骨〉、〈通變〉、〈定勢〉等，都是〈神思〉的展開。他又指出：

〈神思〉篇作為創作論的第一篇，闡明想像貫串在藝術構思的全過程中。……〈神思〉篇是《文心雕龍》創作論的總綱，統攝了創作論以下諸篇的各重要論點。前者埋伏了預示了後者，後者則進一步說明了發揮了前者。[4]

已故的著名《文心雕龍》研究家牟世金先生也持這種看法，而且進一步發揮為自己對〈神思〉在《文心雕龍》的體系中地位的明確認識：

〈神思〉篇從創作原理上確立了劉勰創作論的整個體系，揭示了他的創作論所要研究的全部內容。因此，〈神思〉就可成為我們研究劉勰整個創作體系的一把鑰匙。

有人認為：「〈神思〉篇是《文心雕龍》創作論的總綱，幾乎統攝了創作論以下諸篇的各重要論點。」這是很有見地的，〈神思〉的確是劉勰整個創作的總綱。不過，既然是總綱，就不能僅僅是統攝創作論

3　王元化：《文心雕龍創作論》，上海古籍出版社1984年版，第209頁。

4　王元化：《文學沉思錄》，上海文藝出版社1983年版，第7頁。

的「重要論點」，從「論點」上來找〈神思〉和其他各篇的連繫，有些「重要論點」也是很難連繫得上的。……所謂「總綱」，必須統領全部創作論的內容，囊括從〈神思〉到〈物色〉的整個創作論體系。劉勰的創作論，全部內容都是按〈神思〉中提出的綱領來論述的，他在具體論述中，雖然有所側重，但〈神思〉以下二十一篇的主旨，並沒有超出其總綱的範圍。[5]

從總體上看，筆者是頗為贊成這種觀點的。從美學和文藝理論的角度來看，《文心雕龍》中最有價值的要推創作論諸篇，因為這些篇章非常系統地、深刻地闡述了文學創作的一些內在規律，創作論諸篇從各個側面論述了創作中的一些基本問題，〈神思〉則是以創作思維為核心，概括了文學創作的全過程。現在不妨將〈神思〉篇全文錄下，以見其本來面目。

古人云：「形在江海之上，心存魏闕之下。」神思之謂也。文之思也，其神遠矣。故寂然凝慮，思接千載；悄焉動容，視通萬里。吟詠之間，吐納珠玉之聲；眉睫之前，卷舒風雲之色：其思理之致乎！故思理為妙，神與物游。神居胸臆，而志氣統其關鍵；物沿耳目，而辭令管其樞機。樞機方通，則物無隱貌；關鍵將塞，則神有遁心。是以陶鈞文思，貴在虛靜，疏瀹五藏，澡雪精神。積學以儲寶，酌理以富才，研閱以窮照，馴致以懌辭。然後使玄解之宰，尋聲律而定墨；獨照之匠，窺意象而運斤。此蓋馭文之首術，謀篇之大端。夫神思方運，萬涂競萌；規矩虛位，刻鏤無形。登山則情滿於山，觀海則意溢

5 牟世金：《文心雕龍譯註》，齊魯書社1995年版，第52頁。

於海；我才之多少，將與風雲而並驅矣。方其搦翰，氣倍辭前；暨乎篇成，半折心始。何則？意翻空而易奇，言征實而難巧也。是以意授於思，言授於意；密則無際，疏則千里。或理在方寸而求之域表；或義在咫尺而思隔山河。是以秉心養術，無務苦慮；含章司契，不必勞情也。

人之稟才，遲速異分；文之制體，大小殊功。相如含筆而腐毫，揚雄輟翰而驚夢，桓譚疾感於苦思，王充氣竭於思慮，張衡研《京》以十年，左思練《都》以一紀：雖有巨文，亦思之緩也。淮南崇朝而賦《騷》，枚皋應詔而成賦，子建援牘如口誦，仲宣舉筆似宿構，阮瑀據案而制書，祢衡當食而草奏：雖有短篇，亦思之速也。若夫駿發之士，心總要術；敏在慮前，應機立斷。覃思之人，情饒歧路，鑒在疑後，研慮方定。機敏故造次而成功，慮疑故愈久而致績。難易雖殊，並資博練。若學淺而空遲，才疏而徒速；以斯成器，未之前聞。是以臨篇綴慮，必有二患：理郁者苦貧，辭溺者傷亂。然則博見為饋貧之糧，貫一為拯亂之藥；博而能一，亦有助乎心力矣。

若情數詭雜，體變遷貿；拙辭或孕於巧義，庸事或萌於新意。視佈於麻，雖云未費；杼軸獻功，煥然乃珍。至於思表纖旨，文外曲致；言所不追，筆固知止。至精而後闡其妙，至變而後通其數。伊摯不能言鼎，輪扁不能語斤，其微矣乎！

贊曰：神用象通，情變所孕。物以貌求，心以理應。刻鏤聲律，萌芽比興。結慮司契，垂帷制勝。

之所以引錄〈神思〉之全篇，無非是想全面地本真地認識一下「神思」的本質。「神思」作為一個成熟的美學範疇，在其發展過程中，固然有著變化與豐富的因素，但在劉勰的《文心雕龍》的〈神思〉篇裡，其基本含義都已包蘊於其中。另一個問題是，《文心雕龍》中〈神思〉篇的論述，也與作為經過時間陶煉後形成的作為美學範疇的「神思」，也並非全然是一回事。然而，客觀地認識把握劉勰所論「神思」的內涵，是非常必要的。

第三節 諸家之「神思」觀

在這裡，我們先看一下諸位《文心雕龍》研究家或古文論學者對「神思」的內涵的揭示與評價。

王元化、李澤厚、劉綱紀、葉朗、劉偉林、詹福瑞等先生認為，「神思」就是藝術想像，〈神思〉篇就是論述藝術想像的特徵與規律。王元化在《文學沉思錄》中說：「〈神思〉篇作為創作論的第一篇，闡明想像貫串在藝術構思的全過程中。」[6]王元化先生還在他的《文心雕龍》研究名著《文心雕龍創作論》中闡述了〈神思〉中「寂然凝慮，思接千載；悄焉動容，視通萬里。吟詠之間，吐納珠玉之聲；眉睫之前，卷舒風雲之色」的名言與陸機《文賦》中「觀古今於須臾，撫四海於一瞬」等語的連繫，指出「這些話都說明想像活動具有一種突破感覺經驗侷限的性能，是一種不受身觀限制的心理現象。這也正是劉勰把想像稱作『神思』的主要原因。」[7]王元化在闡釋〈神思〉篇的贊語「神用象通，情變所孕」時也說：「『神』即『神思』，是指想像活動。」[8]王元化還正面闡述了他對「神思」的認識，他說：

6 王元化：《文學沉思錄》，上海文藝出版社1983年版，第7頁。

7 王元化：《文心雕龍創作論》，上海古籍出版社1984年版，第130頁。

8 王元化：《文心雕龍創作論》，第140頁。

〈神思〉篇一開頭就說：「古人云：形在江海之上，心存魏闕之下」，語出於魏中山公子牟，是指「身在草莽而心存好爵」的一種人生態度，本來帶有貶義。劉勰引用這句話時已捨去了它的本義，藉以規定「神思」是一種身在此而心在彼、可以由此及彼的聯想功能。從這裡我們可以清楚看出劉勰所說的「神思」也就是想像。[9]

由此可見，王元化先生認為「神思」就是藝術想像。

李澤厚、劉綱紀兩位先生也認為「神思」是藝術創作中的想像。他們在《中國美學史》中明確地說：「〈神思〉即是藝術想像論。」接著又作了具體的闡發：

按照劉勰的理解，「神思」是一種不受時間和空間限制的奇妙的想像力。……「神思」之「思」在中國古代語言中不只是現在所說思維的意思，它有想念不在目前的事物的意思。後者即近於現在所說的想像，並且經常帶有明顯的情感色彩。如梁武帝《孝思賦》中說：「想緣情生，情緣想起。」又說：「思因情生，情因思起。」這裡所說的想與思是一個意思，而且都與情相關。但劉勰所說的「神思」，可以「思接千載」，「視通萬里」，使不在目前的事物如在目前，這顯然是一種想像的力量。劉勰所講的又不是一般的「思」，而是「文之思」，亦即藝術的想像。之所以稱之為「神思」，既含有指出這種「思」是人心、精神作用的意思，也是為了形容它具有超越時空限制的神妙的功能。[10]

9 王元化：《文心雕龍創作論》，第129頁。

10 李澤厚、劉綱紀：《中國美學史》第二卷，中國社會科學出版社1987年版，第703-704頁。

李澤厚、劉綱紀認為「神思」的本質就是想像，是想念不在目前的事物的意思，而且，李、劉二位還指出了「神思」的情感色彩，這是很重要的一點。

羅宗強先生對「神思」的闡釋，也是側重於藝術想像特徵。他對「神思」有這樣一個簡賅的說明：「神思，就是馳神運思。」[11]他對「神思」的具體解析，其中最重要的內容就是藝術想像。他認為：「劉勰神思論之一重要內容，便是闡述了神思的藝術想像特徵。」[12]

葉朗先生也認為：「所謂『神思』，就是藝術想像活動。」[13]他還將「神思」所涉及的內容作了這樣的分析：一、藝術想像是一種突破直接經驗的心理活動；二、藝術想像需要人的生理和心理的全部力量的支持；三、藝術想像一方面要保持「虛靜」，另一方面又要依賴外物的感興；四、藝術想像是創造性的想像，它的結果是產生審美意象；五、劉勰認為每個人的藝術想像力和對外物的感應力是不同的，所以一個作家在平日就要培養自己的藝術想像力和感應力。[14]

詹福瑞先生也將「神思」釋為想像，他將陸機的《文賦》中的「心游」與「神思」連繫起來，認為都是論述藝術想像。詹福瑞從《文賦》和〈神思〉中提煉了藝術想像的三個方面的特徵：一是「想像可以超越時空侷限的屬性，也是〈神思〉篇開篇就論述的一個主要問題」。「藝術想像的第二個特徵，可用《文心雕龍》〈神思〉中的話來概括：『神與物游。』『神與物游』除了說明藝術想像要紮根於現實，從物出發這一特點外，還含有另外一層意思：藝術想像是離不開物像的，也就是

11 羅宗強：《魏晉南北朝文學思想史》，中華書局1996年版，第323頁。

12 羅宗強：《魏晉南北朝文學思想史》，第324頁。

13 葉朗：《中國美學史大綱》，上海人民出版社1985年版，第236頁。

14 葉朗：《中國美學史大綱》，第236-238頁。

説藝術想像是形象的、具體的、感性的。」、「其三，劉勰主張藝術想像不捨棄物的感性特徵，但又反對簡單機械地摹擬外物的形象。」他又明確提出：「『神思』實即《文賦》中所説的『心游』，即藝術想像。」[15]

劉偉林先生在他的《中國文藝心理學史》中論述《文心雕龍》的文藝心理學時專門有《神思——藝術想像論》一節，並説：「《文心雕龍》的藝術想像論比較突出地表現在〈神思〉篇中。」[16]這些學者都將「神思」解釋為藝術想像。

日本著名的《文心雕龍》研究家戶田浩曉教授，對於「神思」也提出了與此相近的觀點。他説：「劉勰借這種精神上的飛躍作用，説明作家固定或有限的肉體，與創作上自由奔放想像力之間的關係，所謂『神思』，應該解釋成這種超越時間、空間而活動著的文學上的想像力。」[17]

另一種看法，認為「神思」是文學創作中的藝術構思。這種觀點以牟世金先生為代表。已故的著名《文心雕龍》研究家牟世金先生認為「神思」即是藝術構思。他在《文心雕龍譯註》〈引論〉中説：「『神』指〈神思〉，論藝術構思。」[18]牟世金將〈神思〉篇作為統領全部創作論的總綱，對「神思」的闡釋都是從藝術構思的角度出發的。又在第二十六篇〈神思〉的譯註前的説明中説：「〈神思〉是《文心雕龍》的第二十六篇，主要探討藝術構思問題。……是古代文論中比較全面而系統地論述藝術構思的一篇重要文獻。」[19]在《文心雕龍研究》中，牟

---

15 詹福瑞：《中古文學理論範疇》，河北大學出版社1997年版，第117頁。

16 劉偉林：《中國文藝心理學史》，三環出版社1989年版，第126-127頁。

17 〔日〕戶田浩曉：《文心雕龍研究》，曹旭譯，上海古籍出版社1992年版，第100頁。

18 牟世金：《文心雕龍譯註》，齊魯書社1995年版，第55頁。

19 牟世金：《文心雕龍譯註》，齊魯書社1995年版，第358-359頁。

世金也說：「一切文章論著的寫作，無不先有構思，然後下筆，這是劉勰的創作論以〈神思〉篇為首的原因之一。但本篇所論，有別於一般的寫作構思，而是藝術構思的專論。」[20]牟世金著力強調「神思」的藝術創造的特點，他說：「在藝術創造中，構思的任務、方法、性質，都有其獨特的要求而迥異於一般文章的寫作構思。劉勰在本篇所論，正是具有藝術創造特點的藝術構思論。」[21]

著名學者王運熙先生則從寫作論的角度，認為「神思」指的是作文的構思與想像。王運熙先生在談到《文心雕龍》中從〈神思〉到〈總術〉這十九篇作為「第三部分」時這樣說：

> 這部分一般研究者稱為創作論，筆者認為更確切地說，應稱為寫作方法泛論，是打通各體文章，從篇章字句等一些共同性問題來討論寫作方法的。……這部分的第一篇為〈神思〉，談作文的構思和想像。[22]

另一種觀點認為，劉勰的「神思」就是指作家在創作活動時的思維過程，而藝術想像是其中的重要部分。張少康等先生認為：「『神思』是劉勰在《文心雕龍》中提出的一個十分重要的美學概念。它指的是在文學藝術創作過程中，作家的思維活動特點。」[23]而早在一九八三年出版的《中國古代文學創作論》中，張少康先生就說：

---

20 牟世金：《文心雕龍研究》，人民文學出版社1995年版，第316頁。

21 牟世金：《文心雕龍研究》，第317頁。

22 王運熙：《魏晉南北朝文學批評史》，上海古籍出版社1989年版，第335頁。

23 張少康、劉三富：《中國文學理論批評發展史》，北京大學出版社1995年版，第229頁。

「神思」是我國古代文藝理論中對藝術創作的思維活動所用的專門概念。「神思」，從廣義的角度講，是指整個的藝術思維過程；從狹義的角度說，主要是論述藝術思維過程中的想像活動及其特徵。[24]

吳功正先生則認為，「神思」是一種創作主體的心態，他評價〈神思〉篇的地位及「神思」範疇的意義時說：

創作論中居首篇者為〈神思〉，在《文心雕龍》中具有極高的美學地位和價值。它觸及的是主體審美活動中最需要回答和解決的問題，把中國審美心理學推進到一個新的區段上。「神思」是六朝美學的一個新範疇。……「神思」在這裡被規定為創作主體的心態、心理素質與功能，它突破一切自然和人為所設置的障礙，突破有限的時空域界，走向無限闊長、深遠的時域空間。不少學者將「神思」論界定為想像論，其實並非全為如此。它是比想像論豐富得多，所涉範圍廣泛得多的創作主體心態論。因而，「神思」就不是一般心理學範疇，而是中世紀最標準的審美心理學範疇。[25]

第四節　「神思」作為藝術創作思維範疇的內涵

筆者認為以上這幾種觀點雖然各有側重，但從總體上看並不是互相悖謬、彼此難容的，而是可以互相貫通的。首先我們應該看到，《文

---

24 張少康：《中國古代文學創作論》，北京大學出版社1983年版，第18頁。

25 吳功正：《六朝美學史》，江蘇美術出版社1994年版，第757頁。

心雕龍》〈神思〉篇並非是論述一般的寫作思維過程，而是文學的創作思維，這在〈神思〉篇的有關描述中（如「故寂然凝慮，思接千載；悄焉動容，視通萬里」、「登山則情滿於山，觀海則意溢於海」等等）是可以得到明白的印證的。這個定位，似乎無關緊要，而實際上卻對理解「神思」的內涵是相當必要的。明乎此，我們可以在這幾種意見之中做比較通達的理解。譬如關於構思和想像的問題，文學的藝術構思是無法離開想像活動的，因而，是以「構思」來闡釋「神思」，抑或是以「想像」闡釋「神思」，是可以兼容的。然而，就劉勰在〈神思〉篇中所論來看，單純以「構思」或「想像」來闡釋「神思」的內涵，都還顯得有些不夠，因為劉勰在〈神思〉中的論述關係著文學創作的思維過程的各個方面，包括了作家在創作時的審美心胸、審美意象的生成過程以及對意象的藝術表現，等等。筆者更傾向於較為廣泛地把「神思」視為文學創作的思維過程、思維特點的看法。

「神思」揭示了藝術想像的特徵，其中最主要的就是想像的超越時空的特點。「形在江海之上，心存魏闕之下。」正如王元化先生所說的，此語出於魏中山公子牟，是指「身在草莽而心存好爵」的人生態度，本身是帶有貶義的，劉勰引用此語時已去掉了這個意思，而藉以規定「神思」的超越時空的性質。「其神遠矣」，就是指運思時精神世界的遼遠廣闊。「寂然凝慮，思接千載」，當作家凝思時，可以想到上下千載，「緣過去，緣以往，緣未來」，俯瞰千古，暢想無極，在時間上沒有限制。「神思」還可以跨越空間，遠遠超過現實空間的閾限。

「神思」包含了文學創作構思過程中藝術靈感的狀態。「神思」之「神」，就意味著靈感發生時的奇妙不可思議。這是創作出只可有一、不可有二的藝術佳構時的思維狀態，並非是一般的構思情形。所謂「思接千載」、「視通萬里」，是只有在藝術思維高度亢奮時才能出現的情形。「神思方運，萬涂競萌」，正是靈感爆發時諸多意象紛湧而至的感覺。關於藝術靈感，陸機在《文賦》中的描寫是最為經典的：「若夫應感之會，通塞之紀，來不可遏，去不可止。藏若景滅，行猶響起。方天機之駿利，夫何紛而不理？」把文學創作中藝術靈感那種「天機駿利」的情形描述得惟妙惟肖。這正是「神思」論的重要部分。「神思」有著一個「神與物游」的審美感興發生機制。「神思」並不是單純的主體性思維，它的發生是觸物而興的審美感興，同時，「神思」的質料是離不開物像的。這在〈神思〉篇中被劉勰概括為「神與物游」。其實，這並非劉勰一個人獨創，在中國古代藝術發生論中，一直是以「感物而興」為經典闡釋的。陸機《文賦》中談到創作思維發生時所說的「遵四時以嘆逝，瞻萬物而思紛，悲落葉於勁秋，喜柔條於芳春」，也是對文思感物而動的優美描述。而劉勰的「神與物游」則是更為完整的美學命題。

劉勰的「神思」論，明確指出了產生誕育「神思」的審美主體的條件，即作家的虛靜的審美心胸。「是以陶鈞文思，貴在虛靜，疏瀹五藏，澡雪精神。」把原來老莊哲學與荀子哲學中的「虛靜」說真正移至文學創作的藝術思維軌道上來，並且揭示了「虛靜」的審美創造意義所在。

劉勰論「神思」對中國古典美學的一個非常重要的貢獻是「意象」範疇的確立。「意」與「象」作為哲學的概念，此前都已單獨地存在過，但是作為一個合在一起的完整的美學範疇，出現在創作理論中，這是第一次。而且，劉勰是將它置於藝術創作思維的最關鍵的環節的。也可以說，「意象」是「神思」的主要內容。這對於中國古代美學中「意象」論的發展的影響，是至關重要的。

與此密切相關的是，劉勰的「神思」論並不是停留在主體的內在思維層面，而是深刻而客觀地論述了「意象」的藝術表現問題。僅僅論述生成於作家頭腦中的意象，也許並非藝術思維的終端，而用精美獨特的藝術語言把它們表現出來，形成文本，這是藝術作品最後完成的關鍵一環。劉勰講「然後使玄解之宰，尋聲律而定墨；獨照之匠，窺意象而運斤」，是對意象表現的很高的要求。

「神思」作為一個完整而成熟的審美範疇的提出，首創者應該是寫下了體大思精的《文心雕龍》的劉勰。

第二章

「神思」的感興發生機制

第一節　「神思」與西方的「靈感」論的發生學的差異

作為中國美學的一個獨特的審美範疇，「神思」的內涵是非常豐富的，同時也鮮明地體現著中華美學的民族特色。我們所論的「神思」，當然不止於劉勰在《文心雕龍》〈神思〉篇中所論及的範圍，而是縱貫中華文學藝術發展長流的一個基本範疇。然而，無論「神思」論的資料所涉有多麼廣泛，「神思」的內涵變化有多麼複雜，但它的一些根本的特質是一貫的。在很大程度上，「神思」是與西方藝術理論中的「靈感」可以通約的，都是指藝術創作過程中靈思如泉的高度亢奮狀態。「神思」之「神」，一個重要含義便是藝術思維在構思高潮中的那種異常奇妙的情形。在表現形式上，它是突然而至的，無法控御的，如陸機說的那樣：「藏若景滅，行猶響起。」或如明代詩論家謝榛所說的：

「而興不可遏，入乎神化，殊非思慮所及。」（《四溟詩話》卷四）「神思」帶來的效應與產物是不可復得的、具有高度獨創價值的藝術佳構，恰如宋代詩人戴復古所說的：「有時忽得驚人句，費盡心機做不成。」[1]從這些方面看，「神思」也即與西方美學中的「靈感」是非常一致的。而從「神思」的發生機制來說，中國的「神思」與西方的「靈感」論卻有著相當大的差異。因為中國的「神思」的產生動因是創作主體與客體的感興，也即在偶然機緣中的心物交融；而西方「靈感」論則是以「神賜」、「天才」、「無意識」為動因。

我們不妨稍稍具體些來看西方美學家對靈感發生原因的說明。英國《美學》雜誌主編H．奧斯本在一九七七年的夏季號上發表專文論述了「靈感」概念在西方的產生與嬗變過程。奧斯本將西方「靈感」概念的發展過程分為三個階段：一、原始宗教意義上的神賜天啟論；二、「靈感」與「天才」概念相結合；三、「靈感」與「無意識」的心理學相結合。[2]無論哪個階段，西方對「靈感」的發生都是僅從主體的方面來考察的。古希臘哲學家認為靈感是「神賜天啟」的。德謨克利特認為：「荷馬由於生來就得到神的才能，所以創造出豐富多彩的偉大的詩篇」，「沒有一種心靈的火焰，沒有一種瘋狂式的靈感，就不能成為大詩人」。[3]而進一步將靈感的宗教含義演化為文藝創作理論的是柏拉圖。他認為詩人的靈感是神賜的「迷狂」。柏拉圖這樣說：「凡是高明的詩人，無論在史詩或抒情詩方面都不是憑技藝做成他們的優美的詩歌，而是因為他們得到靈感，有神力憑附著。」[4]「此外還有第三種迷

1 戴復古：《論詩十絕》，見《萬首論詩絕句》，人民文學出版社1991年版，第120頁。

2 參見陶伯華、朱亞燕：《靈感學引論》，遼寧人民出版社1987年版，第22頁。

3 見朱光潛：《西方美學史》上卷，人民文學出版社1979年版，第35-36頁。

4 柏拉圖：《伊安篇》，見《柏拉圖文藝對話集》，人民文學出版社1963年版，第13頁。

狂，是由詩神憑附而來的。它憑附到一個溫柔貞潔的心靈，感發它，引它到興高采烈神飛色舞的境界，流露於各種詩歌，頌讚古代英雄的豐功偉績，垂為後世的教訓。若是沒有這種詩神的迷狂，無論誰去敲詩歌的門，他和他的作品都永遠站在詩歌的門外。」[5]柏拉圖的靈感觀在古希臘時是最具代表性的，把靈感看作是「神的詔語」。到十八世紀以後，靈感便失去其宗教意義，浪漫主義者們認為靈感是具有獨創性的天才的人的稟賦，他們都是用天才來解釋靈感的來源。康德把獨創性的藝術創造之源視為天生的心靈稟賦，也即天才，他把帶有神祕性的創作靈感歸之於天才。康德在《判斷力批判》中說：「它是一個作品的創作者，這作品有賴於作者的天才，作者自己並不知曉諸觀念是怎樣在他內心裡成立的，也不受他自己的控制，以便可以由他隨意或按照規劃想出來，並且在規範形式裡傳達給別人，使他們能夠創造出同樣的作品來。」[6]康德是將靈感歸之於天才的。從十九世紀後期開始，西方的美學家們往往是以直覺或無意識來解釋靈感的。克羅齊主張「藝術即直覺」，而弗洛伊德則把導致藝術靈感的潛意識歸結為人的本能慾望，尤其是性力的衝動。他認為，藝術作品的「精力、它的非理性和它的神祕力量得自本能，我們可以把本能的那片黑暗的心理領域，往往會突如其來地湧現出藝術家用以營造其藝術作品的那些詞彙、聲音或意象的提示……」[7]。弗洛伊德為靈感這種情況提供了一種心理學的解釋。無論是「神賜」還是「天才」，抑或是「無意識」，西方的「靈感」論都是在主體的方面來理解靈感的來源的，這一點可以說是不爭的事

5　柏拉圖：《斐德若篇》，見《柏拉圖文藝對話集》，第119頁。

6　康德：《判斷力批判》，商務印書館1985年版，第153頁。

7　赫伯特．里德：《文學批評的本質》，轉引自《靈感學引論》，遼寧人民出版社1987年版，第27頁。

實。

中國古代關於藝術思維或者說「神思」的來源、動因的論述則不然。它們一開始就是建立在「感物而動」的基座上，中國的「神思」論一直是以心與物或云主客體之間的彼此觸遇為其發生動因的。這從漢代的《禮記》〈樂記〉，到清代的詩畫理論，都將「感物而動」作為藝術思維發生的動因所繫。《禮記》〈樂記〉這樣說：

凡音之起，由人心生也。人心之動，物使之然也。感於物而動，故形於聲。聲相應，故生變，變成方，謂之音。比音而樂之，及干戚羽旄，謂之樂。樂者，音之所由生也；其本在人心之感於物也。[8]

〈樂記〉指出，「樂」的發生緣於創作主體的心靈波動，而心靈的波動則是由於受外物變化的感應而造成的。〈樂記〉裡所說的「樂」，恐怕不是單純的音樂，而是詩、樂、舞三位一體的綜合性藝術。因而樂論在很大程度上就可視為一般的文藝原理。魏晉南北朝時期的文學藝術創作論，基本上都是從「感物而動」的命題來闡釋靈感的來源和動因的。陸機、劉勰、鍾嶸等著名的文論家，都是鮮明地打出「感物而動」的旗幟的。譬如陸機，在《文賦》中就提出「感物」的美學思想：「遵四時以嘆逝，瞻萬物而思紛。悲落葉於勁秋，喜柔條於芳春。」而陸機的詩賦，也多與「物感」相關。詹福瑞教授在《中古文學理論範疇》中曾翻檢出陸機詩賦中的「物感」之句以證之：

其《感時賦》云：「悲夫冬之為氣，亦何憯懍以蕭索。……猿長嘯

8 《先秦兩漢文論選》，人民文學出版社1996年版，第260頁。

於林杪，鳥高鳴於雲端。矧餘情之含瘁，恆睹物而增酸。歷四時之迭感，悲此歲之已寒。撫傷懷以嗚咽，望永路而泛瀾。」冬天萬物蕭索之景與詩人「含瘁」之情相接，故使詩人更增酸楚之情，傷懷而嗚噦了。《懷土賦》:「余去家漸久，懷土彌篤。方思之殷，何物不感？曲街委巷，罔不興詠；水泉草木，咸足悲焉。」離家日久，心中十分懷念故土，因此曲街委巷，水泉草木，都感人至深。《思歸賦》云:「伊我思之沉鬱，愴感物而增深。」《述思賦》云:「嗟餘情之屢傷，負大悲之無力。……觀尺景以傷悲，撫寸心而悽惻。」《春詠》詩:「節運同可悲，莫若春氣甚。」《赴洛二首》其二:「載離多悲心，感物情悽惻。」《贈尚書郎顧彥先二首》其一:「感物百憂生，纏綿自相尋。」《贈馮文羆》:「悲情臨川結，苦言隨風吟。」《董逃行》:「鳴鳩拂羽相尋，倉庚喈喈弄音，感時悼逝傷心。」物感之情，時時可見詩與賦中。[9]

就陸機而言，充分地揭示了其中的「物感」的創作基因。詹福瑞又加以分析，認為物感之情，又可分為兩類：一是因物興感，外在的景物變化感發了作者的詩情文思；二是因情感物，是先有了某種情感的基礎，情與物接，備加情感強度的心理感受。這種分析是細緻而中肯的。「物感」說已包含了主客體的互動因素，並非是簡單的「物使心動」。

劉勰曾在《文心雕龍》〈物色〉中說過這樣一段非常優美而又內容豐富的話：

春秋代序，陰陽慘舒，物色之動，心亦搖焉。蓋陽氣萌而玄駒

9 詹福瑞：《中古文學理論範疇》，河北大學出版社1997年版，第66頁。

步，陰律凝而丹鳥羞，微蟲猶或入感，四時之動物深矣。若夫圭璋挺其惠心，英華秀其清氣，物色相召，人誰獲安？是以獻歲發春，悅豫之情暢；滔滔孟夏，鬱陶之心凝；天高氣清，陰沉之志遠，霰雪無垠，矜肅之慮深。歲有其物，物有其容；情以物遷，辭以情發。一葉且或迎意，蟲聲有足引心。況清風與明月同夜，白日與春林共朝哉！

這段話論述了四季物色之變化對詩人心靈的感發作用。這裡，一是強調指出了使人「心動」的是自然景物的外在形式，即「物像」；二是興發詩人情感的原因，不僅在於「物色」，而且在於「物色之動」，即由於「物色」的內在生命律動而引發的外在樣態的變化；三是揭示了「物色之動」與人心交感的更深層的原因又在於宇宙之氣的氤氳化生。〈物色〉一篇，不僅論述了物對心的感發作用，同時也論述了心對物的駕馭與昇華功能。關於第一點，需要對「物色」做一點詮釋。「物」就是自然景物，這無須曲為之釋；而「色」則借用了佛學的概念。在佛學中，「色」指現象。「空」是佛學的最基本的範疇，而在大乘佛教中，「空」並非空無一物，而是指世間萬物的虛幻不實。「色不異空，空不異色。色即是空，空即是色。」[10]這是大乘佛學的基本命題。劉勰早年入定林寺，依僧佑，協助僧佑整理大量佛經，對佛學頗為諳熟。「物色」之內涵，不無佛學色彩。梁昭明太子蕭統所編《文選》卷十三系「物色」之賦。李善注「物色」為「四時所觀之物色，而為之賦。又云，有物有文曰色」。可見，「物色」並不僅指自然景物本身，更重要的是自然景物的形式美。李善的解釋「有物有文曰色」是頗為精當

10 《般若波羅蜜多心經》，見任繼愈選編：《佛教經籍選編》，中國社會科學出版社1985年版，第15頁。

的。「物色」既包含了自然景物的內在生命力，又包含了它的外在形式美。關於第二點，也是具有普遍性意義的。「感物」是感於「物色」的變化，無論是陸機，還是劉勰，都是以自然景物的四時變化作為「感物」之「物」的內涵，易言之，感物而興情，主要是受外物的樣態變化的感召。關於第三點，「氣」是物我相感的媒介，這在劉勰的《文心雕龍》中已開啟了端緒，而在鍾嶸《詩品》中，則概括為明確的理論命題。劉勰在〈物色〉篇中所說「陰陽慘舒」，是指陰陽二氣使人的心情或慘或舒。張衡《西京賦》云：「夫人在陽時則舒，在陰時則慘。」指出人的心情變化與陰陽之氣有密切關係。一般而言，人在陽氣中則心意舒暢，人在陰氣中則憂鬱煩惱。另一位著名的詩論家鍾嶸在《詩品序》中把氣作為「物感」的根本媒質：

氣之動物，物之感人。故搖盪性情，形諸舞詠。……若乃春風春鳥，秋月秋蟬，夏雲暑雨，冬月祁寒，斯四候之感諸詩也。嘉會寄詩以親，離群托詩以怨。至於楚臣去境，漢妾辭宮；或骨橫朔野，魂逐飛蓬；或負戈外戍，殺氣雄邊；塞客衣單，孀閨淚盡；或士有解佩出朝，一去忘返；女有揚蛾入寵，再盼傾國。凡斯種種，感蕩心靈，非陳詩何以展其義？非長歌何以騁其情？

這是「感物」說的經典論述之一。鍾嶸在「感物」說的傳統中又注入了新的內容。詩人感於物而有詩的創作，物又是在氣的生化之中不斷變化的。鍾嶸以「氣」來說明物之動的本因，使之充滿了一種氤氳化生的生命感。這對中國古典美學中的「文氣」說的發展產生著重要的影響。「氣」的觀念，是與「神思」論有很深刻的連繫的。早在先秦時期，《國語》便對「氣」作了較深入的考察。它認為氣是天地陰陽之氣。陰陽之氣包含在天地山川萬物之中，是構成天地萬物的精微的原始物質。《國語》還認為人體也由氣構成，氣不僅構成人的形體，而且決定人的性情。保守體內之氣，使陰陽和平，是保持心地和樂的關鍵。《莊子》〈則陽〉更以陰陽論氣：「陰陽者，氣之大者也。」莊子認為，氣是「道」所產生的一種細微的原始物質，它構成宇宙萬物，包括天地人物的形體，「人之生，氣之聚也。聚則為生，散則為死」。荀子認為，氣是自然之氣，是天地萬物和人類共同含有的物質元素。在他看來，天地萬物的生滅變化，是陰陽之氣的交感運動形成的。他說：「天地合而萬物生，陰陽接而變化起。」(《荀子》〈天論〉)「列星隨旋，日月遞照，四時代御，陰陽大化，風雨博施，萬物各得其和以生，各得其養以成。」(《荀子》〈天論〉)天地陰陽二氣的交感合和，產生了天地萬物，引起了事物的運動變化。《管子》提出「精氣」的概念，氣即是「精氣」，「精」就是精微的能夠運動變化的氣。《管子》所謂「精氣」，具有多方面的特性，其中最主要的是指陰陽這種相反相成的矛盾運動特性，也即陰陽之氣。精氣分而有陰陽二氣，陰陽二氣對立交感，從而化生萬物，包括有生命智慧的人類。東漢時期的《白虎通》則進一步認為，人稟陰陽五行之氣而生，因此，人的魂魄、精神、情性等也與陰陽五行之氣的特性及其變化規律密切相關。其云：「精神者，何謂也？精者，靜也，太陰施化之氣也，像水之化，須待任生也。神者，恍惚，太陽之氣也，出入無間，總云支體，萬化之本也。」(《白虎通》〈情性〉)人與物的交感，是因為「一氣相通」。《莊子》〈知北遊〉中就說：「通天下一氣耳。」通天下一氣，所以人與宇宙萬物能相感相通。鍾嶸在《詩品》序中所提出的「氣之動物，物之感人，故搖盪性情，形諸舞詠」的命題乃是建立在這個「氣」論的傳統之上的。

唐以還，有關「感物」的論述亦自不少，但在理論上並無多少新的內涵。「感物」說強調的是創作主體與客體之間的交感互滲。感物是主體之心受外物變化而引起情感的波動，從而產生創作的衝動，然後形諸言（也包括其他藝術門類的藝術語言）。在「感物」說的框架中，主體與客體相互依存、相互交融而產生藝術創作思維。主體並非孤立地、無緣無故地產生靈感，也不是對客體的被動依賴。心感於物而動不是對客觀外物的摹寫，而是主客體之間的相互感發。這是中國美學和藝術理論在談及藝術創作發生時的基本思路，而且一直是貫穿中國古代創作論的。這與西方單純從主體角度來談創作靈感的發生是有著根本不同的。「感物」與「感興」非常相近，很容易混為一談，但其實並不等同。「感興」包含了感物的過程，但有著更為豐富的內涵。也許，「感興」這個概念更能說明「神思」的獨特之處。

第二節　關於審美「感興」

「神思」從發生機制來說，是以「感興」為特徵的。也可以說，闡釋「神思」，是不可能置「感興」於不顧的。也許，「感興」作為一種發生機制，更能較為逼近「神思」作為中國古典美學的重要範疇的內在機理。「神思」作為藝術創作思維的靈感樣態，它的偶然性、奇妙性，都與「感興」的途徑有不可脫離的關係。

在以往的有關著述中，論者大多指「感興」為藝術創作中的靈感現象，即指創作主體進入創作高潮時的高度興奮的心理體驗。這樣就把中國的「感興」與西方文論中的「靈感」論基本上等同了起來，而忽略了「感興」之為感興的本質規定性。中國的「感興」固然包含「靈感」這種審美創造過程中主體所感受到的「高峰體驗」，但這並非「感興」的全部含義，在筆者看來，「感興」是「神思」即藝術創作思維的發生部分。所謂「感興」即「感於物而興」，指創作主體在客觀環境的偶然觸發下，在心靈中誕育了藝術境界的心理狀態與審美創造方式。「感興」是以主體與客體的瞬間融化也即「心物交融」為前提，以偶然性、隨機性為其基本特徵的。

「感興」體現了「神思」在其發生階段的主要特點，也說明了「神思」之所為「神」的發生原理。中國的「神思」範疇之所以沒有神祕化，沒有蹈入「宗教神啟」或「天才」的全然主體化的解釋，是因為有了「感興」作為其發生論基礎的。

「感興」這個概念濫觴於「詩六義」中「賦、比、興」之「興」。關於「比興」，歷代學者從各種角度作了諸多界說，就中頗有從物我關係的角度來闡明「比興」的性質的，最為趨近審美一途。這類界說中簡賅而有代表性的如鄭眾的「比者，比方於物也。興者，託事於物」[11]。朱熹的「先言他物以引起所詠之詞也」（《詩集傳》卷一）。還有宋人李仲蒙的「觸物以起情，物動情也」。鄭說認為「興」是創作主體將自己的意向投射於「物」中，這實際上與他對「比」的界定沒有什麼區別，未必符合「興」的本義。「興」的本義應如孔穎達所訓：「興，起也。」也即劉勰所說的「起情故興體以立」（《文心雕龍》〈比興〉）。鄭眾之言，恰與「興」的思維方向是逆反的。朱熹的界說較為符合《詩經》的藝術表現手法的實際情況，但僅是一種現象描述，而沒有探到詩歌創作的心理層面。筆者認為，倒是不甚知名的李仲蒙對「興」的解釋最能說明詩歌創作的心理動因。所謂「觸物以起情」，是說創作主體在客觀外物的偶然觸引下，興發了情感，湧起創作衝動。「觸」是偶然的、隨機的遇合，而非創作主體有預先計劃、有明確目的

11 李學勤主編：《十三經註疏》〈周禮註疏〉，北京大學出版社1999年版，第610頁。

地尋求物像。正是在這點上，「興」區別於「比」，李仲蒙對「比」的解釋為「索物以托情謂之比」，是非常確切的，正與「興」的解釋相對舉，尤能見出其區別之所在。

「神思」之所以為「神」，主要是因為它的突發性、偶然性與不可控性，其次是「神思」作為藝術思維所產生的作品是具有獨創性意義的佳構。有關感興的論述（有時稱為「天機」）體現了「神思」這兩個要素。

唐宋以還，詩論、畫論中的「感興」說很多，而且呈現出新的特點。首先是越來越注重審美主客體之間的偶然性觸發，並把「感興」與意境的創造結合起來。其次是越來越多地談到「感興」的審美直覺性質，並有較為深入的論述。再次是從讀者接受的角度談「感興」，有了新的拓展。唐代遍照金剛在其文論名著《文鏡秘府論》中專有「感興」一勢，其云：「感興勢者，人心至感，必有應説，物色萬象，爽然有如感會。」這裡是包含了心物之間的偶然「感會」這種感興的性質的。作者又指出：「自古文章，起於無作，興於自然，感激而成，都無許練，發言以當，應物便是。」其中《論文意》認為，文章的靈思難於預期，而是創作主體偶然「應物」的產物。著名詩人王昌齡在《詩格》中則把「感興」作為創造詩歌意境的一種方式，稱為「生思」：「久用精思，未契意象，力疲智竭，放安神思，心偶照境，率然而生。」這裡的「神思」，是精神思慮之意，而所謂「生思」卻是催生神思之意。這裡指出，在偶然的心與境的遇合之下，靈思會自然而來。宋代畫論家董逌等以「天機」為作畫的「神思」，並認為「天機」是「遇物興懷」的結果。他的畫論名著《廣川畫跋》，處處都以「天機」論畫，實際上他所讚賞的正是不刻意冥思苦求，而是在與山水自然的遇合中得到創作的「神思」，如其評范寬的山水畫時說：

當中立有山水之嗜者，神凝智解，得於心者，必發於外。則解衣磅礴，正與山林泉石相遇。……世人不識真山而求畫者，疊石累土，以自詫也。豈知心放於造化爐錘者，遇物得之，此其為真畫者也。[12]

又評燕仲穆畫云：

燕仲穆以畫自嬉，而山水尤妙於真形。然平生不妄落筆，登臨探索，遇物興懷，胸中磊落，自成邱壑。至於意好已傳，然後發之。或自形象求之，皆盡所見，不能措思慮於其間。自號能移景物隨畫，故平生畫皆因所見而為之。[13]

宋代詩人葉夢得、戴復古、陸游、楊萬里等，也都以「感興」作為作詩的最佳構思方式。而明清時期的詩論家、畫論家，則多以「天機」論藝，都是「神思」的深入發展。

以「感興」論藝術創作，大都主張「放安神思」，無所用意，在自然鬆弛的心態中與物相觸，而認為這樣才能真正產生好詩、好畫。他們對那種「二句三年得，一吟雙淚流」、「吟安一個字，撚斷數根須」之類的苦吟式的創作方式，是大大不以為然的。宋代著名詩論家葉夢得對「感興」的創作方式論述頗為透闢，他說：

「池塘生春草，園柳變鳴禽。」世多不解此語為工，蓋欲以奇求之耳。此語之工，正在無所用意，猝然與景相遇，藉以成章，不假繩

12 董逌：《廣川畫跋》卷六，見於安瀾編：《畫品叢書》，上海人民美術出版社1982年版，第307頁。

13 董逌：《廣川畫跋》卷六，見於安瀾編：《畫品叢書》，第297頁。

削，故非常情所能到。詩家妙處當須以此為根本，而思苦言難者，往往不悟。[14]

在葉氏看來，謝靈運的這兩句之所以寫得好，決不是刻意求工求奇，也非詩前立意，而是詩人的情懷與景物猝然相遇，成就了這樣的奇妙之句。「非常情所能到」，使詩產生了不可重複的個性化特徵。葉夢得在這裡並非一般的詩歌點評，而是昇華到詩歌創作構思規律的層面加以認識的。

南宋著名詩人楊萬里最為重視詩的感興。他說：

大抵詩之作也，興，上也；賦，次也；賡和，不得已也。然初無意於作是詩，而是物是事，適然有觸於我，我之意適然感乎是物是事，觸先焉，而是詩出焉，我何與哉？天也，斯之謂興。[15]

明代著名詩論家謝榛論詩非常倡導以感興為詩，他說：「詩有不立意造句，以興為主，漫然成篇，此詩之入化也。」（《四溟詩話》卷一）「唐人或漫然成詩，自有含蓄托諷。」（《四溟詩話》卷一）「或造句弗就，勿令疲其神思，且閱書醒心，忽然有得，意隨筆生，而興不可遏，入乎神化，殊非思慮所及。或因字得句，句由韻成，出乎天然，句意雙美。」（《四溟詩話》卷二）「子美曰：『細雨荷鋤立，江猿吟翠屏。』此語宛然入畫，情景適會，與造物同其妙，非沉思苦索而得之也。」（《四溟詩話》卷二）謝榛的詩學思想，主張以感興為詩，而對

14 葉夢得：《石林詩話》卷中，見何文煥輯：《歷代詩話》，中華書局1981年版，第426頁。

15 楊萬里：《答建康府大軍門徐達書》，見《誠齋集》卷六十七。

詩前立意冥思苦索是大不以為然的。這在他的《四溟詩話》中處處可見。「神思」之「神」，可以視為一種不可言傳之妙，一種神奇的審美直覺。所謂「入化」，也即渾灝無跡，而能使詩達乎「入化」的境界的構思方式，在謝氏看來，只有這種「以興為主，漫然成篇」才是最佳的。

清代詩論家吳雷發也有同樣的觀點，他說：「詩須論其工拙，若寓意與否，不必屑屑計較也。大塊中景物何限，會心之際，偶爾觸目成吟，自有靈機異趣。倘必拘以寓意之說，是錮人聰明矣。」[16]「觸目成吟」也是不預先立意、而在主客體的偶然觸遇中得到詩的「靈機異趣」。這種感興式的生思方式，是「神思」不可或缺的重要內容。

主客體偶然觸遇而生發詩思的「感興」，有著不可思議的創造性。以「感興」的方式進行藝術創作，所產生的作品多是具有不可重複的個性化特徵的藝術佳構。這也是「神思」的特質。「神思」並非一般的構思，而是產生神妙之作的靈思。陸游曾在詩中自道其在與生活的感興中擺脫了以往「殘餘未免從人乞」的情況，而創造出具有獨特詩風的詩歌佳作的感受：

我昔學詩未有得，殘餘未免從人乞。力孱氣餒心自知，妄取虛名有慚色。四十從戎駐南鄭，酣宴軍中夜連日。打毬築場一千步，閱馬列廄三萬匹。華燈縱博聲滿樓，寶釵豔舞光照席。琵琶弦急冰雹亂，羯鼓手勻風雨疾。詩家三昧忽見前，屈賈在眼元歷歷。天機雲錦用在我，剪裁處處非刀尺。世間才傑固不乏，秋毫未合天地隔。放翁老死

16 吳雷發：《說詩菅蒯》，見《清詩話》，上海古籍出版社1963年版，第901頁。

安足論，《廣陵散》絕還堪惜。[17]

他的「詩家三昧」的獲得，是由於從戎南鄭的生活感興給詩人的回報。陸游所云「天機」，是指創造出好詩的靈感詩思。

南宋詩論家包恢論詩說：

蓋古人於詩不苟作，不多作，而或一詩之出，必極天下之至精。狀理則理趣渾然，狀物則物態宛然，狀事則事情昭然，有窮智極力之所不能到者，猶造化自然之聲也。蓋天機自動，天籟自鳴，鼓以雷霆，豫順以動，發自中節，聲自成文，此詩之至也。[18]

包恢論詩標的極高，從這段論述中廓然可見。他主張作詩不應苟且從事，而要「極天下之至精」。而在他看來，最高境界的詩卻不是「窮智竭力」的冥思苦索所能作出來的，而是「天機自動，天籟自鳴」的產物。他所云之「天機」是主體之靈性與外物的碰撞叩擊所自然激發的，非刻意所求，又非外物的觸媒而不出，他說：

所謂未嘗為詩而不能不為詩，亦所顧其所遇如何耳！或遇感觸，或遇扣擊，而後詩出焉。如詩之變風、變雅與後世詩之高者是矣。此蓋如草木本無聲，因有所觸而後鳴；金石本無聲，因有所擊而後鳴，非自鳴也。如草木無所觸而發聲，則為草木之妖矣；金石無所擊而發聲，則為金石之妖矣。聞者或疑其為鬼物，而掩耳奔避之不暇矣。世

17 陸游：《九月一日夜讀詩稿有感走筆作歌》，《劍南詩稿》卷二十五。

18 包恢：《答曾子華論詩書》，據《四庫全書》珍本三集《敝帚稿略》卷二。

之為詩者鮮不類此。蓋本無情而牽強以起其情，本無意而妄想以立其意；初非彼有所觸而此乘之，彼有所擊而此應之者，故言愈多而愈浮，詞愈工而愈拙，無以異於草木金石之妖聲矣。[19]

包恢把詩的價值目標定在「極天下之至精」，而這種「至精」之作乃是主客體之間「感觸」、「扣擊」的產物，如草木有所觸而後鳴。謝榛也說：

詩有天機，待時而發，觸物而成，雖幽尋苦索，不易得也。如戴石屏「春水渡旁渡，夕陽山外山」，屬對精確，工非一朝，所謂「盡日覓不得，有時還自來」。（《四溟詩話》卷二）

謝榛所舉之戴復古的名句，確實是流傳千古的佳作，而這正是「觸物而成」的。清代畫論家沈宗騫反覆申說「千古奇蹟」之作的產生是感遇而生的「機神」，對於這種創作方式，他是談得較為詳細的：

規矩盡而變化生，一旦機神湊會，發現於筆酣墨飽之餘，非其時弗得也，過其時弗再也。一時之所會即千古之奇蹟也。吳道子寫地獄變相，亦因無藉發意，即借裴將軍之舞劍以觸其機，是殆可以神遇而不可以意求也。……

機神所到，無事遲回顧慮，以其出於天也。其不可遏也，如弩箭之離弦，其不可測也，如震雷之出地。前乎此者杳不知其所自起，後

19 包恢：《答曾子華論詩書》。

乎此者杳不知其所由終。不前不後，恰值其時。興與機會，則可遇而不可求之傑作成焉。復欲為之，雖倍力追尋，愈求愈遠。夫豈知後此之追尋已屬人為而非天也，惟天懷浩落者，值此妙候恆多，又能絕去人為，解衣磅礴，曠然千古，天人合發，應手而得，固無待於籌畫，而亦非籌畫之所能及也。

若士大夫之作，其始也曾無一點成意於胸中，及至運思動筆，物自來赴，其機神湊合之故，蓋有意計之所不及，語言之所難喻者，頃刻之間，高下流峙之神，盡為筆墨傳出。[20]

沈宗騫論畫的創作，最為推重的就是這種作畫的「機神」，也即是畫前無所用意，而是主客體偶然觸遇，「天機合發，應手而得」，這樣它所產生的是「前者所未有，後此之所難期」的獨創之傑作，主客體的偶然觸遇，得到的是「千古之奇蹟」，而「必欲如何」的人為之作，只能落入匠人一流。「機神」所創之畫是無待於「籌畫」，也是「籌畫」所無法企及的。

第三節 「感興」之於「神思」

「感興」與「神思」的關係非常密切，它揭示了「神思」的靈感特徵，同時又說明了「神思」的發生機制。

「感興」論包含了對靈感的論述，在這方面，我們並無愧色於西方

---

20 《芥舟學畫編》見俞劍華編著《中國古代畫論類編》第890頁、913頁、905頁，人民美術出版社2000年第二版。

美學，而「感興」論的價值更在於解釋靈感的發生契機。西方的「靈感」論帶有濃重的神祕色彩，不是乞靈於「神賜」的「迷狂」，便是歸之於天才的稟賦。而中國的「感興」論一開始便素樸地卻又是正確地找到了唯物主義的解釋。「感興」把客觀事物的變化視為感發創作主體心靈的必不可少的媒質，並認為藝術作品正是外物感召主體心靈的產物。「感興」的意義在於使中華民族的審美意識沿著心物交融、主客體相互感通的方向發展，在藝術創構中樹立起「心」與「物」、「情」與「境」相互依存、缺一不可的觀念。

在「感興」的框架中，主體與客體相互依存、相互交融而產生藝術作品，主體並非孤立地、無緣無故地產生創作衝動，同時也不是對客體的被動依賴。在感興的過程中，主體之心的作用是相當明顯的，處於一個十分關鍵的地位。正如劉勰在《文心雕龍》〈物色〉所說的：

是以詩人感物，聯類不窮。流連萬象之際，沉吟視聽之區；寫氣圖貌，既隨物以宛轉，屬采附聲，亦與心而徘徊。故「灼灼」狀桃花之鮮，「依依」盡楊柳之貌，「杲杲」為出日之容，「瀌瀌」擬雨雪之狀，「喈喈」逐黃鳥之聲，「喓喓」學草蟲之韻。「皎日」、「嘒星」，一言窮理；「參差」、「沃若」，兩字窮形：並以少總多，情貌無遺矣。

劉勰這裡首先談到「物色」對心的感召，詩人在外界事物的召喚之下，興發了無窮的聯想，產生了許許多多鮮明而又活躍的審美意象。「流連萬象之際」，正是由「物色」感召而生起的眾多審美意象。「寫氣圖貌」、「隨物宛轉」，表現為主體對客體的趨近、追摹；同時，劉勰更強調了在審美意象物化過程中創作主體的能動作用，即所謂「屬采附聲，亦與心而徘徊」，表現為主體客體的運化與統攝。在劉勰看來，只有充分發揮心對物的主宰與運化功能，才能創造出美妙至極、「以少總多」的作品。

外物對心的感發，不僅觸引了創作主體的情感勃動，同時，也使主體型成了很強的意向性。明代文論家宋濂說過：「及夫物有所觸，心有所向，則沛然發之於文。」[21]在這種感興的創作過程中，主體的意向性成為佳作的意之所在。

「感興」因為是主體與客體的偶然性遭逢，沒有預先確立的主旨，沒有固定的構思模式，因之也就不能再次重複，往往被人看作是神祕不可思議的，故被稱為詩之「天機」或「靈機」，產生的意象也是十分獨特而自然的。正如葉夢得所說的「故非常情所能到」。由感興而形成的審美意象，方有可能達到「入化」之境，這是含有高度獨創性意義在其中的。這正是「神思」的一層意蘊所在。

21 宋濂：《葉夷仲文集序》，見《宋文憲公全集》卷三十四。

第三章

「神思」的虛靜審美心態

第一節 「陶鈞文思，貴在虛靜」

「神思」的產生，在主體方面的一個非常重要的條件就是「虛靜」的審美心態。「虛靜」是中國哲學從先秦時期就已多有論述的命題，而到了劉勰這裡，才把它真正納入到文學藝術創作思維的軌道上來。劉勰在《文心雕龍》的〈神思〉篇中明確提出了「是以陶鈞文思，貴在虛靜，疏瀹五藏，澡雪精神」的命題，正是從創作思維的角度來談「虛靜」的。這是進行藝術構思的前提。「虛靜」是排除瑣屑的日常功利的干擾，使心靈呈現出瑩澈空明的狀態，以利於審美意象的產生。這個命題對中國古代的藝術創作論的影響是非常之大的。

其實，劉勰之前文論家也已論及了創作時的虛靜心態問題，如陸機在《文賦》中談到構思開始時說：「其始也，皆收視反聽，耽思傍訊，精鶩八極，心游萬仞。」所謂「收視反聽」，就是視而不見、聽而不聞、心不外用之意。李善《文選注》云：「收視反聽，言不視聽也。」也即是排除干擾，陷入沉思。陸機在這裡所描述的便是在「收視反聽」的狀態下，進入藝術想像的過程。「收視反聽」是對外間日常事物干擾的隔離，而「耽思傍訊」則是廣泛深入的思索聯想，「精鶩八極，心游萬仞」是說想像不受有限事物的束縛，而進入非常廣闊的天地。虛靜的心態，是開始興發藝術想像的前提。沒有這個前提，就不會產生「心游萬仞」的藝術想像。南朝名畫家宗炳在其論畫名作《畫山水序》中提出「澄懷味像」、「閒居理氣」等命題，其實也是一種藝術創造思維中的「虛靜」的審美創造心態。《畫山水序》云：

聖人含道應物，賢者澄懷味像。至於山水，質有而趣靈，是以軒轅、堯、孔、廣成、大隗、許由、孤竹之流，必有崆峒、具茨、藐姑、箕首、大蒙之遊焉，又稱仁智之樂焉。夫聖人以神法道而賢者通，山水以形媚道而仁者樂，不亦幾乎？

「澄懷味像」是一個有重要美學價值的命題。所謂「澄懷」，就是在與山水相對體味其神韻時必須有一個澄明虛靜的心胸。「澄懷」要求主體在審美過程中排除外物的紛擾，尤其是功利的眩惑，而保持空明虛靜的精神狀態。「像」是作為審美客體必要條件的形象。也可以說是審美主體的對象化。抽象的概念、意識等，不能構成審美的對象。如果你所面對的不是表象化的東西，你就不能與之構成審美的關係。在這裡，「像」是區別於抽象的概念的。英國著名美學家鮑桑葵提出「審美表象的基本學說」，他從對象上規定了審美態度的特徵：「所謂對象，是指通過感受或想像而呈現在我們面前的表象。凡是不能呈現為表象的東西，對審美態度說來是無用的」；「我們所感受或者想像的只能是那些能成為直接外表或表象的東西。這就是審美表象的基本學說」。[1]宗炳所說的「像」，當然不能等同於鮑桑葵所說的「表象」，但它卻是可以直接引起主體心靈產生表象的直觀形象。「味」則是一種直覺的體味。因而，「澄懷味像」構成了一個完整的表述審美過程的命題。而其側重點則在於「澄懷」。

中國古代美學中的「虛靜」說，實質上是除去主體心靈中的那些日常的功利性事物，而採取一種無功利的態度。這一點，與西方美學中的「審美靜觀」說有相當的一致之處。「審美靜觀」在傳統的西方美學中成為一個很重要的命題，而這個命題的理論基礎，就是「審美無功利」的學說。康德把「審美無利害」作為其美學體系的第一個契機加以規定，他說：「鑑賞是憑藉完全無利害的快感和不快感對某一對象或其表現方法的一種判斷力。」[2]所謂「鑑賞判斷」也即審美判斷。康德說：「鑑賞判斷因此不是知識判斷，從而不是邏輯的，而是審美的。」[3]康德以「審美無利害」作為審美與非審美的根本區別。在他看來，「一個關於美的判斷，只要夾雜著極少的利害感在裡面，就會有偏愛而不是純粹的欣賞判斷了」。[4]康德正是在「審美無利害」的前提下來論述「審美靜觀」的。同時，康德還指出，「審美靜觀」又是不對著概念的。他說：「鑑賞判斷僅僅是靜觀的，這就是這樣的一種判斷：它對一對象的存在是淡漠的，只把它的性質和快感及不快感結合起來。然而，靜觀本身不是對著概念的，因為鑑賞判斷並不是知識判斷，（既不

1 鮑桑葵：《美學三講》，周煦良譯，上海譯文出版社1983年版，第5、6頁。

2 康德：《判斷力批判》，宗白華譯，商務印書館1964年版，第47頁。

3 康德：《判斷力批判》，第39頁。

4 康德：《判斷力批判》，第41頁。

是理論的，也不是實踐的。）因此既不是以概念為其基礎也不是以概念為其目的。」[5]這裡可以看出，康德在這兩點上規定了「審美靜觀」的性質：一是靜觀是審美主體以一種無利害、無偏愛的態度對對象所作的觀照，二是它不關乎慾念，也不關乎概念。由康德的「審美靜觀」說可以有助於理解劉勰所謂「虛靜」的「疏瀹五藏，澡雪精神」的意旨，就是將內心中的慾念與利害感排除掉，而使整個精神世界得到澡雪淨化。這是轉入審美創造的主體準備階段。

第二節　「虛靜」說的不同源頭

「虛靜」被劉勰納入文學創作思維的軌道，具有了明確的美學意義，這不是偶然的，只是在劉勰這裡被概括為理論化程度很高的、非常明朗的命題，同時它也使中國思想史上有關「虛靜」的說法，有了一個美學的歸宿。「虛靜」說有不同思想體系的來源，這裡略加縷述。

「虛靜」的最早的來源，應該說是《老子》。老子提出的「滌除玄鑒」的命題，對中國美學史上的「虛靜」說是有著重大影響的。《老子》〈十章〉中說：「滌除玄鑒，能無疵乎？」、「滌除玄鑒」，就是說滌蕩心中雜質，使之如明鏡一般。據陳鼓應解釋說：「玄鑒：喻心靈深處明澈如鏡。玄，形容人心的深邃靈妙。」、「玄鑒」，通行的本子作「玄覽」，此據高亨說改。高亨、池曦朝說：「『覽』字當為『鑑』，『鑑』與『監』同，即鏡子。……乙本作『監』，『監』字即古『鑑』字。古人用盆裝上水，以照面孔，稱它為監，所以監字像人張目以臨水盆之

5　康德：《判斷力批判》，第46頁。

上。後人不懂監字本義，改作覽字。」[6]高亨還說：「覽讀為鑑，覽、鑑古通用。……玄鑒者，內心之光明為形而上之鏡，能照察事物，故謂之玄鑒。《淮南子》〈修務篇〉：『執玄鑒於心，照物明白。』《太玄》〈童〉：『修其玄鑒。』玄鑒之名，疑皆本於老子。《莊子》〈天道篇〉：『聖人之心，靜乎天地之鑒，萬物之鏡也。』亦以心譬鏡。」[7]老子「滌除玄鑒」的命題，還不是在美學意義上提出的，但其中的內涵卻對中國美學「虛靜」說的發展，有至深的影響。「滌除玄鑒」的命題，包含兩層含義：第一層，即是把觀照「道」作為認識的最高目的；第二層，是要求人們排除主觀欲念和主觀成見，保持內心的虛靜。[8]「滌除」是行為，意為將內心洗滌干淨，而使心如明鏡般澄明。《老子》〈十六章〉又云：「致虛極，守靜篤，萬物並作，吾以觀復。」這更是「虛靜」說的直接源頭。陳鼓應釋云：

致虛極，守靜篤：「虛」、「靜」形容心境原本是空明寧靜的狀態，只因私慾的活動與外界的擾動，而使心靈蔽塞不安，所以必須時時做「致虛」、「守靜」的工夫，以恢復心靈的清明。「虛」，形容心靈空明的境況，喻不帶成見。[9]

莊子繼承了老子的「滌除玄鑒」的命題，進而提出「心齋」、「坐忘」的命題。《莊子》〈人間世〉云：「若一志，無聽之以耳而聽之以心，無聽之以心而聽之以氣。耳止於聽，心止於符。氣也者，虛而待

6 《試談馬王堆漢墓中的帛書老子》，《文物》1974年第11期。

7 以上據陳鼓應《老子註譯及評介》第十章，中華書局1984年版。

8 參見葉朗：《中國美學史大綱》第一章第五節，上海人民出版社1985年版。

9 陳鼓應：《老子註譯及評介》，第124頁。

物者也。唯道集虛。虛者，心齋也。」這便是莊子所謂的「心齋」。莊子揭示了「氣」與「虛靜」的關係。他認為「氣」便是「虛而待物」。陳鼓應闡釋說：「氣，在這裡當指心靈活動達到極純精的境地。換言之，氣即是高度修養境界的空靈明覺之心。所以說：『氣也者，虛而待物者也。』『虛而待物者』顯然是指心而言。」[10]「心齋」，用陳鼓應先生的話來說是：「人間種種紛爭，追根究底，在於求名用智。名、智為造成人間糾紛的根源，去除求名鬥智的心念，使心境達於空明的境地，是為『心齋』。」[11]《莊子》〈大宗師〉中又提出「坐忘」的命題：「墮肢體，黜聰明，離形去智，同於大通，此謂坐忘。」、「坐忘」與「心齋」相近，都指忘卻人間的日常利害的縈繞，心靈呈現虛靈空明的境界，達於大道。而「坐忘」則進一步要求擺脫「知識」的束縛。徐復觀先生這樣解釋：「莊子的『墮肢體』、『離形』，實指的是擺脫由生理而來的慾望，『黜聰明』、『去知』，實指的是擺脫普通所謂的知識活動。二者同時擺脫，此即所謂『虛』，所謂『靜』，所謂『坐忘』。所謂『無己』、『喪我』。也正是慾望與知識兩忘的意思。」[12]莊子的「坐忘」，包含了排除慾望與忘卻知識的兩重含義。

老子、莊子的「虛靜」說，是達於「大道」之途，並非專為審美創造問題而發。老子哲學的根本範疇是「道」，「道」是非物質性的、形而上的絕對精神，是宇宙的本體。而「道」的最高境界，是虛無的境界。因此，老、莊所講的「虛靜」，自然也就有虛無的成分。老莊的「虛靜」說對劉勰的審美創造的「虛靜」說的影響以及劉勰的「虛靜」說是否來源於老莊，受到了某些文論家的懷疑。著名文藝理論家王元

---

10 陳鼓應：《莊子今注今譯》，中華書局1983年版，第118頁。

11 陳鼓應《莊子今注今譯》中《人間世》篇前言。

12 徐復觀：《中國藝術精神》，春風文藝出版社1987年版，第63頁。

化先生把劉勰的「虛靜」說和老莊的「虛靜」說加以比較，認為：

> 劉勰的虛靜說與老莊的虛靜說恰恰成了鮮明的對照。老莊把虛靜視為返璞歸真的最終歸宿，作為一個終點；而劉勰卻把虛靜視為喚起想像的事前準備，作為一個起點。老莊提倡虛靜的目的是為了達到無知無慾、混渾噩噩的虛無之境；而劉勰提倡虛靜的目的卻是為了通過虛靜達到與虛靜相反的思想活躍、感情煥發之境。一個消極，一個積極，兩者的區別是顯而易見的。從而，劉勰的虛靜說並非出於老莊的虛靜說也是同樣顯而易見了。[13]

王元化先生明確否定了劉勰的「虛靜」說出於老莊的「虛靜」說，而認為〈神思〉篇的「虛靜」說「別有所本」。那麼，這個「所本」是什麼呢？王元化先生認為主要是荀子提出的「虛壹而靜」的命題。「虛壹而靜」最早出於宋鈃、尹文的著作，而在王元化看來，「事實上荀子卻捨棄了宋鈃、尹文通過虛壹而靜這個用語所表示的靜以制動，靜以養心，去知去欲，無求無藏的消極目的，而提出了截然相反的規定」。[14]王元化先生著眼於荀子「虛壹而靜」的命題能動的、蘊藏的、積極的內涵，以此為依據認為劉勰「虛靜」說的源頭在於荀子。從《荀子》的原文來看，王元化先生對荀子「虛壹而靜」的理解本身是較為確切的。我們不妨從《荀子》的有關原文中來理解這個命題的內涵。《荀子》〈解蔽〉篇云：

---

13 王元化：《文心雕龍創作論》，上海古籍出版社1984年版，第152頁。

14 王元化：《文心雕龍創作論》，第153頁。

> 心何以知？曰：虛壹而靜。心未嘗不臧也，然而有所謂虛；心未嘗不滿也，然而有所謂一；心未嘗不動也，然而有所謂靜。人生而有知，知而有志，志也者臧也；然而有所謂虛，不以所已臧害所將受謂之虛。心生而有知，知而有異，異也者，同時兼知之。同時兼知之，兩也，然而有所謂一，不以夫一害此一謂之壹。……未得道而求道者，謂之虛壹而靜。

「臧」，即是「藏」，有積藏之意。「壹」的對面是「異」，「靜」的對面是「動」，從心的本性來説，它是有「臧」、「異」、「動」的特點的。「虛壹而靜」不但不排斥「臧」、「異」、「動」，而且是以此為基礎的。王元化先生的理解是頗為中肯的，他這樣闡釋説：

> 心往往積藏了許多固定看法，包含了許多紛雜不一的成分，並且又往往是不由自主地運行著的。倘要以心知道，那末就必須由臧而虛，由壹而異，由動而靜。心固然具有臧異而動的特點，但是未嘗不能達到虛壹而靜的境界。[15]

王元化先生認為荀子的「虛壹而靜」之説也是作為一種思想活動前的準備手段而提出的，這與劉勰把「虛靜」作為一種構思前的準備手段並無二致。因此，劉勰的「虛靜」之説是吸收了荀子「虛壹而靜」命題的。

筆者認為，王元化先生認為劉勰「虛靜」説是吸收荀子的「虛壹而靜」的思想是言之成理的，但是以老莊的「虛靜」説為消極的虛無，

---

15 王元化：《文心雕龍創作論》，第153頁。

從而否定老莊的「虛靜」對劉勰的深刻影響，也不免牽強。事實上，老莊哲學中的「虛靜」說並非是絕對消極的虛無，而是蘊含著創造的成分。《老子》中的「虛靜」意味著對道體的復歸。《老子》〈十六章〉說：「致虛極，守靜篤。萬物並作，吾以觀復。夫物芸芸，各復歸其根。歸根曰靜，靜曰覆命。」老子在這裡以「致虛」、「守靜」為復歸之途。萬物紛紛芸芸，各自返回它的根本。返回根本叫作「靜」，靜叫作「覆命」。陳鼓應先生闡釋此章說：

本章強調致虛守靜的工夫。……致虛必守靜。透過「靜」的工夫，乃能深蓄厚養，儲藏能量。本章還說到「歸根」、「覆命」。「歸根」就是要回到一切存在的根源。根源之處，便是呈「虛靜」的狀態。而一概存在的本性，即是「虛靜」的狀況，還回到「虛靜」的本性，就是「覆命」的思想。[16]

這裡的「致虛守靜」，是包含著「動」的。通過虛靜，以觀萬物，歸其本根，恰恰是蘊蓄著能量。正如張松如先生所說：

老子是以「歸根」一辭作為「靜」的定義，又以「覆命」一辭作為「靜」的寫狀。如果說「並作」包含著「動」的意思，那麼「歸」、「復」便屬於靜的境界，正是在這靜的境界中再孕育著新的生命。[17]可見，老子的「虛靜」是有著創造的因子的。

16 陳鼓應：《老子註譯及評介》，第129頁。

17 張松如：《老子說解》，齊魯書社1998年版，第100頁。

至於莊子所說的「心齋」、「坐忘」，則是更多地帶上了審美創造的色彩。莊子把「心齋」以後的「心」的作用比作鏡，有時又以水作喻。在他看來，這種心態可以主宰天地，包藏萬物。《莊子》〈德充符〉中說：「人莫鑒於流水而鑒於止水，惟止，能止眾止。……而況官天地，府萬物，直寓六骸，象耳目，一知之所知，而心未嘗死者乎。」心齋如「止水」的心靈，並非死滅，而是可以「官天地，府萬物」。而《莊子》〈應帝王〉中也說：「至人用心若鏡，不將不迎，應而不藏，故能勝物而不傷。」意思是心如空明之鏡，對任何物都能做不迎不將的觀照。《莊子》〈天道〉篇中論述「虛靜」云：

聖人之靜也，非曰靜也善，故靜也；萬物無足以鐃心者，故靜也。水靜則明燭鬚眉，平中准，大匠取法焉。水靜猶明，而況精神！聖人之心靜乎！天地之鑒也，萬物之鏡也。夫虛靜恬淡寂漠無為者，天地之本，而道德之至，故帝王聖人休焉。休則虛，虛則實，實者備矣。虛則靜，靜則動，動則得矣。靜則無為，無為也，則任事者責矣。無為則俞俞，俞俞者憂患不能處，年壽長矣。夫虛靜恬淡寂漠無為者，萬物之本也。

虛而至靜，靜而至動，動則有得。這便是創造的成因。莊子還認為「虛靜」是「萬物之本」，這當然並非虛無消極的，而是發生萬物的根本。《莊子》〈達生〉篇裡所講「梓慶削木為鐻」的故事，是通過「齋以靜心」而創造出精美絕倫的藝術品的例子。〈達生〉篇云：

梓慶削木為，成，見者驚猶鬼神。魯侯見而問焉，曰：「子何術以為焉？」對曰：「臣，工人，何術之有！雖然，有一焉。臣將為，未嘗敢以耗氣也。必齋以靜心。齋三日，而不敢懷慶賞爵祿；齋五日，不敢懷非譽巧拙；齋七日，輒然忘吾有四肢形體也。當是時也，無公朝，其巧專而外骨消；然後入山林，觀天性，形軀至矣。然後成見，然後加手焉，不然則已。則以天合天，器之所以疑神者，其是與！」

這個「梓慶削木為鐻」的故事，充分說明了莊子的「心齋」是並非導向虛無的、消極的，而在很大程度上是蘊含著審美創造的因子的。梓慶所為之，雕刻十分精美，見者以為是鬼斧神工，這當然可以視為是一種美的創造。他是如何達到這種至美的境界的呢？莊子看來，就是「齋以靜心」，也即前面所說的「心齋」。「不敢懷慶賞爵祿」、「不敢懷非譽巧拙」，就是在心裡排除一切利害得失的考慮。同時進一步達到「坐忘」的境界——「輒然忘吾有四肢形體也」。這樣，才能「以天合天」，創造出神妙的藝術品。其實，另如「解衣磅礴」、「佝僂承蜩」等故事，也都是齋以靜心、忘懷利害而達於奇妙之境的例子。

在心靈上排除現實利害慾念的干擾，達到「心齋」、「坐忘」的境界，並不是進入虛無渺然的狀況，而是全身心地投入一種自由創造。「用志不分，乃凝於神。」（《莊子》〈達生〉）就是忘卻現實的利害，排除紛擾，要將意念集中於藝術對象之上。徐復觀先生就「佝僂承蜩」的故事闡釋云：

莊子剋就人生自身而言體道，是忘知忘己，有如槁木死灰，以保住其虛靜之心。剋就某一具體之藝術活動而言，則是忘去藝術對象以外之一切，以全神凝注於對象之上，此即所謂「用志不分」。以虛靜之心照物，則心與物冥為一體，此時之某一物即系一切，而此外之物皆忘；此即成為美的觀照。[18]

徐復觀先生的這種闡釋是中肯的。

以積極與消極的分野來判斷劉勰的「虛靜」說只是來源於荀子，而與老莊的「虛靜」思想並不相干，這種看法未必是客觀的。一是認為「從實質方面來看，老莊的虛靜說完全是以虛無出世的消極思想為內容」，這種認識就是較為偏頗的，老莊「虛靜」說本身就有著更為深刻的創造性的內蘊（前面已經有所論列）。二是荀子的「虛壹而靜」的命題，也並非是與老子的「虛靜」說絕緣的。王元化先生指出，「虛壹而靜」一詞，是最早出於宋尹學派的著作，而荀子卻賦予它新的含義。[19]而宋尹學派有關思想是與《老子》有深刻的連繫的。認為劉勰是吸收繼承了《荀子》，便與老莊的「虛靜」說無緣，這是很難說服人的。

作為宋尹學派主要著作的《管子》的部分篇章，一方面繼承與闡發了老子的「虛靜」之說，一方面又深刻地影響了荀子，尤其是「虛壹而靜」的命題，是接受了《管子》中〈心術〉、〈內業〉等篇的「虛靜」說的。〈心術〉篇以「虛靜」為治心之術，有很明顯的能動意義。如說：「人主者立於陰，陰者靜，故曰『動則失位』。陰則能制陽矣，靜則能制動矣，故曰『靜乃自得』。」又指出了「虛靜」是產生「精氣」、聚集「神明」的根源：「道在天地之間也，其大無外，其小無內，故曰：不遠而難極也。虛之與人也無間，唯聖人得虛道，故曰：並處而難得。世人之所職者精也。去欲則宣，宣則靜矣。靜則精，精則獨立矣；獨則明，明則神矣。」以「虛靜」的治心之術，所達到的人的心靈

18 徐復觀：《中國藝術精神》，第107頁。

19 王元化：《文心雕龍創作論》，第153頁。

的「神明」。這些都可說是對老子「虛靜」說的發揮。「精氣」是《管子》的創造性思想，而這是植根於《老子》的，如《管子》〈內業〉篇云：「凡道無根無莖，無葉無榮；萬物以生，萬物以成，命之曰道。」、「天主正，地主平，人主安靜。春秋冬夏，天之時也。山陵川谷，地之枝也。喜怒取予，人之謀也。是故聖人與時變而不化，從物而不移。能正能靜，然後能定。定在心中，耳目聰明，四肢堅固，可以為精舍。精也者，氣之精者也。氣，道乃生，生乃思，思乃知，知乃止矣。」這裡既有老子哲學的推衍，又提出了「精氣」之說。「精氣」以心為「舍」，必須將心靈清除潔淨，去知去欲，才能使精氣留存。《管子》〈內業〉篇所說的「敬除其舍，精將自來」，正是此意。這其實也正是老子的「致虛守靜」，卻又是以積存精氣為目的的。

宋尹學派所講「虛靜」，確實是更多地於其中闡發了創造性的因子。由心靈的「虛靜」，而聚集「精氣」;「精氣」運摶，而為人之神明，此即是主體的思維能力。《管子》的有關論述，都揭示了其中那種生生不息的創造狀態。其中〈內業〉篇說：

精存自生，其外安榮。內藏以為泉原，浩然和平，以為氣淵。淵之不涸，四體乃固；泉之不竭，九竅遂通。乃能窮天地，被四海；中無惑意，外無邪災。心全於中，形全於外，不逢天災，不遇人害，謂之聖人。

又云：

摶氣如神，萬物備存。能摶乎？能一乎？能無卜筮而知吉凶乎？能止乎？能已乎？能勿求諸人而得之己乎？思之，思之，又重思之。

思之而不通，鬼神將通之。非鬼神之力也，精氣之極也。

這都是由精氣聚集而生的「神思」，是能動的，創造的。王元化先生認為劉勰的「虛靜」思想是出自於荀子，荀子的「虛壹而靜」的命題出自於宋鈃、尹文的著作，「可是事實上荀子卻捨棄了宋鈃、尹文通過虛壹而靜這個用語所表示的靜以制動，靜以養心，去知去欲，無求無藏的消極目的，而提出了截然相反的規定」[20]。我們則從上述論列中可以見出宋尹學派的「虛靜」說，是有著頗為豐盈的創造性質的，而這則是與老子的「虛靜」哲學有相當深刻的內在關係的。

第三節　「虛靜」說的歷史發展

「虛靜」說在劉勰之後的藝術理論發展過程中，是關於創作心理的一個重要觀念，很多文論家、藝術理論家都認為凝心靜氣的心態，是創造藝術精品的必要的前提條件。如唐代著名的美術史家張彥遠在評價顧愷之畫作時說：

遍觀眾畫，唯顧生畫古賢得其妙理，對之令人終日不倦。凝神遐想，妙悟自然，物我兩忘，離形去智。身固可使如槁木，心固可使死灰，不亦臻於妙理哉！所謂畫之道也。[21]

張彥遠在這裡提出的「凝神遐想，妙悟自然」的命題，顯然是「虛

20　王元化：《文心雕龍創作論》，第153頁。

21　張彥遠：《歷代名畫記》，上海人民美術出版社1964年版，第36頁。

靜」說在繪畫領域的延伸，它也是宗炳的「澄懷味像」的發展。張彥遠是通過對顧愷之繪畫藝術的成就來闡述這個命題的。有的學者認為：「張彥遠在這裡主要講的是對繪畫藝術的欣賞與觀照。具體地說，就是對『顧生畫古賢』的欣賞與觀照。……這表明在審美欣賞與觀照中，由『凝神遐想』到『妙悟』境界不是人為努力的結果，而是自然而然實現的。」[22]筆者以為，這裡所說的「凝神遐想，妙悟自然」，並非是說對顧愷之畫作的欣賞所持的心態，而是讚賞顧愷之作畫時那種物我兩忘的心靈狀態。易言之，張彥遠所說的「凝神遐想」是創作心態，而非欣賞心態。張彥遠《歷代名畫記》（卷二）說的都是繪畫創作，而非欣賞，說「凝神遐想」是欣賞心態與整體語境不合。而且，張彥遠前面說「顧生得妙理」，當然是得創作之「妙理」，而後面所說的「臻於妙理」，是揭示顧生在作畫時這種靜心凝慮的心態的。張彥遠在同一卷中又說：「守其神，專其一，合造化之功，假吳生之筆，向所謂意存筆先，畫盡意在也。凡事之臻妙者，皆如是乎，豈止畫也！」也是講畫之創作的。「臻於妙理」是達到神妙的繪畫境界。上文所說的「所謂畫之道也」也是明明白白說的是作畫之道，而非「賞畫之道」。「凝神遐想」即是由虛靜心態而生繪畫構思中的審美想像。「物我兩忘，離形去智」，亦莊子所說的「心齋」、「坐忘」。而張彥遠的「凝神遐想，妙悟自然」，其實是把「虛靜」的審美心態與「神思」的藝術思維的關係深刻地揭示了出來。「妙悟」本是佛教禪宗的悟道方式，是指以直覺思維而對佛性的徹底體認。這裡則是指那種靈妙神奇的藝術思維。所謂「自然」，筆者倒是同意樊波先生在《中國書畫美學史綱》中所說的「自然而然之意」，進一步說，也就是藝術創作中的那種並非刻意摹寫雕

22 樊波：《中國書畫美學史綱》，吉林美術出版社1998年版，第332頁。

琢，卻似在不經意間便創造出至精至妙的境界。張彥遠最為推崇的也正是這種「妙理」。他所說的「運思揮毫，意不在於畫，故得於畫矣。不滯於手，不凝於心，不知然而然」[23]，正是此種妙境。

宋代著名畫家郭熙在論述作畫的創作心態時非常重視虛靜的審美心胸。他在其著名的畫論著作《林泉高致》中說：

每乘興得意而作，則萬事俱忘。及事汩志撓，外物有一，則亦委而不顧。委而不顧者，豈非所謂昏氣者乎！凡落筆之日，必明窗淨幾，焚香左右，精筆妙墨，盥手滌硯，如見大賓，必神閒氣定，然後為之。（《林泉高致》〈山水訓〉）

「萬事俱忘」，也即是不膺「外物」的虛靜之心。郭熙主張在作畫時一定要神閒氣定，才能有佳作誕生。郭熙又把這種虛靜的心靈稱為「林泉之心」，也就是擺脫外物干擾，「塵囂韁鎖」，做到「萬慮消沉」，這正是上承莊子的「心齋」、「坐忘」命題的。擺脫外物干擾，神閒氣定，便會使創作心靈進入一種高度的集中與專一的狀態，用郭熙的話來說，就是「注精以一」。郭熙這樣說：

凡一景之畫，不以大小多少，必須注精以一之，不精則神不專；必神與俱成之，神不與俱成，則精不明；必嚴重以肅之，不嚴則思不深；必恪勤以周之，不恪則景不完。故積惰氣而強之者，其跡軟懦而不決，此不注精之病也。積昏氣而汩之者，其狀黯猥而不爽，此神不與俱成之弊也。以輕心挑之者，其形脫略而不圓，此不嚴重之弊也。

23 張彥遠：《歷代名畫記》卷二。

以慢心忽之者，其體疏率而不齊，此不恪勤之弊也。（《林泉高致》〈山水訓〉）

郭熙在這裡提出了「注精而一」的命題，也就是要求畫家內心虛靜，積聚精氣，以使創作心理高度集中，充盈著旺盛的創造力。這是受《管子》中「虛靜」思想的深刻影響的。《管子》以「精氣」與「虛靜」之心連繫起來，《管子》云：「道在天地之間也，其大無外，其小無內，故曰不遠而難極也。虛之與人也無間，唯聖人得虛道，故曰並處而難得。世人之所職者精也。去欲則宣，宣則靜矣；靜則精，精則獨立矣；獨則明，明則神矣。神者，至貴也。故館不辟除，則貴人不捨焉。故曰不潔則神不處。」（《管子》〈心術上〉）。「精」即是精氣。去掉慾望，就能虛，虛則能靜。靜則能使人精氣旺盛充盈，精氣旺盛就能專心一意（「獨」），而專心一意即可使人的智慧（「神」）神妙莫測。而如果心靈不掃除乾淨，精氣就不會舍於其中。《管子》這段話已經闡明了虛靜之心與「神」的關係。上引郭熙的這段論述是與其有著內在淵源的。

蘇軾提出了著名的「空靜」說，將「虛靜」的美學命題推向了新境。蘇軾在《送參寥師》一詩中寫道：

上人苦學空，百念已灰冷。劍頭唯一吷，焦谷無新穎。胡為逐吾輩，文字爭蔚炳？新詩如玉屑，出語便清警。退之論草書，萬事未嘗屏。憂愁不平氣，一寓筆所騁；頗怪浮屠人，視身如丘井。頹然寄淡泊，誰與發豪猛？細思乃不然，真巧非幻影，欲令詩語妙，無厭空且靜：靜故了群動，空故納萬境。閱世走人間，觀身臥雲嶺。咸酸雜眾好，中有至味永。詩法不相妨，此語當更請。

蘇軾在「虛靜」說的發展中融進了佛禪之理，但卻使其有了更深刻的美學內涵。參寥，即僧道潛，他字參寥，是一位頗有文學造詣的詩僧，對蘇軾非常推崇。此詩作於元豐元年（1078）。時參寥從杭州來徐州探訪蘇軾。這首詩從參寥的詩談起，闡發了詩不厭「空靜」的道理。

佛教以苦空觀人生，宣揚對塵世的厭棄。在佛教看來，人生來世上，便處在苦海的煎熬之中。由於有了「我執」、「法執」，不能看破紅塵，免不了各種慾望的誘惑，有所貪愛，慾望不能盡得滿足，便陷入無邊的焦慮與痛苦。因此，要脫離苦海，就要把一切看空，既破「我執」，又破「法執」。出家的僧人更應該萬念俱灰，心如止水了。「百念已灰冷」、「焦谷無新穎」，就是說禪僧的這種空寂之心。

然而，蘇軾的意思是讚譽參寥子的詩寫得非常之好，意境脫俗。禪家以「不立文字」相標榜，但禪門詩僧反多。「胡為逐我輩，文字爭蔚炳？」看似詫異，實際是對參寥詩的稱讚，接下來的「新詩如玉屑，出語便清警」兩句，就更為顯豁了。

蘇軾提出了一個問題：像參寥這樣的禪師，本應該「心如死灰」、「百念灰冷」了，卻為何又能精於詩藝呢？蘇軾確實有著這樣的困惑，他在《參寥子真贊》中也說：「維參寥子，身寒而道富。辯於文而訥於口。外尫柔而中健武。與人無競，而好刺譏朋友之過。枯形灰心，而喜為感時玩物不能忘情之語。此予所謂參寥子有不可曉者五也。」應該說，這個困惑是有著很大的理論意義的。禪與詩及繪畫等藝術為何有親密的血緣關係？解開這個困惑，會從一個側面回答上面的問題。

蘇軾又聯想到韓愈論述草書藝術時所產生的困惑，而表述了與韓愈不同的審美觀。同時，也把草書（作為書法藝術）與詩歌藝術的問題連繫在一起，上升到美學層面來考慮。韓在《送高閒上人序》中，貫徹了他「不平則鳴」的審美價值觀，他稱讚張旭的草書藝術時說：

往時張旭善草書，不治他技，喜怒窘窮，憂悲愉佚，怨恨思慕，酣醉無聊，不平有動於心，必於草書焉發之。……故旭之書，變動如鬼神，不可端倪，以此終其身而名後世。

韓愈認為，張旭正是能在草書中發抒不平之氣，一吐為快，方才有了傳世的不朽聲名與價值。而韓愈對僧人高閒的草書評價云：「今閒師浮屠氏。一死生，解外膠，是其為心，必泊然無所起，其於世，必淡然無所嗜。泊與淡相遭，頹墮委靡，潰敗不可收拾，則其於書，得無象之然乎？然吾聞浮屠人善幻多技能，閒如通其術，則吾不能知矣。」在韓愈的觀念裡，書法要有很高的價值，就必須抒其怨憤不平之氣，方可沖蕩奇崛；而禪僧胸次淡泊淵靜，是難有驚人、感人之作的。這明顯是以「不平則鳴」的價值觀來評價書法藝術的價值的。韓愈對詩文創作的評價尤其如此。韓愈的名作《送孟東野序》突出地闡揚了「不平則鳴」的藝術價值觀，他說：

大凡物不得其平則鳴。草木之無聲，風撓之鳴；水之無聲，風蕩之鳴。其躍也或激之，其趨也或梗之，其沸也或炙之；金石之無聲，或擊之鳴。人之於言也亦然：有不得已者而後言，其歌也有思，其哭也有懷，凡出乎口而為聲者，其皆有弗平者乎！

在韓愈看來，真正有價值、能感人的作品，都是「有思」、「有懷」的，胸中有不平之氣，出而為言，「擇其善鳴者而假之鳴」。反之，心境淡然泊然，是不能創作出好的作品的。這裡值得注意的是，韓愈在這篇文章裡，把作品的藝術成就與藝術家的創作心理密切連繫在一起，這對於中國的藝術理論來說是有其獨特的貢獻的。他在《送高閒人序》這篇文章中還說：「今閒之於草書，有旭之心哉？不得其心而逐其跡，未見其能旭也。」他認為想要學張旭的草書，必須有張旭那樣勃郁不平的胸臆，主體的情感「利害必明，無遺錙銖，情炎於中，利慾斗進，有得有喪，勃然不釋，然後一決於書」。這就是韓愈所理解的張旭。

蘇軾顯然是不同意韓愈這種創作觀的，但韓愈的說法使他對這個問題的思考深入了許多。韓愈把藝術家的心態與創作作為一種必然連繫在一起，蘇軾雖然不同意他的結論，卻沿著這個思路得出了自己的答案。

「欲令詩語妙，無厭空且靜」，並非是指好詩的意境，而分明是指詩人的審美創作心態。欲使詩語至於妙境，就應使自己有一個空明虛靜的心態。蘇軾一方面繼承了中國古典美學中「虛靜」說的步武，另一方面又以佛教禪宗的思想為主要參照系，改造和發展了中國美學中的審美態度理論。詩人把「空靜」的範疇納入了藝術創造的軌道，它雖然帶著禪學的痕跡，但卻具有了明顯的美學性質。

「空」是佛教的核心觀念，一切的佛學理論，說到底，都可以用「空」字來一言以蔽之，但是按大乘佛學的理解，「空」並非空無所有，並非杳無一物，而就是存在於現象中的本質。《般若波羅蜜多心經》說得直接乾脆：「色不異空，空不異色。色即是空，空即是色。」一切現象，並沒有被大乘佛學所否定，而是把它們和「空」的本體性質等為一體。禪宗直接繼承了這一思想，被禪門奉為經典的《金剛經》，一再講「凡所有相，皆是虛妄」、「諸相非相，即見如來」。就是要求學佛者不執於「有」，亦不執於「空」，不落「空」、「有」二邊。

六祖慧能進一步以心為空，故有「心量廣大，猶如虛空」的名言。禪六門之所以把「心」作為派生「萬法」的本體，根據就在於「心量虛空」，所以能「含日月星辰，大地山河，一切草木，惡人善人，惡法善法，天堂地獄，盡在空中」（《壇經》）。

佛學更重視「靜」，並且以之作為宗教修習的根本要求。佛門之「靜」，也就是「定」，要求習禪者心如止水，不起妄念，於一切法不染不著，不取不捨。然而，大乘佛學的「靜」，並非與動水火不容的純然之「靜」，而是與「動」兼容互即的。般若學於「動」、「靜」範疇取不落二邊的態度，主張動靜互即。著名佛教思想家僧肇大師有《物不遷論》的佛學名作，其中專論「動中寓靜」的觀點：「尋夫不動之作，豈釋動以求靜，必求靜於諸動。必求靜於諸動，故雖動而常靜。不釋動以求靜，故雖靜而不離動。」這便是用「中道觀」來認識「動」、「靜」範疇，即動即靜，非動非靜，把「動」、「靜」統一起來講。

說到此處，蘇軾所言之「靜故了群動，空故納萬境」的佛學理論基因，大概可以不言自明了。蘇軾借用了大乘佛學的「空」觀、「動靜」觀來談詩歌創作。「空」與「靜」是因，而「了群動」、「納萬境」是果，這裡已不再是佛學的意思，而全然是詩學的意味。正因為主體心靈的「空」、「靜」，才能洞照物像的紛紜湧動，也才能在心靈中生成更多的審美意象。

「空」與「靜」，都不是長久的、恆定的心理狀態，這當然是從審美創造心理而言，而非就禪而言的。它是一種插入，暫時切斷創作主體與世界的功利的、世俗的連繫，使主體換上一副審美的眼鏡來重新打量世界，而進入審美創造準備階段的過程。

第四節　「虛靜」心態與「神思」的關係

如前所述，「虛靜」乃是一種審美的心胸，對於藝術創作的「神思」來說，是一個必要的前提。正是因為創作主體通過虛靜的功夫，忘卻現實的煩惱與利害，達到沒有任何遮蔽的「玄鑒」、「心齋」，空明澄淨，除欲去智，才能與自然對話，與大道玄同。而藝術創作中那種恍惚而來、不思而至，又異常靈妙的思致，卻由此而生。「虛靜」，並非是導向消極無為的虛無，而恰恰是以「虛靜」的心胸蘊蓄了更具有審美創造意義的因子。那麼，這其中的奧秘又在何處呢？

宗炳《畫山水序》裡的這樣一段話很能說明「虛靜」的心態與「神思」的關係。他說：

閒居理氣，拂觴鳴琴，披圖幽對，坐究四荒，不違天勵之藂，獨應無人之野。峰岫嶢嶷，雲林森渺，聖賢映於絕代，萬趣融其神思，余復何為哉，暢神而已。神之所暢，孰有先焉？

「閒居」並非只是身體之「閒」，主要是心境之閒適。「閒」而後「理氣」，即是調暢氣息，使胸中精氣充盈。這樣，畫家方能晤對山水之靈韻，與天地萬物合為一體，得到精神的超越與解脫。而在此時，各種情趣都融於「神思」之中，呈現一種「暢神」的心意狀態。在這裡，宗炳給我們以啟示的，主要在於「閒居」與「理氣」的關係。「虛靜」的同時，是使精氣充盈於胸臆，從而使心靈沒有任何外物干擾而又精神飽滿，許許多多的奇思妙想便油然而生。

「虛靜理氣」的思想源於《管子》。《管子》明確地把「氣」的範疇規定為「精氣」，也稱為「精」。《管子》〈內業〉云：「精也者，氣之精者也。」精即精微而能變化的氣。《管子》還提出了「虛靜守氣」的思想，〈內業〉篇中說：「形不正，德不來。中不靜，心不治。正形攝德，天仁地義，則淫然而自至。神明之極，照乎知萬物，中義守不忒，不以物亂官，不以官亂心，是謂中得。有神自在身，一往一來，莫之能思。失之必亂，得之必治。敬除其舍，精將自來。」這裡所說的「不以物亂官」，是不讓外物干擾感官，「不以官亂心」，是不讓感官干擾心靈。「敬除其舍」，就是滌除心靈，而使精氣充盈其間。虛靜守氣是身心修養的關鍵。「凡道無所，善心安愛？心靜氣理，道乃可止。」（《管子》〈內業〉）虛靜守氣，治氣固氣，陰陽和平，才能成為得道之人。恬然虛靜，無私無欲，不為物累，不為利誘，才能守住精氣，養好精氣。《管子》的虛靜養氣，是身心修養之途，還不是談藝術創造心理的。而劉勰的「養氣」，則全然是從文學藝術的創作角度來立論的。

劉勰在《文心雕龍》〈物色〉篇中提出了一個非常富有理論價值的命題，那就是「入興貴閒」。〈物色〉篇中說：「是以四序紛回，而入興貴閒；物色雖繁，而析辭尚簡；使味飄飄而輕舉，情曄曄而更新。」這段話的主要意思是說作家應該把握對象的特徵，使作品產生歷久彌新的審美情味。「入興貴閒」則是主張在一種閒適優游的心態下才能產生創作上的靈思感興。「閒」其實是閒適而虛靜的心意狀態。紀昀的評價頗為中肯，他說：「四序紛回四語尤精。凡流傳佳句都是有意無意之中，偶然得一二語，無累牘連篇苦心力造之事。」[24]紀昀顯然認為此中之「閒」即閒適無意的心態。與之密切關聯的是《文心雕龍》〈養氣〉一篇，從「養氣」的角度談到「虛靜」的心態與對創作的積極意義。〈養氣〉篇中說：

---

24 范文瀾：《文心雕龍注》，人民文學出版社1978年版。

> 昔王充著述，制〈養氣〉之篇，驗己而作，豈虛造哉！夫耳目鼻口，生之役也；心慮言辭，神之用也。率志委和，則理融而情暢；鑽礪過分，則神疲而氣衰：此性情之數也。……夫學業在勤，功庸弗怠，故有錐股自厲，和熊以苦之人。志於文也，則申寫郁滯，故宜從容率情，優柔適會。若銷鑠精膽，蹙迫和氣，秉牘以驅齡，灑翰以伐性，豈聖賢之素心，會文之直理哉！且夫思有利鈍，時有通塞；沐則心覆，且或反常，神之方昏，再三愈黷。是以吐納文藝，務在節宣，清和其心，調暢其氣，煩而即舍，勿使壅滯。意得則舒懷以命筆，理伏則投筆以卷懷，逍遙以針勞，談笑以藥倦，常弄閒於才鋒，賈余於文勇，使刃發如新，湊理無滯。雖非胎息之邁術，斯亦衛氣之一方也。贊曰：紛哉萬象，勞矣千想。玄神宜寶，素氣資養，水停以鑑，火靜而朗。無擾文慮，郁此精爽。

〈養氣〉通篇都可以看作「入興貴閒」這個理論命題的系統闡釋，而更為重要的意思在於劉勰提倡作家應該陶養文氣，以優游閒適的心態獲致詩文創作的靈機，而不主張臨紙苦吟，強刮狂搜。這與「虛靜」並非全然是一回事，但其間的連繫卻是相當深刻的。劉勰認為只有「閒」的心態才能使創作思維「刃發如新，湊理無滯」，而「閒」的含義就是指作家「清和其心，調暢其氣」的身心狀態。黃侃《文心雕龍札記》中評〈養氣〉篇云：「此篇之作，所以補〈神思〉篇之未備，而求文思之常利也。」〈養氣〉篇所論，是與〈神思〉篇中的「陶鈞文思，貴在虛靜」的命題連繫非常密切的。

「虛靜」的心態使作家易於進入閒適寬鬆的心理環境，也即劉勰所說的「入興貴閒」。在「閒」的狀態下，作家的頭腦中非常易於出現無意識的、不經意的情形，而那些非常活躍的靈妙的意象、念頭，多半是在這種情形下湧出來的。因此，「虛靜」的心態不但不與創造性的思維相悖謬，而且是蘊含著創造因子在內的。在這點上，英國美學家鮑桑葵所言很能說明這個觀點，他說：「在我看，這裡的重要一點好像是，『靜觀』一詞不應當意味著『靜止』或『遲鈍』，而是始終含有一種創造因素在內。」[25]筆者覺得，這是能夠說明「虛靜」說的創造性意義的。「虛靜」是「神思」即藝術創作思維的必要前提，它有著深遠的哲學的、美學的淵源，有著鮮明的中華文化的氣質。「虛靜」並非是消極無為的，而是為創作的「神思」所尤為需要的審美心胸。劉勰全然是從藝術創作的角度出發來倡導「虛靜」的命題，認為作家在進入藝術構思時及在整個構思過程中，都應使心靈袪除日常的慾念，精神得到澡雪和昇華。如此，才可能創造出奇妙卓異的上乘之作。

25　鮑桑葵：《美學三講》，周煦良譯，上海譯文出版社1983年版，第17頁。

第四章

「神思」與藝術創作思維中的想像

第一節　關於藝術想像

「神思」作為藝術創作思維，是一個完整的過程，想像並非是它的全部，但在「神思」中，想像無疑占有非常重要的地位與分量。在對「神思」的論述中，有些論者認為「神思」等同於想像，這固然是筆者所不敢全然苟同的，但這又是給人以深刻啟示的。在筆者看來，「神思」在中國古典美學中是關於藝術創作思維的一個總體性的範疇，並不侷限於藝術想像，但是藝術想像畢竟是「神思」最為核心的內容、最重要的成分。

想像是人類遠遠高出於其他動物的一種重要的思維形式，也是人們賴以進行創造性活動的心理功能。人類所做出的任何新的發明創造，人類的每一點進步，可以說都離不開想像的支撐。憑藉想像，人類不斷地征服自然，不斷地超越自我，不斷地創造著更為美好的明天。馬克思在《資本論》中所舉的「蜜蜂和建築師」的著名例子，就非常經典地論證了想像在人類文明史上的傑出作用。想像並非僅是藝術創作的專利，無論是科學發明還是藝術創作，都需要想像的參與。愛因斯坦說：「想像力比知識更重要，因為知識是有限的，而想像力概括著世界上的一切，推動著進步，並且是知識進化的源泉。嚴格地說，想像力是科學研究中的實在因素。」[1]想像力在創造性思維活動中具有特殊的重要意義，是進行創造性思維活動所不可缺少的重要能力要素。

在藝術創作活動中，想像更是最為重要的心理能力。同樣是作為創造活動的心理能力，藝術想像與科學中的想像又有很大不同。在這裡，不妨援引彭立勳先生的有關論述，他說：

藝術想像在形象創造的獨特性、鮮明性和生動性上，是科學中的想像所不能比擬的。科學中的想像雖然也是用形象的方式來改造舊的經驗，具有一定的形象性，但它必須和科學的邏輯思維結合在一起發揮作用，其最終目的則是導致科學理論的形成。所以，在科學研究和發現中，想像只是作為構成科學理論的支撐點，作為通往新理論的橋樑而發揮作用。恩格斯說：「只要自然科學運用在思維者，它的發展形式就是假說。」科學發現離不開假說，而假說離不開想像。必須通過創造性想像，才能在假說中改造過去和現在的知識，形成未來的新知識。但假說的提出主要是靠抽象思維，假說經過實踐檢驗得到確證以後，就上升為規律或者理論。所以，在科學研究中想像是輔助抽象思

1 愛因斯坦：《論科學》，見《愛因斯坦文集》第一卷，商務印書館1976年版，第284頁。

維並向理論過渡的，它不要求保持和發展形象創造的個別性、獨特性。藝術的想像則不然。在藝術家的創作構思中，想像始終是和形象思維交織在一起的，並且滲透到形象思維中作為它的一個組成部分而發揮作用，其最終目的是為了形成審美意象或藝術典型。……拋棄了形象的個別性、獨特性，就不會有審美意象的形成和藝術典型的創造。這就要求藝術想像必須儘可能地保持和發展形象的個別性、獨特性，並且使其以鮮明、生動的形象細節清晰地呈現在想像所創造的新形象中。[2]

這裡對科學中的想像與藝術想像的分析是頗為中肯的。藝術想像有著不同於科學中的想像的獨特之處，藝術創作中的想像，始終是伴隨著形象和情感的。

藝術想像活動在藝術創作中的作用非同小可，這在許多著名的美學家的著述中都有深刻的論述。如康德把想像力作為「構成天才的心意諸能力」的首要一點加以論述，他說：

我所瞭解的審美觀念就是想像力裡的那一表象，它生起許多思想而沒有任何一特定的思想，即一個概念能和它相切合，因此沒有言語能夠完全企及它，把它表達出來。人們容易看到，它是理性的觀念的一個對立物（pendant），理性的觀念是與它相反，是一概念，沒有任何一個直觀（即想像力的表象）能和它切合。想像力（作為生產的認識機能）是強有力地從真的自然所提供給它的素材裡創造一個像似另一

2　彭立勳：《審美經驗論》，人民出版社1999年版，第226-227頁。

個自然來。[3]

康德把審美觀念與想像力直接結合起來，認為審美觀念就是想像力一種表象。它不是某一客體的表象，而是想像力創造出來的一種東西。康德非常重視想像力在審美中的重要作用，想像力從現實世界中吸取材料，然後加以綜合、改造，創造出「另一自然」，亦稱「第二自然」。黑格爾更為明確地說：「真正的創造就是藝術想像的活動。」[4]又說：「藝術作品既然是由心靈產生出來的，它就需要一種主體的創造活動，它就是這種創造活動的產品。作為這種產品，它是為旁人的，為聽眾的觀照和感受的。這種創造活動就是藝術家的想像。……」[5]黑格爾把藝術作品視為想像力創造出的產物。

中國古典美學中的「神思」範疇，其內涵中對於藝術想像的建樹，雖則多是描述，卻是非常豐富系統的，並不遜色於西方美學。透過那些詩一般的語言，我們所看到的是「神思」論中對藝術想像特徵的精妙楬櫫。我們看劉勰《文心雕龍》的〈神思〉篇中的經典描述：

古人云：「形在江海之上，心存魏闕之下」，神思之謂也。文之思也，其神遠矣。故寂然凝慮，思接千載；悄焉動容，視通萬里。吟詠之間，吐納珠玉之聲；眉睫之前，卷舒風雲之色，其思理之致乎！

劉勰在此處對「神思」的形象化界定，其根本的一點是藝術想像突破時空限制的自由性。「形在江海之上，心存魏闕之下」，語出《莊

3 康德：《判斷力批判》，宗白華譯，商務印書館1964年版，第160頁。

4 黑格爾：《美學》第一卷，商務印書館1981年版，第50頁。

5 黑格爾：《美學》第一卷，第356頁。

子》〈讓王〉篇，原話為：「中山公子牟謂瞻子曰：『身在江海之上，心居魏闕之下，奈何？』」本意是隱身在江海之上，而心裡卻惦唸著朝廷的榮華富貴。劉勰在這裡藉以形容文思可以擺脱身觀的限制，達到任何遙遠的地方。范文瀾先生注云：「案公子牟此語，謂身在草莽，而心懷好爵，故瞻子對以重生輕利。彥和引之，以示人心無遠不屆，與原文本義無關。」[6]黃侃先生對此亦有非常精到的闡釋：「此言思心之用，不限於身觀，或感物而造端，或憑心而構象，無有幽深遠近，皆思理之所行也。」[7]都指出這兩句的意思是心靈對身觀侷限的超越。具體一些説，劉勰這裡講的是文學創作時的文思。按劉勰的理解，「神思」主要是這樣一種能夠突破時間、空間限制的想像力。

如果侷限於感覺經驗，那就不可能稱其為想像。想像就是要突破此時此地的感覺經驗，將異時異地、不在眼前的表象聚攏在目前的心靈屏幕上。「思接千載」、「視通萬里」，可以認為是互文見義，但它説明了「文思」所及，從時間上可以是上下千載，從空間上可以是縱橫萬里。誠如李澤厚、劉綱紀所指出：「劉勰所説的神思，可以『思接千載，視通萬里』，使不在目前的事物如在目前，這顯然是一種想像的力量。但劉勰所講的又不是一般的思，而是文之思，亦即藝術的想像。」[8]「千載」與「萬里」無非是形容文思的極大自由度。不僅是劉勰，陸機在《文賦》中所説的「精騖八極，心游萬仞」，也是説作者的心神，馳騁八方，遨遊萬仞。《文選》李善注云：「八極萬仞，言高遠也。」[9]「心游」，也即馳騁於天地之間的藝術想像。陸機的「心游」，其實是深受

6 范文瀾：《文心雕龍注》，人民文學出版社1978年版，第496頁。

7 黃侃：《文心雕龍札記・神思第二十六》。

8 李澤厚、劉綱紀：《中國美學史》第二卷，中國社會科學出版社1987年版，第703頁。

9 蕭統：《文選》卷十七，中華書局影印本1977年版，第241頁。

道家思想影響的。《莊子》的「逍遙游」是陸機的明顯的思想淵源。我們引李澤厚、劉綱紀先生的有關論述對此有較深入的說明：

「精騖八極，心游萬仞」，說明「耽思傍訊」的思索聯想能夠進入不受有限事物所束縛的極其廣闊的天地。這顯然也受著莊子所說「出入六合，游乎九州」(《莊子》〈在宥〉)、「夫至人者，上窺青天，下潛黃泉，揮斥八極，神氣不變」(《莊子》〈田子方〉) 之類說法的影響，也可能受到阮籍《大人先生傳》中所說「飄颻於四運，翻翱翔乎八隅」的影響。從陸機本人來說，當然又是同他在《凌霄賦》中所說的那種「遨遊天地」的思想分不開的。由於陸機把藝術想像和道家遨遊天地的思想結合起來，這樣他就深刻地闡發了想像的巨大能動性，賦予了想像以和宇宙的無限等同的力量，使藝術的境界與天地的境界合一，這是中國美學的一大特點。[10]

這裡的闡述無疑是頗為中肯的。中國古典美學中關於「神思」的論述，多半都談及這種突破現實時空侷限、無遠弗屆的特點。詩人、藝術家「心游」於寥廓宇宙之中，上下千載，縱橫萬里，都在詩人的思維網羅之下。漢代的作家司馬相如就說：「賦家之心，苞括宇宙，總覽人物，其乃得之於內，不可得其傳也。」[11]這是一個著名賦家的創作體會。畫論家宗炳在其名作《畫山水序》中也說：「理絕於中古之上者，可意求於千載之下。」是說畫家的「神思」不侷限於現在，而可意求於上下千載。與宗炳同時的畫論家王微在《敘畫》中說：「望秋雲，

10 李澤厚、劉綱紀：《中國美學史》第二卷，第262頁。

11 《太平御覽》引《西京雜記》，見《先秦兩漢文論選》，人民文學出版社1996年版，第364頁。

神飛揚；臨春風，思浩蕩。」藝術家應有這樣的一種自由的超越境界。唐代著名詩人劉禹錫曾說過這樣具有美學價值的話：「片言可以明百意，坐馳可以役萬景，工於詩者能之。」[12]認為真正的詩人應該以自己的思致容納、統轄「萬景」，這當然也是說詩思的超越現實時空。宋人沈括在《夢溪筆談》中對王維畫的評價：

書畫之妙，當以神會，難可以形器求也。世之觀畫者，多能指摘其間形象、位置、彩色瑕疵而已。至於奧理冥造者，罕見其人。如彥遠《畫評》，言王維畫物，多不問四時，如畫花往往以桃、杏、芙蓉、蓮花同畫一景，予家所藏摩詰畫《袁安臥雪圖》，有雪中芭蕉，此乃得心應手，意到便成，故造理入神，迥得天意，此難可與俗人論也。（《夢溪筆談》卷十七〈書畫〉）

王維作為文人畫家的先驅者，以超越現實時空的藝術思維來作畫，興到之時，不問四時，將不同季節的花畫在一幅畫中，又如《雪中芭蕉圖》，進一步同時打破時間與空間的一致，而將不同時間與空間的事物置於一圖，充分顯示了藝術想像所具有的高度自由。

藝術想像有著不同於模仿的創造性，它不拘泥於感覺經驗，而可以最大程度的自由來創造出現實中不曾有過的審美境界。諸如屈原的《離騷》、《九歌》、《九章》，李白的《夢遊天姥吟留別》、《蜀道難》，但丁的《神曲》，歌德的《浮士德》等傑作，都是上天入地，出神入化，最大程度地打破現實的時空界限，而創造出非常奇妙、給人以新穎獨特的審美感受的藝術境界。這一點，梁啟超先生對於屈原、李白

12 劉禹錫：《董氏武陵集紀》，見《劉禹錫集》。

等詩人所表現出來的豐富的想像力有精闢的論述，他說：

> 他（指屈原——引者注）作品最表現想像力者，莫如《天問》、《招魂》、《遠遊》三篇。《遠遊》的文句，前頭多已徵引，今不再說。《天問》純是神話文學，把宇宙萬有都賦予他一種神祕性，活像希臘人思想。《招魂》的前半篇說了無數半神半人的奇情異俗，令人目搖魄蕩。後半篇說人世間的快樂，也是一件一件的從他腦子裡幻構出來。至如《離騷》什麼靈氛，什麼巫咸，什麼豐隆、望舒、蹇修、飛廉、雷師，這些鬼神都拉來對面談話，或指派差事。……又如《九歌》十篇，每篇寫一神，便把這神的身分和意識都寫出來。想像力豐富瑰偉到這樣，何止中國，在世界文學作品中，除了但丁《神麴》外，恐怕還沒幾家夠得上比較哩！[13]

梁啟超先生又說：「浪漫派文學，總是想像力愈豐富，愈奇詭，便愈見精彩。這一點，盛唐大家李太白，確有他的特長。」[14]在這些浪漫主義的詩人創作中，想像力的豐富精彩，突破時空限制，是非常普遍的。黑格爾認為：「審美有令人解放的性質。」這突出地體現在這種集中體現著想像力的藝術思維中。

第二節 「神思」的內視性質

中國古典美學中的「神思」論，還鮮明地體現著藝術想像的內視

13 梁啟超：《屈原研究》，見《梁啟超文集》，線裝書局2009年版，第265頁。

14 梁啟超：《中國韻文裡頭所表現的情感》，《飲冰室合集》卷三十九。

性質。藝術想像不是虛無空洞的，它是一種表象的自由運動。想像的材料是表象，想像的結果也是表象。金開誠先生從文藝心理學的角度論述想像說：「想像在心理學上的意義是：通過自覺的表象運動，藉助原有的表象和經驗以創造新形象的心理過程。這裡需要著重指出兩點：一、想像是一種表象的運動，二、想像的結果是事物的新形象，而不是別的什麼東西。」[15]想像一直是與表象結伴而行的，因此，想像就有著內在的視覺意義。想像是「想」出一個「象」，「神思」之「思」也「不僅有思維的意思，也有想念不在目前事物的意思」[16]。把記憶中的各種表象重新加以組合，形成新的表象，呈現在主體的心靈中，這就是想像。藝術想像是與抽象思維頗為不同的，它是以形象的形式呈現於心中的，因而，它是有很明顯的視覺意義的，不過它不是外在的客體呈現於人們的視覺形象，而是內在於人們心裡的。這就是想像的內視性質，也可以稱為內心視象。[17]

著名的戲劇理論大師斯坦尼斯拉夫斯基首先提出「內心視象」的美學命題，他說：

> 我們的視象從我們的內心，從我們想像中、記憶中迸發出來之後，就無形地重現在我們的身外，供我們觀看。不過對於這些來自內心的假想對象，我們不是用外在的眼睛，而是用內心的眼睛（視覺）去觀看的。[18]

---

15 金開誠：《文藝心理學概論》，人民文學出版社1987年版，第75頁。

16 劉偉林：《中國文藝心理學史》，三環出版社1989年版，第127頁。

17 有關這個問題，可以參看張德林先生的《作家的內心視象與藝術創造》，載《文學評論》1991年第2期。

18 斯坦尼斯拉夫斯基：《演員的自我修養》第一卷，第118頁。

這種內心視象，在藝術想像中是基本的質料。張德林先生這樣談及「內視」問題：

> 用想像、聯想、理想、幻想來設計某些人物、某些事件、某些情境，作家的腦海裡呈現各種相應的視聽形象，這也就是我們所說的藝術內心視象。通常說來，作家在想像中出現的這種內心視象愈豐富多彩，他的文思就愈活躍，創作的藝術生命力就愈強。[19]

這種藝術創作思維中的內心視象，時時出現在藝術家的想像之中。

中國古典美學中的「神思」論，其實更多地接觸了藝術想像中的內心視象問題。所謂「視通萬里」，就是內在的視域。「吟詠之間，吐納珠玉之聲」，可以看作是內在的聽覺意象，而「眉睫之前，卷舒風雲之色」，是說風雲變幻的表象呈現於內心的視域。這正是「思理之致」。「故思理為妙，神與物游」，其中一層意思是物像也即外物進入心靈的表像一直是與詩人的神思相伴隨的。「物沿耳目，而辭令管其樞機」，是說物的表象在耳目之畔，而內在的語言概念揭明呈現著事物的表象。「樞機方通，則物無隱貌」，是說揭明物像的語言概念通明之後，物像在藝術家的頭腦中則臻於明晰，鮮明地呈現出來。陸機《文賦》中所說的：「其致也，情曈曨而彌鮮，物昭晰而互進。」也是講在藝術想像的過程中，文情由隱到顯，物像紛至沓來的情形。這些都可看作藝術想像中的內心視象。

藝術想像中的內心視象，並非是與外界客觀事物絕緣的純心理現象，不是無源之水，無本之木，恰恰相反，它們是對外界的客觀事物

19 張德林：《作家的內心視象與藝術創造》，《文學評論》1991年第2期。

知覺的產物，是對客觀事物的能動的反映。表像是通過知覺獲得的，它們來源於客觀現實，同時又是在主體的情感與意向的導引下產生的。對於外界事物的表象的獲得，主要是通過視覺與聽覺的感官渠道。黑格爾於此有非常鮮明的表述，他說：

屬於這種創造活動（指想像力——引者注）的首先是掌握現實及其形象的資稟和敏感，這種資稟和敏感通過常在注意的聽覺和視覺，把現實世界的豐富多彩的圖形印入心靈裡。此外，這種創造活動還要靠牢固的記憶力，能把這種多樣圖形的花花世界記住。從這方面看，藝術家就不能憑藉自己製造的幻想，而是要從膚淺的「理想」轉入現實。在藝術和詩裡，從「理想」開始總是很靠不住的，因為藝術家創作所依靠的是生活的富裕，而不是抽象的普泛觀念的富裕。在藝術裡不像在哲學裡，創造的材料不是思想而是現實的外在形象。所以藝術家必須置身於這種材料裡，跟它建立親切的關係；他應該看得多，聽得多，而且記得多。……例如歌德就是這樣開始的，而在他的一生中，他的觀照範圍天天在逐漸推廣。這種明確掌握現實世界中現實形象的資稟和興趣，再加上牢牢記住所觀察的事物，這就是創造活動的首要條件。[20]

黑格爾非常深刻而明確地指出了作為創造活動的藝術想像，在心中所要形成的審美表象，是對現實及其形象的掌握，藝術家應該通過視覺、聽覺等感官途徑，把現實世界豐富多彩的圖形印入心裡，並轉化為審美表象。康德在這一點上也有這樣的論述：

20 黑格爾：《美學》（中譯本）第一卷，商務印書館1979年版，第357-358頁。

想像力（作為生產的認識機能）是強有力地從真的自然所提供給它的素材裡創造一個像似另一自然來。當經驗對我呈現得太陳腐的時候，我們同自然界相交談。……在這場合裡固然是大自然對我提供素材，但這素材卻被我們改造成為完全不同的東西，即優越於自然的東西。[21]

康德這裡強調想像力是從真的自然中獲得素材，然後加以改造，創造出一個「第二自然」來。無論是康德也好，黑格爾也好，都認為藝術想像中的表像是以客觀事物及其形象為來源的。

中國古典美學中的「神思」論，對「神思」中的內心視像有普遍的關注，同時，又看到它們是對外在的客觀事物的能動反映與表象改造。陸機就說：「遵四時以嘆逝，瞻萬物而思紛。悲落葉於勁秋，喜柔條於芳春。」（《文賦》）認為文思是在萬物的變化中生發的。劉勰的「神與物游」、「物沿耳目」，一方面強調其藝術想像中的內心視象，另一方面則是說表像是來源於客觀之物的。羅宗強先生在論述劉勰的文學思想時著重指出了「神思」的「內視」性質，他說：

劉勰把握到了想像與物不可或離的這種特點，提出了「神與物游」。「神與物游」包括著兩個層次的意思，一個層次是神馳於眼見的物像之中。所謂「物沿耳目」，顯然並非僅指意中之象，當亦指眼見之物。……另一層次的意思，是指神馳於內視中之物像也即心象之間。如前所述，往事一一呈現，凡所經眼之種種物像，皆由神思一一巡視、選擇。「神與物游」的這兩個層次是交叉進行的，是想像的統一過

21 康德：《判斷力批判》（中譯本），商務印書館1964年版，第160頁。

程，不能截然分開。文思運行、想像的展開，既有眼見物像也有心中物像，始終與物像相聯，這正是藝術想像的最重要的特點。[22]

應該說，羅先生的闡釋是相當全面而深入的。

劉勰的《文心雕龍》中另有〈物色〉一篇，實際上在很大程度上是對〈神思〉篇的補足與深化。〈物色〉篇既論述了客觀物像對詩人的感發，同時，又揭示了詩人的藝術想像的內心視象問題。「物色」即是自然物像，也即事物所呈現出的外在容色形貌。「物」就是自然景物，這容易理解，而值得注意的是這個「色」字。「色」是借用了佛學的概念。在佛學中，「色」指外物的現象。佛學中有這樣的基本命題：「色不異空，空不異色。色即是空，空即是色。」[23]劉勰早年入定林寺，依僧佑，協助僧佑整理大量佛經，對佛學頗為諳熟，受佛學影響是在情理之中的事情。「物色」這個概念的內涵，不無佛學之色彩。「物色」相連屬，並非是並列之義，而是偏正之詞，「物」是修飾「色」的。「物色」作為一個完整的美學概念，指的是客觀事物的外在形貌。梁昭明太子蕭統所編《文選》卷十三系「物色」之賦。李善注「物色」為四時所觀之物色，而為之賦。又云：「有物有文曰色。」可見，「物色」並不僅指自然景物本身，更重要的是自然景物、客觀事物的外在形貌。開篇處一段話即有豐富的美學意義：

春秋代序，陰陽慘舒，物色之動，心亦搖焉。蓋陽氣萌而玄駒步，陰律凝而丹鳥羞，微蟲猶或入感，四時之動物深矣。若夫圭璋挺

22 羅宗強：《魏晉南北朝文學思想史》，中華書局1996年版，第325-326頁。

23 《般若波羅蜜多心經》，見任繼愈編：《佛教經籍選編》，中國社會科學出版社1985年版，第15頁。

其惠心，英華秀其清氣，物色相召，人誰獲安？是以獻歲發春，悅豫之情暢；滔滔孟夏，郁陶之心凝；天高氣清，陰沉之志遠；霰雪無垠，矜肅之慮深。歲有其物，物有其容，情以物遷，辭以情發。（《文心雕龍》〈物色〉）

在這裡，劉勰重點論述的是「物」對「心」的感發作用，而我們要特別指出的是，這裡的「物」就是「物色」，即自然景物變化中的外在形貌。它們是通過視覺印入人們的心靈的，形成了千變萬化的表象。

劉勰接著所說的：「是以詩人感物，聯類不窮。流連萬象之際，沉吟視聽之區。」（《文心雕龍》〈物色〉）既談到主體對外物「萬象」的流連，又接觸到了進入內在視聽之區所產生的內心視聽表象。

中國古典美學中在藝術想像的問題上，談及這種內視性質者是很多的。宗炳《畫山水序》中的「澄懷味像」，其實說的還是「賢者」內心所見的視象。宗炳又說：「神本亡端，棲形感類，理入影跡，誠能妙寫，亦誠盡矣。」（《畫山水序》）「神」即「神理」，是形而上的精神本質，它本是無形可見的，但卻能棲身於有形可見的山水之中，感生萬類。在畫家觀賞山水所獲得的「影跡」也就是內心的山水視象中，已含有了「神」的存在。唐代詩論中如遍照金剛在《文鏡秘府論》中所說：「夫作文章，但多立意。令左穿右穴，苦心竭智，必須忘身，不可拘束。思若不來，即須放情卻寬之，令境生。然後以境照之，思則便來，來即作文。如其境思不來，不可作也。」、「夫置意作詩，即須凝心，目擊其物，便以心擊之，深穿其境。如登高山絕頂，下臨萬象，如在掌中，以此見象。心中了見，當此即用。如無有不似，仍以律調之定，然後書之於紙，會其題目。山林、日月、風景為真，以歌詠之。猶如水中見日月，文章是景，物色是本，照之須了見其象也。」

（《文鏡秘府論》〈南卷〉〈論文意〉）遍照金剛認為文思的產生，是先凝心觀照外物，然後使外物的形象化為內心了了可見的整體性視象，也即此處所說的「境思」，這是一種在內心中有很強的可視性、經過了選擇、整合以後的境象。再如署名為王昌齡的《詩格》中論詩之「三境」之「物境」時說：「欲為山水詩，則張泉石雲峰之境，極麗絕秀者，神之於心，處身於境，視境於心，瑩然掌中，然後用思，了然境象，故得形似。」這裡講山水詩的創作，先對「泉石云峰之境」進行觀照，達到「神之於心」的程度，「視境於心」、「了然境象」，都是詩人心中呈現的可視性很強的表象。晚唐司空圖有論詩名言云：「戴容州云：『詩家之景，如藍田日暖，良玉生煙，可望而不可置於眉睫之前也。』象外之象，景外之景，豈容易可譚哉！」（《與極浦書》）司空圖論詩，重在強調詩的「象外之象」的美學特徵，而詩人在創作時首先就要有這種瑩然可視的「詩家之景」。宋代詩人梅堯臣論詩之境界說：「含不盡之意，見於言外；狀難寫之景，如在目前。」（歐陽修《六一詩話》引）這「如在目前」，正是詩人的內在視象。

值得指出的是，藝術想像中的內心視象，雖然是對客觀事物的形象的觀照與改造，與外在事物的形像有明顯的、直接的連繫，在藝術家心中所產生的是瑩然可見的某種表象，但因其尚未加以審美物化，因而還是朦朧的和變化著的。司空圖所謂「不可置於眉睫之前」，指的就是這種朦朧性。

附帶談及藝術想像中的回憶。想像是與回憶分不開的。想像中不能沒有回憶，回憶中也就包含了想像的成分。想像的主要信息來源，就是主體的以往的記憶表象。想像就是在頭腦中改造記憶表象而創造出新形象的心理活動。當然，記憶與回憶在一些心理學家的概念中是略有區別的，其中最主要的是，記憶是主體以往經驗的自然遺留，或者說是一種非自覺的形態；而回憶則是一種自覺的心理活動。但在對以往經驗的持存這一點上，它們無疑是共同的。在藝術家的創作思維活動之中，回憶所扮演的角色是相當重要的。亞里士多德說：「顯然，記憶和想像屬於心靈的同一部分。一切可以想像的東西本質上都是記憶裡的東西。」[24]海德格爾把回憶稱為「繆斯的母親」，認為「戲劇、音樂、舞蹈、詩歌都出自回憶女神的孕育」，並稱回憶「是詩的根和源」。[25]回憶在藝術家的審美思維中所起的作用是非常重要的。它使記憶的殘片聚合成完整的審美表象。心靈深處的記憶，基本上是雜亂無章的，沒有或缺少鮮明清晰的表象。而主體通過回憶，把那些記憶殘片聚合起來，這中間已經經過了運思，刪除了許多不相關的東西，並且聚合為整一的表象，同時浮現到意識的面前。原來在記憶中是模糊的樣子，回憶使之表象化了。回憶是對內在的、不可見的東西的一種敞開。黑格爾說：「回憶屬於表象，不是思想。」[26]這是有助於我們理解回憶在審美思維中的重要意義的。回憶有著由隱到顯、由內在到具在的運思力量，使人們記憶深層幽閉著的庫藏得以敞亮，並且形成有序的結構。

回憶並非是單純地將以往的經驗呈現出來，它使以往的表象遺落了當時的利害關係，而以審美化的形式感呈現於我們的內在視域之前。叔本華有這樣一段關於回憶的論述，它可以使我們更清楚地認識回憶與藝術想像之間的關係：

---

24 亞里士多德：《記憶與回憶》第一章，見《古典文藝理論譯叢》第11輯，人民文學出版社1966年版。

25 海德格爾：《什麼召喚思？》，見《海德格爾選集》，上海三聯書店1996年版，第1213-1214頁。

26 黑格爾：《哲學史講演錄》（中譯本）第二卷，商務印書館1960年版，第184頁。

在過去和遙遠〔的情景〕之上鋪上這麼一層美妙的幻景，使之在很有美化作用的光線之下而出現於我們之前的〔東西〕，最後也是這不帶意志的觀賞的怡悅。這是由於一種自慰的幻覺〔而成的〕，因為在我們使久已過去了的，在遙遠地方經歷了的日子重現於我們之前的時候，我們的想像力所召回的僅僅只是〔當時的〕客體，而不是意志的主體。這意志的主體在當時懷著不可消滅的痛苦，正和今天一樣；可是這些痛苦已被遺忘了，因為自那時以來這些痛苦又早已讓位於別的痛苦了。於是，如果我們自己能做得到，把我們自己不帶意志地委心於客觀的觀賞，那麼，回憶中的客觀觀賞就會和眼前的觀賞一樣起同樣的作用。所以還有這麼一種現象：尤其是在任何一種困難使我們的憂懼超乎尋常的時候，突然回憶到過去和遙遠的情景，就好像是一個失去的樂園又在我們面前飄過似的。[27]

在叔本華看來，回憶中的情景會使人擺脱一切痛苦，從而獲得審美的快感。在這點上，回憶與藝術想像同樣有著創造審美價值的妙用。接受美學的代表人物耀斯更明確地指出回憶的美學意義，他認為「回憶的和諧化和理想化的力量是一種新近發現的審美能力」。他還認為回憶可以使不完美的東西變得完美：「審美活動在回憶中創造了旨在使不完美的世界臻於完美和永恆的最終目標。」[28]著重強調了回憶的審美特性。

中國古典美學與藝術理論中關於回憶的論述並不多，而在創作實踐的領域中卻以大量的回憶性審美意象説明了回憶與藝術想像之間的

27 叔本華：《作為意志和表象的世界》，石沖白譯，商務印書館1982年版，第277頁。

28 耀斯：《審美經驗與文學解釋學》，顧建光等譯，上海譯文出版社1997年版，第123頁。

密切關係。如屈原《遠遊》中的「涉青雲以汜濫游兮，忽臨睨夫舊鄉。僕夫懷余心悲兮，邊馬顧而不行。思舊故以想像兮，長太息而掩涕。容與而遐舉兮，聊抑志而自弭」，詩人用想像來說明詩人思維的情形。當他遨遊太空下臨故土的野外，回憶起自己祖國的種種狀況。後來左思、謝靈運、陶淵明、李白、杜甫、劉禹錫、李商隱等大詩人，都通過回憶創造了許多令人千載難忘的審美意象。這都充分說明了回憶與藝術想像之間的密切關聯。

第三節　藝術想像的情感體驗性

藝術想像的一個重要特點，就是它的情感性，時時與主體的情感相伴隨，以主體的情感為動力，而通過想像創造出的新的形象，也是飽含著情感的。情感有力地推動著想像，想像又有力地加深著情感。情感與想像都生生不息，時時都在創造之中。席勒在論悲劇時說：「一切同情心都以受苦的想像為前提，同情的程度，也以受苦的想像的活潑性、真實性、完整性和持久性為轉移。想像越生動活潑，也就更多引起心靈的活動，激起的感情也就更強烈，也就要求它的道德功能起而反抗。」[29]他從悲劇的角度來論述了想像與情感的關係，但他主要是講想像對情感的激發作用。黑格爾則說：

通過滲透到作品全體而且灌注生氣於作品全體的情感，藝術家才能使他的材料及其形狀的構成體現他的自我，體現他作為主體的內在的特性。因為有了可以觀照的圖形，每個內容（意蘊）就能得到外化

29　席勒：《論悲劇藝術》，見《古典文藝理論譯叢》第6輯，人民文學出版社1963年版。

或外射，成為外在事物；只有情感才能使這個圖形與內在自我處於主體的統一。就這方面來說，藝術家不僅要在世界裡看得很多，熟悉外在的和內在的現象，而且還要把眾多的重大的東西擺在胸中玩味，深刻地被它們掌握和感動；他必須經歷過很多的行動，得到過很多的經歷，有豐富的生活，然後才有能力用具體型象把生活中真正深刻的東西表現出來。[30]

黑格爾這裡所說的「圖形與內在自我處於主體的統一」，其實也就是藝術家的想像。

劉勰在論述「神思」時以言簡意賅的贊語概括了在神思中情感的重要作用：「神用象通，情變所孕。」這兩句話所包蘊的美學意義是很深刻的。以現在的語言來理解，是說藝術家的，「神思」是以意象為貫通連屬的基元，而這些意像是以情感的變化來孕育的。而詩人頭腦中的意象，乃是想像的產物。劉勰在《文心雕龍》中非常重視情感對文學創作的作用，把情感視為創作的動力與源泉。《文心雕龍》全書中「情」字出現的頻率在一百二十次以上，可見他對情感的重視程度。在〈神思〉篇中，劉勰所說的：「夫神思方運，萬涂競萌，規矩虛位，刻鏤無形。登山則情滿於山，觀海則意溢於海，我才之多少，將與風雲而並驅矣。」、「神思方運」正是藝術想像最為活躍的時候，「萬涂競萌」就是各種想像中的表象紛至沓來。藝術家在與外物接觸感通並使外在的形象進入頭腦、形成表象時，是充滿了主體的情感的。陸機《文賦》中論述作家構思時也談到：「悲落葉於勁秋，喜柔條於芳春。」受外物變化的感興時就引發了主體的強烈的情感體驗。而在形成內在的表象

30 黑格爾：《美學》第一卷，朱光潛譯，商務印書館1979年版，第359頁。

時，「情曈曨而彌鮮，物昭晰而互進」。情感的漸次加強與事物表象的愈加明晰是同步的，也可以說是互動的。《文賦》中一個最為有名的美學命題：「詩緣情而綺靡」，也從根本上把主體的情感作為詩歌創作之所以美好的緣由。

主體的情感在很大程度上決定著藝術想像的基本取向。在憂傷沉鬱的情感中，詩人的想像是那樣深沉：「野哭千家聞戰伐，夷歌數處起漁樵。」（杜甫）在思念的情感中，詞人的想像是那樣美好：「琵琶弦上說相思，當時明月在，曾照彩雲歸。」（晏幾道）明清之際著名詩論家王夫之曾說：

> 情景名為二，而實不可離。神於詩者，妙合無垠。巧者則有情中景，景中情。景中情者，如「長安一片月」，自然是孤棲憶遠之情；「影靜千官裡」，自然是喜達行在之情。情中景尤難曲寫，如「詩成珠玉在揮毫」，寫出才人翰墨淋漓、自心欣賞之景。凡此類，知者遇之。[31]

就詩人的內心視象而言，也與情感形成了這種互即互動的關係。主體的情感可以使藝術家將外界事物進入頭腦中的表象加以變形，形成新的表象。如李白的「白髮三千丈，緣愁似個長」，即因其「愁」而使想像中的表象大大地變形。《詩經》中的「一日不見，如三秋兮」，則是因思念之殷而造成的時間表象的變形。這就是創造性的想像因了情感的原因而形成的表象變形。

在藝術家的「神思」中，與主體的情感密切相關的是體驗性。「神思」中的想像階段有明顯的體驗性質。體驗是藝術家在生活之流中的

31 王夫之：《夕堂永日緒論》〈內編〉，《姜齋詩話》卷二。

整體性生命感受。它是十分深切的，卻又是難於用理性語言給予準確表述的。體驗是個體性的、親在性的，是他人所無法取代的。狄爾泰說：

> 因此個人體驗，對外界的認識，通過思維來擴大和加深自己的經驗便是詩歌創作的基本條件了。詩歌創作的出發點永遠是生活經驗，即作為親身體驗的或者對他人理解的、現實的和過去的，以及對經驗在其中共同發揮作用的，對事件的理解。從心理學的角度看，詩人所經歷的無數生活狀態中的任何一種都可以算作體驗，然而在他的生活因素中只有那些能向他揭示生活特徵的體驗才屬於他的詩的範圍。[32]

藝術想像是離不開主體的體驗的。據載傑出的戲劇大師湯顯祖在創作其代表作《牡丹亭》時便以非常投入的體驗來進行「運思」：「相傳臨川作《還魂記》（即《牡丹亭》）運思獨苦。一日，家人求之，不可得，遍索，乃臥庭中薪上，掩袂痛哭。驚問之，曰：填詞至『賞春香還是舊羅裙』句也。」（焦循《劇說》卷五）還有大畫家石濤在構思畫作時的體會：「山川使予代山川而言也，山川脫胎於予也，予脫胎於山川也。搜盡奇峰打草稿也。山川與予神遇而跡化也，所以終歸之於大滌也。」（《石濤畫語錄》）畫家與山川的「神遇跡化」，乃是非常深刻的審美體驗。顧愷之的著名美學命題「遷想妙得」，也正說在藝術創作運思時設身處地地投入情感的體驗活動。

32 狄爾泰：《體驗與詩》，引自《二十世紀西方美學經典文本》第一卷，復旦大學出版社2000年版，第191頁。

第四節　「神思」中的藝術想像之創造功能

「神思」作為中國的藝術創作思維論，其想像的成分中有著鮮明的創造性。藝術家的「神思」並非將外在事物的形象照搬在自己的構思之中，而是對外來的表象進行重新組合、加工、改造，以主體的情感為其靈魂，按自己的審美理想進行創造。因而，藝術想像更重要的意義就在於這種創造。古往今來的藝術品，能在藝術史上留下自己的光彩的，都有著獨具個性的創造性價值。

康德和黑格爾都有精闢的論述。康德說：「想像力是創造性的。」[33]黑格爾也明確地認為：「藝術作品既然是由心靈產生出來的，它就需要一種主體的創造活動。……這種創造活動就是藝術家的想像。」[34]他們都指出了藝術想像的創造性質。一般的心理學著述中都把想像分為再造性想像和創造性想像，這兩種想像雖然不同，但在藝術創作心理活動中卻是不可截然分開的，都起著重要的作用。而最能創造出獨具匠心的審美意象的心理機能，主要的還是創造性想像。金開誠先生論創造性的想像時說：

創造想像是更獨立、更新穎、更有創造性的一種想像，也是文藝創作中最重要的自覺表象運動。創造想像也是作者對頭腦中原有的記憶表象進行加工改造的結果。所謂加工改造，主要的心理活動內容就是對原有的表象進行分解和綜合。藝術創作中出現的新形象，不管新到什麼樣子，實際上都是用「舊材料」改裝而成的。所謂「舊材料」就是指客觀事物的形象反映於人的頭腦並藉助記憶而得到保存的表

33　康德：《判斷力批判》，宗白華譯，第161頁。

34　黑格爾：《美學》第一卷，第356頁。

象。通過想像來創造新形象，說到底只是把原有的表象拆散或者碾碎，再重新結合成一個形象。[35]

這大致就是創造性想像的內涵。藝術家以自己獨特的審美意識來處理、改造原有的表象，形成新的、前所未有的形象，藝術家的創造性想像即在於此。

藝術家頭腦中所存藏的原有表象，是凌亂的、無序的，不是在一時、一地所印入頭腦的。藝術家為著創造出特定的審美意象，運用有意想像，對原有的表象進行篩選、分解，然後按著自己的情感指向與審美意識進行新的整合，形成新的形象。這種新的形象，從局部上看，「材料」都是人們所熟悉的，似曾相識，而從整體上看，卻又與其他的意象、意境頗有不同，這裡面創作主體的情感、想像力、審美觀念，起了決定性的作用。面對同一個審美對象，不同的創作主體在頭腦中產生的表象會有相當的差異。譬如杜甫與高適、岑參、儲光羲、薛據諸人同登長安慈恩寺塔，各人都寫下一詩，但詩的意境各有不同，清人仇兆鰲評價說：

同時諸公登塔，各有題詠。薛據詩已失傳，岑、儲兩作，風秀熨貼，不愧名家；高達夫出之簡淨，品格亦自清堅。少陵則格法嚴整，氣象崢嶸，音節悲壯，而俯仰高深之景，盱衡今古之識，感慨身世之懷，莫不曲盡篇中，真足壓倒群賢，雄視千古矣。三家結語，未免拘束，致鮮後勁。杜於末幅，另開眼界，獨闢思議，力量百倍於人。（《杜詩詳註》卷之二）

35 金開誠：《文藝心理學概論》，人民文學出版社1987年版，第82頁。

仇氏是從各位詩人的不同風格著眼而論的，而同登一個慈恩寺塔，俯瞰同一景象，各個詩人形成的審美意像是不盡相同的，也就是說，各個詩人的創造性想像也是不盡相同的。明代詩論家謝榛的論述甚有見地：

作詩本乎情景，孤不自成，兩不相背。凡登高致思，則神交古人，窮乎遐邇，繫乎憂樂，此相因偶然，著形於絕跡，振響於無聲也。夫情景有異同，模寫有難易，詩有二要，莫切於斯者。觀則同於外，感則異於內，當自用其力，使內外如一，出入此心而無間也。（《四溟詩話》卷三）

即使是外在的審美對象是一個，而因主體的不同，藝術家心中的審美意象也就很難是一樣的。「觀則同於外，感則異於內」，因人而異的主體的藝術想像也就由此而產生。

創造性的藝術想像並非是自發的、無意識的，而是有意的，自為的。黑格爾主張把想像與幻想區別開來，他說：「不要把想像和純然被動的幻想混為一事。」[36]黑格爾的提醒是值得我們注意的。想像與幻想的區別就在於一是有意的、創造性的，在藝術創造中是審美的；而幻想則是自發的、無序的，也是非審美的。創造性的想像會把那些原有的表象選擇、加工、重新組合，從而按著主體的意志形成一個新的完整的形象。在這方面，西方的美學家讓．保羅的分析是很中肯的，他說：

36　黑格爾：《美學》第一卷，第357頁。

幻想之於想像，有如散文之於詩歌。幻想不過是一種力量增強的、色澤明朗的回憶；畜類在做夢和自驚自擾的時候，也會幻想。幻想所產生的形象只彷彿現實世界裡的紛紛落葉飄聚在一起；發高燒、神經病、酒醉都能使那些幻象長得結結實實、肥肥胖胖，凝固成為形體，走出內心世界而進入外物世界。想像卻高出於此。它是心性裡無所不在的靈魂，是其他心理功能的基本精髓。因此，偉大的想像力可以向其他某一功能（譬如妙語、巧思等）流通、輸送，但是沒有其他功能可以擴充而成為想像力。……其他功能和經驗只能從大自然的書冊裡撕下片楮零葉，而想像力能使一切片段的事物變為完全的整體，使缺陷世界變為圓滿世界；它能使一切事物都完整化，甚至也使無限的、無所不包的宇宙變得完整。……想像能使理智裡的絕對和無限的觀念比較親切地、形象地向生命有限的人類呈現。……就在日常生活裡，想像也施展了它的增飾渲染的本領。他對老遠的過去生涯放射著光芒，就像雷雨過後掛著長虹，顏色燦爛，境地恬靜，使我們可望而不可即。[37]

我之所以願意引用這段話，是覺得讓．保羅充滿詩意的描述性的話語不僅指出了想像與幻想的區別，而且，把想像的特質都惟妙惟肖地呈現了出來。創造想像就是這樣，把那些凌亂而無序的記憶中的表象拆解後再按著主體的意志重新加以組合，並把原有的也許並非是同一時間、空間的表象，組合為一個完整的意境。陸機所云：「浮天淵以安流，濯下泉而潛浸。」（《文賦》）指的正是作家對表象的重組過程。

---

37 讓．保羅：《美學入門》，見《古典文藝理論譯叢》第11輯，人民文學出版社1966年版，第35頁。

作家追求那種新穎獨特、度越古人的美學理想，「謝朝華於已披，啟夕秀於未振」，並以此為目標，將時空迴異的表象合成為當前的一個完整的有序的意象結構，即所謂「觀古今於須臾，撫四海於一瞬」。

作為一個傑出的文論家，陸機非常重視想像中的審美意象的新穎獨創，這是他所孜孜以求的。《文賦》中「其始也」這一段，反覆申言的就是藝術想像與構思的獨特優美，他的追求目標是非常之高的：前無古人，後啟來者。「雖杼軸於予懷，怵他人之我先。」杼軸，以織布為喻，言構思經營。李善注云：「杼軸，以織喻也。雖出自已情，懼他人先己也。」（《文選》卷十七）意思是說，雖然組織構思文章出自自己的內心，但還是怕別人在我之前已經說過了。劉勰在《文心雕龍》〈神思〉篇中也以「杼軸」來比喻作品的構思、想像，說：「視佈於麻，雖云未費，杼軸獻功，煥然乃珍。」布源自於麻而遠精於麻，在於杼軸構織之功。藝術品的精緻獨創，在於通過構思想像的苦心經營。王元化先生說：

> 用「杼軸」一詞來表示文學的想像活動，原出於陸機。《文賦》：「雖杼軸於予懷，怵他人之我先」，是劉勰所本。在這裡，「杼軸」具有經營組織的意思，指作家的構思活動而言。不過，陸機說的「雖杼軸於予懷」，是把重點放在想像的獨創性上面，而劉勰說的「視佈於麻，雖云未費，杼軸獻功，煥然乃珍」，則是把重點放在想像和現實的關係上面。[38]

王元化先生指出了「杼軸」的說法從陸機到劉勰的承緒及不盡一

38 王元化：《文心雕龍創作論》，上海古籍出版社1979年版，第95頁。

致的含義，甚有啟示意義，然而，我們覺得劉勰所說的「杼軸獻功」，也同樣是強調藝術想像的獨創價值和審美追求的。

藝術想像的獨創性，在劉勰這裡表現為創作主體的意向化。劉勰一方面重視客觀事物對主體的感興，提出「人稟七情，應物斯感。感物吟志，莫非自然」的命題；另一方面，他又高度重視在意象形成中主體的作用。他說：「寫氣圖貌，既隨物以宛轉；屬采附聲，亦與心而徘徊。」（《文心雕龍》〈物色〉）「隨物宛轉」，是對客觀物像的寫照，而「與心徘徊」則是作家的心靈對物像的主宰、統轄。劉勰所說的「因方以借巧，即勢以會奇，善於適要，則雖舊彌新矣」（《文心雕龍》〈物色〉），同樣是主張發揮作家心靈的主體作用，把握事物表象的特徵。材料看似人們都很熟悉的（「舊」），但創造出的意象卻給人以耳目一新之感。

創造性的想像將原有的表象按著主體的意向整合成一個完整的意境，宗炳所說的「萬趣融其神思」（《畫山水序》），「神思」就是畫家的主體意向。畫家在面對山水物像時所興發的情趣是非常豐富的，所汲納的表象也是氣象萬千的，而在作畫時，卻要由畫家的「神思」統一起來，成為一個完整的畫面。

從詩學的角度來看，創造性的想像將原有的表象拆解後以詩人的主體意向進行重新組合，形成了超越現實的新的意象和意境，產生了具有個性化的藝術魅力。可以略舉幾種情況來看創造性的藝術想像在詩歌創作中的體現。

1. 移情。移情是一種特殊的藝術想像，是把主體自己的情感移入到客觀對象中去，使對像有了「我」的情感。朱光潛先生這樣解釋「移情」現象：「移情作用是外射作用（projection）的一種，外射作用就是把我的知覺或情感外射到物的身上去，使它們變為在物的。」[39]這種特殊的想像使作品產生了超越自然、物我同一的境界。意大利美學家繆越陀裡（I.A.Muratori）指出詩歌中的移情現象：

想像力受了感情的影響，對有些形象也直接認為真實或逼似真實。詩人的寶庫裡滿滿地貯藏著這類型象。……想像力把無生命的東西看成有生命的東西。情人為他的愛情的對象所激動，心目中充滿了這種形象。例如他的熱情使他以為自己和意中人作伴調情是世界上最大的幸福，一切事物，甚至一朵花一棵草，都旁觀豔羨，動心嘆氣。……這種幻像是被愛情顛倒的想像所產生的。詩人的想像產生了這種幻覺，就把它表現出來，讓旁人清楚地看到他強烈的愛情。[40]

這種把詩人的情感投射到客觀對象中，使無生命之物充滿了人的靈性與感情的作品，在中國古典詩歌中是非常之多的。如：「相看兩不厭，只有敬亭山。」（李白）「岸花飛送客，檣燕語留人。」（杜甫）「蠟燭有心還惜別，替人垂淚到天明。」（杜牧）「數峰清苦，商略黃昏雨。」（姜夔）「菊殘猶有傲霜枝。」（蘇軾）「一水護田將綠繞，兩山排闥送青來。」（王安石）「自胡馬窺江去後，廢池喬木，猶厭言兵。」（姜夔）等等。

2. 通感。也稱聯覺。就其表現形態而言，通感也是一種創造性的想像所生成的奇特的審美意象。錢鍾書先生有《通感》一文，對通感有很詳細的討論。錢先生談到一般經驗中的通感現象時說：

39 朱光潛：《文藝心理學》，安徽教育出版社1996年版，第38頁。

40 繆越陀裡：《論意大利最完美的詩歌》，見《古典文藝理論譯叢》第11輯，人民文學出版社1966年版，第18頁。

在日常經驗裡，視覺、聽覺、觸覺、味覺往往可以打通或交通，眼、耳、舌、鼻、身各個官能的領域可以不分界限，顏色似乎會有溫度，聲音似乎會有形象，冷暖似乎會有重量，氣味似乎會有體質。諸如此類，在普通語言裡經常出現。[41]

在詩歌的構思中，許多詩人也將不同感覺的表象打通來寫。陶文鵬先生談及古代詩人創作中的通感現象時說：「通感現象給了古代詩人以很大的啟示。他們在描繪事物創造意象時，巧妙地運用通感手法，使詩的語言具有多感性，即含蘊著形狀、聲音、色彩、溫度、味道等特質，能同時刺激人的兩三種感覺器官，使人獲得新奇、豐富的美感享受。」[42]最有名的通感的例子就是「紅杏枝頭春意鬧」（宋祁），「鬧」字把事物無聲的姿態說成好像有聲音的波動，彷彿在視覺裡獲得了聽覺的感受」（錢鍾書語）。再如「泉聲咽危石，日色冷青松」（王維），詩人用「冷」來形容「日色」，使視覺向觸覺挪移，深刻奇妙地表現了深僻冷寂的意境氛圍。

3. 反常合道。「反常合道」，這是宋代大詩人蘇軾提出的一個美學命題，他說：「詩以奇趣為宗，反常合道為趣。」（惠洪《冷齋夜話》卷五引）蘇軾認為，所謂詩的「奇趣」，也就是「反常合道」。「反常」，是指在詩的意象上不符合人們所熟悉的常情、常理；「合道」，則是說這種反常的表現其實恰恰是更深刻地表現出詩人對生活獨具的感受和審美發現，因而更為符合藝術創新的規律。如杜甫「妻孥怪我在，驚定還拭淚」（《羌村三首》），「晨鐘雲外濕，勝地石堂煙」（杜甫）都是

41 錢鍾書：《通感》，見《七綴集》，上海古籍出版社1985年版，第56頁。

42 陶文鵬：《古詩名句掇英》，江蘇古籍出版社2000年版，第79頁。

「反常合道」的例子。

4. 綰合古今。詩人往往打通歷史和現實的阻隔，把過去和今天的表象綰合在一起，形成了一些奇特而富有歷史感的意境，這類情形多在詠史詩、懷古詩中出現。如：「舊時王謝堂前燕，飛入尋常百姓家。」（劉禹錫）「龍舟東下事成空，蔓草萋萋滿故宮。」（杜牧）等等，詩人將以往的歷史表象與現實的表象綰合在一起來表現自己的滄桑感。

如果把「神思」作為中國古典美學中的藝術創作思維論，那麼，其中最主要的階段或者說是部分應該就是想像。正是在這一點上，很多論者都把「神思」直接解釋為想像。這個問題當然還有討論的餘地，但是關於「神思」的論述中，想像無疑是內容最為豐富的，也最具藝術創造性質的。

第五章

「神思」與審美意象

第一節　「意象」的創構及其演變

「神思」與文學藝術創作的審美意像有著非常密切的關係。這在劉勰的《文心雕龍》〈神思〉篇裡說得非常清楚。「獨照之匠，窺意象而運斤。」這個「意象」，也就是今天我們所說的審美意象，是指在藝術創作思維過程中在作者頭腦中產生的觀念形態的形象。所謂「獨照之匠」，指幽深獨特的觀照之心。「獨照」是與《莊子》中的「見獨」有淵源的。《莊子》〈大宗師〉中說：「吾猶守而告之，三日而後能外天下；已外天下矣，吾又守之，七日而後能外物；已外物矣，九日而後能外生；已外生矣，而後能朝徹；朝徹而後能見獨。」莊子認為，在虛靜坐忘中能夠「朝徹見獨」。「朝徹」即豁然貫通之意。「見獨」，陳鼓應釋為：「指洞見獨立無待的道。」[1]這是大致不錯的。成玄英為《莊子》作疏云：「夫至道凝然，妙絕言象，非無非有，不古不今，獨往獨來，絕待絕對。睹斯勝境，謂之見獨。」[2]劉勰以「獨照之匠」來指在創作思維中在心靈中通過「虛靜」所見的幽深獨特的境界。「運斤」是借《莊子》中「運斤成風」的故事來說創作的藝術表現，不過這不是一般的表現，而是那種出神入化的語言創構。這種語言創構，所表而出之的是作者內心已然存在的意象。劉勰第一次把「意」、「象」合成為一個穩定而成熟的審美範疇，而且指出「意象」的創造與傳達是文學創作的關鍵，即「馭文之首術，謀篇之大端」（《文心雕龍》〈神思〉）。這在中國美學思想史上是有首創之功的。而「意象」，既是「神思」的產物，又是神思的內容。「神思」的過程，也可以說就是「意象」的醞釀與成熟的過程。沒有「神思」，「意象」無由產生；沒有「意象」，「神思」無以運作。「意象」的產生與運思過程，不是刻板的、機械的程序，而是由感興觸發的自由想像過程，「思接千載」，「視通萬里」（《文心雕龍》〈神思〉）；同時又是由審美感興的觸發而印入心靈的物像意象化的過程。「思理為妙，神與物游」（《文心雕龍》〈神思〉），心靈與外物的交遊，在靈妙的思致中化為意象。

在先秦時期的哲學思想中，「象」已與哲學之思連繫起來並發展為哲學範疇。《老子》〈二十一章〉云：「道之為物，惟恍惟惚。惚兮恍兮，其中有像；恍兮惚兮，其中有物。」《老子》〈四十一章〉又云：「大音希聲，大象無形。」、「象」在老子哲學中是作為聯結本體與現象的圖式而存在的。

---

1 陳鼓應：《莊子今注今譯》，中華書局1983年版，第185頁。

2 成玄英：《南華真經註疏》，中華書局1998年版，第148頁。

文論中的「意象」範疇，是來源於《周易》的「象」論的。《周易》特重「象」的功能。〈繫辭傳上〉明確指出，「八卦」的圖式是聖人「法象」天地萬物的結果：「《易》有太極，是生兩儀。兩儀生四象，四象生八卦。」《周易》中雖然並未出現「意象」這個術語，卻已把「意」與「象」連繫起來談了：「子曰：書不盡言，言不盡意。然則聖人之意，其不可見乎？子曰：聖人立象以盡意，設卦以盡情偽，繫辭焉以盡其言，變而通之以盡利，鼓之舞之以盡神。」(《周易》〈繫辭傳上〉) 後來在審美意義上的「意象」是與「立象以盡意」密切相關的。

「象」在《周易》中的意義首先是可以感覺到的自然現象。《周易》〈繫辭〉上說：「見乃謂之象。」所謂「八卦」，就是由「四象」而生的乾、坤、震、巽、坎、離、艮、兑，即天、地、風、雷、水、火、山、澤的「八象」。這些都是自然之象。「象」的含義首先是自然之象，也即物像。託名於白居易的《金針詩格》說：「象物像之象，日月山河蟲魚草木之類是也。」《周易》的「象」還有另一含義，也即如章學誠在《文史通義》中所說的「人心營構之象」。《周易》〈繫辭傳上〉云：「聖人有以見天下之賾，而擬諸其形容，像其物宜，是故謂之象。」這是人對天道的體會，取法乎自然，以意為之，即是「人心營構之象」。而到了後來在審美意義上的「意象」，則是從前者到後者的轉換。

《周易》〈繫辭傳上〉說：「聖人設卦觀象，繫辭焉而明吉凶。剛柔相推而生變化。是故，吉凶者，失得之象也。悔吝者，憂虞之象也。變化者，進退之象也。剛柔者，晝夜之象也。」指出了設卦的目的在於「觀象」，觀象的目的在於明道。

東漢思想家王充，第一次將「意」與「象」合為一個概念，他說：「夫畫布為熊麋之象，名布為侯，禮貴意象，示義取名也。」(《論衡》〈亂龍〉) 王充的首創之功是值得肯定的。他不僅固定了「意象」這個概念，而且，他還使這個概念的含義轉為具體的形象之「象」。魏晉時期著名的玄學家王弼，就「言」、「意」、「象」的關係闡發了非常深刻而頗具創見的論述，他說：

> 夫象者，出意者也。言者，明象者也。盡意莫若像，盡象莫若言。言生於象，故可尋言以觀象，象生於意，故可尋象以觀意。意以象盡，象以言著。故言者所以明象，得像而忘言；象者，所以存意，得意而忘象。猶蹄者所以在兔，得兔而忘蹄；筌者所以在魚，得魚而忘筌也。然則，言者，象之蹄也；象者，意之筌也。是故，存言者，非得像者也；存象者，非得意者也。象生於意而存象焉，則所存者乃非其象也；言生於象而存言焉，則所存者乃非其言也。然則，忘象者，乃得意者也；忘言者，乃得像者也。得意在忘象，得像在忘言。故立象以盡意，而像可忘也；重畫以盡情，而畫可忘也。(《周易略例》〈明象〉)

他的意思是：「象」是用來寄寓意的，「言」是用來呈現象的。表意者莫過於「象」，描述「象」的莫過於「言」。得「象」應該忘「言」；得「意」應該忘「象」。魏晉玄學「言意之辨」是一個非常重要的命題，王弼以「象」為「言」和「意」的媒介，指出「意」唯有依靠「象」和「言」才能傳達。「言」、「象」、「意」三者之間的關係是非常密切的。湯用彤先生闡釋王弼之論云：

> 因此言為象之代表，象為意之代表，二者均為得意之工具。吾人解《易》要當不滯於名言，忘言忘象，體會其所蘊之義，則聖人之意乃昭然可見。王弼依此方法，乃將漢易象數之學一舉而廓清之，漢代

經學轉為魏晉玄學，其基礎由此而奠定矣。[3]

王弼的這段論述對於其後審美領域中的「意象」論的發展，影響是至為深遠的。

劉勰深受《周易》哲學及王弼玄學的影響，他的文學本體論與之有千絲萬縷的連繫。連繫的關鍵乃在於「象」。劉勰在《文心雕龍》〈原道〉篇中論「文」的本體意義，即以「天文」、「地文」、「人文」為「道之文」，而它們的標誌，就在於「象」。〈原道〉篇說：

文之為德也大矣，與天地並生者何哉？夫玄黃色雜，方圓體分，日月疊壁，以垂麗天之象；山川煥綺，以鋪理地之形：此蓋道之文也。仰觀吐曜，俯察含章，高卑定位，故兩儀既生矣；惟人參之，性靈所鍾，是謂三才。為五行之秀，實天地之心。心生而言立，言立而文明，自然之道也。傍及萬品，動植皆文：龍鳳以藻繪呈瑞，虎豹以炳蔚凝姿；雲霞雕色，有逾畫工之妙；草木賁華，無待錦匠之奇。夫豈外飾，蓋自然耳。

〈原道〉篇有十分豐富的哲學、美學內容，對它也有複雜的學術爭議，這不是本書討論的範圍，筆者只是想指出它與劉勰的「意象」之間的關係。「日月疊壁」、「山川煥綺」是天文、地文，也即「道之文」。天、地、人並列為「三才」，其中人又是萬物的靈長，「天地之心」。在天文、地文、人文之中，人文又是超越於天文、地文之上的。劉勰受《周易》的啟示，認為天文、地文、人文作為「道之文」的標誌都在於

---

3 《湯用彤學術論文集》，中華書局1983年版，第216頁。

「象」。日、月是附麗於天的「象」，山川是附麗於地的「象」。「日月疊璧，以垂麗天之象」，就是生發於《周易》〈離卦〉。〈離卦〉辭云：「離，麗也。日月麗乎天，百谷麗乎土。」日月、百谷乃是代表天文、地文的「象」，它們是自然生成的，並非人類自覺意識的產物。然而，「人文」則不同。劉勰說：「人文之元，肇自太極。幽贊神明，《易》象惟先。」(《文心雕龍》〈原道〉) 認為《易》像是人文的突出代表。《易》象並非純粹的自然之象，而是人類觀物取象的產物。《周易》〈繫辭傳下〉有一段為人們熟知的話：「古者庖犧氏之王天下也，仰則觀象於天，俯則觀法於地。觀鳥獸之文與地之宜，近取諸身，遠取諸物，於是始作八卦，以通神明之德，以類萬物之情。」、「八卦」這裡說的是卦象，也即《易》象。可見，《易》像是人一面觀察、概括客觀事物之「象」(遠取諸物)，另一面是加以自身認識(近取諸身)而創造出來的。反過來說，《易》像一方面是天地萬物之「象」的摹寫，另一方面表現了人對客觀事物變化規律的認識。

劉勰在《文心雕龍》〈神思〉篇中所正式提出的「意象」，與《易》象有深刻連繫，卻經過了審美化的過程。「窺意象而運斤」的「意象」，是「意中之象」，它尚未經過作者的筆墨傳寫定型，是一種內視之象，十分活躍，變化多端。它是「神思」運作的基元，也是「神思」妙運的產物。詩的意象，是詩人「神與物游」的結果。一方面受物色感召，摹寫自然之象；另一方面運以主體之思，所創造的意象中滲透了心靈的觀照、統攝作用。章學誠談《易》象時說「有天地自然之象，有人心營構之象」(《文史通義》〈易教下〉)。然而，他又認為「天地自然之象」與「人心營構之象」是可以會通的：「是則人心營構之象，亦出於天地自然之象。」(《文史通義》〈易教下〉) 審美意象的創造，在某種意義上說，是自然物像在主體心靈中轉化為意象的過程。

創作主體的「神思」發生機制，首先在於詩人（以「詩人」為文學藝術創作主體之代稱）之感物；而感物的過程，也就是外在事物的客觀物像印入主體心靈的過程。而意象的形成與創造，是詩人以自己的情感、思致滲透改造物像，並進行取捨加工、昇華的過程。

「神思」的發動，在於外物之感於心。這裡是講自然物候的變化引起詩人的心靈感動，從而觸發了詩人的創作激情。

詩人受到外物的觸發而引起創作衝動，同時便是外在事物（前此的文論主要是說自然事物，只有鍾嶸在《詩品序》中談到的「嘉會寄詩以親，離群托詩以怨」是社會事物）的表象印入詩人的心靈。這便是詩的審美意象的基礎與材料。外物的表象也就是物像，進入詩人的心靈之初，它並未成為審美意象。這些文論資料中所說的「物」，其實都是物像，也即物的外觀形式。這也就是劉勰所說的「物色」。《文心雕龍》〈物色〉篇「春秋代序」的一段論述，深刻地指出了「物色之動」對詩人之心的感發作用，同時，也說明了由外在的物像轉化為內在的審美意象時的某種心理機制。四序的紛回引起「物色」的變化，而詩人感於物色之變，通過視覺、聽覺將物像攝入心中。進入詩人心靈的物像是紛紜變幻而又異常生動的，但是這種「進入」，已經是經過了詩人情感的不自覺的選擇，或者說，物像進入詩人的心靈就已經染上了詩人情感的色彩。所謂「登山則情滿於山，觀海則意溢於海」即可說明之。「詩人感物，聯類不窮」，正是描述物像紛湧而入的情形。《文心雕龍》〈神思〉篇中所說的「物沿耳目」，也是說物像通過視覺聽覺印入主體心靈。

物像還不是審美意象，由物像而為審美意象必須經過主體的能動創造。所謂「意象」乃是意中之象，或者說是意為之之象。任何意象的建構，都不可能是純粹物像的原有樣態，都是在主體的情感滲透下，對於物像展開主觀聯想和想像活動，對物像進行加工、變形，重新整合，在心裡醞釀成新的形象。而朱光潛先生是把物像等同於意象的，他在《詩論》中說：

> 從移情作用我們可以看出內在的情趣常和外來的意象相融合而互相影響。……每個詩的境界都必有「情趣」和「意象」兩個要素。情趣簡稱「情」，意象即是「景」。吾人時時在情趣裡過活，卻很少能將情趣化為詩，因為情趣是可比喻而不可直接描繪的實感，如果不附麗到具體的意象上去，就根本沒有可見的形象。我們抬頭一看，或是閉目一想，無數的意象就紛至沓來，其實也只有極少數的偶爾成為詩的意象，因為紛至沓來的意象凌亂破碎，不成章法，不具生命，必須有情趣來融化它們，貫注它們，才內有生命，外有完整形象。[4]

朱光潛先生這裡所說的「意象」，也就是我們所說的「物像」，從這裡的論述中是看得很清楚的。朱光潛先生還舉例說：「比如看到寒鴉，心中就印下一個寒鴉的影子，知道它像什麼樣，這種心鏡從外物攝來的影子就是意象。」[5]這個意思就更為明確了。而在我們看來，意像是不等同於物像的，它必須有一個「人心營構」的過程。這個過程，劉勰將它概括為「寫氣圖貌，既隨物而宛轉；屬采附聲，亦與心而徘徊」（《文心雕龍》〈物色〉）一方面要貼切地把物像的特徵表現出來，另一方面要用心靈的作用來統攝、融合物像，這樣，就將紛繁蕪雜的物像凝聚成能夠「以少總多」的審美意象。

4　朱光潛：《詩論》，三聯書店1998年版，第55頁。

5　《朱光潛美學文集》第一卷，第503頁。

審美意象的創造過程，也就是「神思」的運化過程。「神思」之「神」，很重要的一點在於它不是概念的運動，不是知性的把握，它必然是創作主體與客體的觸遇與相契合，是主體以自己的情感、審美趣味、價值尺度等來加工物像的過程。中國古代文論所云「感物」，指物像的變化，而物像則是難以捕捉、無法限定的。無論是鍾嶸在《詩品序》中所說的「若乃春風春鳥，秋月秋蟬，夏雲暑雨，冬月祁寒，斯四候之感於詩者」，還是劉勰所說的「是以獻歲發春，悅豫之情暢；滔滔孟夏，郁陶之心凝；天高氣清，陰沉之志遠；霰雪無垠，矜肅之慮深」（《文心雕龍》〈物色〉），都是就其大略而言，概括出四季帶來的物像變化對詩人心情的影響感發。這還只是一個類型化的模式，揭示了自然事物的樣態與人的情感結構的對應性。一年四季的更迭，使大自然變幻著種種不同的容色，這便興發了人們種種不同的情感。格式塔心理學美學曾研究了外部自然事物和人類情感之間的「異質同構」關係，在格式塔學派看來，外部自然事物和藝術形式之所以具有人的情感性質，主要是外在世界的力（物理的）和內在世界的力（心理的）在形式結構上的「同形同構」或異質同構，這兩種結構之間在大腦力場中達到融合或契合時，外部事物與人類情感之間的界限就模糊了。正是由於精神和物質之間的界限的消失，才使外部事物看上去具有了人的情感性。李澤厚先生也說過：

本來，自然有晝夜交替季節循環，人體有心臟節奏生老病死，心靈有喜怒哀樂七情六慾，難道它們之間（對象與情感之間，人與自然之間……）就沒有某種相映對相呼應的形式、結構、規律、活力、生命嗎？……歡快愉悅的心情與寬厚柔和的蘭葉，激情強勁的情緒與直硬折角的樹節；樹木蔥蘢一片生意的春山與你歡快的情緒；木葉飄零的秋山與你蕭瑟的心境；你站在一瀉千丈的瀑布前的那種痛快感，你停在潺潺的小溪旁的閒適溫情；你觀賞暴風雨時獲得的氣勢，你在柳條迎風時感到的輕盈……這裡邊不都有對象與情感相對應的形式感嗎？[6]

自然的「物色」，以其千變萬化的姿態，蓬勃湧動的生機，興發著詩人的情感，這個過程中間是沒有固定的時間、模式可循的，是隨機的；創作主體的心情也是千變萬化的，以此「千變萬化」，迎彼「千變萬化」，那麼，詩人頭腦中的「神思」也就是神妙而不可拘泥的。

第二節　「神思」論中的「意象」審美性質

「神思」運化以「意象」的創造為其目的，因而，「意象」是「神思」論中最核心的內容。倘以陸機的《文賦》、劉勰的〈神思〉等篇上下溝通起來認識，「意象」主要有這樣的審美性質：一是「意象」的生成創化性；二是「意象」的涵蓋包容性。

「意象」不是現成的，而是在創作主體的「神思」運化中逐漸生成的。它是不斷變化的，是主體觀照、攝融物像而在頭腦中以主體之「意」對物像進行意向性的提煉、融合而漸次形成越加鮮明的內在視象的過程。也正是劉勰所說的「思理為妙，神與物游」的樣態。「意象」正是在創作思維的高度活躍中生成的。也就是陸機《文賦》所說的：「其始也，皆收視反聽，耽思傍訊，精鶩八極，心游萬仞。其致也，情曈曨而彌鮮，物昭晣而互進。」作家先是進入「收視反聽」的虛靜審美

6　李澤厚：《審美與形式感》，《文藝報》1981年第6期。

心態之中，然後是「精鶩八極，心游萬仞」的神思活躍階段，那些意象便由此而生成了。〈神思〉篇中談及「意象」與「神思」之關係也是在「神思」運化的活躍之中生成並加以表現的。如說「夫神思方運，萬涂競萌；規矩虛位，刻鏤無形」。其實，在《周易》中，「象」就是人們對宇宙事物運動變化進行觀照攝取的產物。因此，「象」本身也是活躍的，體現著變化的。如《周易》〈繫辭傳上〉開始就說：「天尊地卑，乾坤定矣。卑高以陳，貴賤位矣。動靜有常，剛柔斷矣。方以類聚，物以群分，吉凶生矣。在天成象，在地成形，變化見矣。」〈繫辭傳上〉還在談到「像其物宜，是故謂之象」之後，說：「聖人有以見天下之動，而觀其會通，以行其典禮，繫辭焉以斷其吉凶，是故謂之爻，言天下之至賾而不可惡也。言天下之至動而不可亂也。擬之而後言，議之而後動，擬議以成其變化。」、「象」的功能主要是表徵著事物變化的，而「象」本身也是在變化中生成的。這對後來的「意象」的性質是有深遠影響的。其後的文論家在談及「意象」概念時，也都是在變化生成的意義上加以闡發的。如唐代詩人王昌齡所說的「生思」：「久用精思，未契意象，力疲智竭，放安神思，心偶照境，率然而生。」王昌齡對「生思」的闡釋，正如韓林德先生所理解的那樣：

王昌齡的意思是，意象的形成，有待於審美感興中心與境二者的交融合一，而焦思苦慮的「精思」之所以「未契意象」，就在於缺少想像和靈感這種「神思」的作用。一旦神思勃發，「心偶照境」，意像在剎那間即形成。[7]

7　韓林德：《境生象外》，三聯書店1995年版，第53頁。

這段話的意思是，在「神思」的作用下，「意象」便會率然而生。再如晚唐司空圖所言：「是以真跡，如不可知。意象欲出，造化已奇。」（《二十四詩品》〈慎密〉）唐代著名書法家張懷瓘論書法意象時說：

僕今所制，不師古法。探文墨之妙有，索萬物之元精。以筋骨立形，以神情潤色。雖跡在塵壤，而志出雲霄。靈變無常，務於飛動。或若擒虎豹，有強梁拿攫之形；執蛟螭，見蚴蟉盤旋之勢。探彼意象，入此規模。忽若電飛，或疑星墜，氣勢生乎流便，精魄出於鋒芒。觀之慾其駭目驚心，肅然凜然，殊可畏也。[8]

在書法美學領域，張懷瓘對「意象」的論述，是強調其飛動的、靈變無常的性質的。變化生成是中國古典美學論及「意象」時普遍指出的美學特性。

審美意像有著「稱名也小，取類也大」的涵容性。《周易》首先提出了「稱名也小，取類也大」的命題：「其稱名也小，其取類也大，其旨遠，其辭文，其言曲而中，其事肆而隱。」意思是：《周易》的各卦，標舉的名稱是很小的，而用來指稱同類事物是大的；它的用意是深遠的，它的辭語是有文采的；它的話曲折而中的，它講的事率直而含蓄。這其實也是藝術創作的審美意象構建的普遍規律。司馬遷《史記》中為屈原作傳時用了類似的辭語：「其稱文小而其旨極大，舉類邇而見義遠。」藉以評價《離騷》善於假眼前平凡而具體的「象」來表現宏大深遠的「意」的特點。劉勰則從「意象」創造的「比興」手法將其納入到審美的軌道上來。他說：「觀夫興之托喻，婉而成章，稱名也

8 張懷瓘：《文字論》，《法書要錄》卷之四。

小，取類也大。」(《文心雕龍》〈比興〉) 它的淵源自然是來自《周易》的，但卻全然是在談文學創作。劉勰認為以「興」的手法創造的意象更為委婉含蓄，更符合「主文而譎諫」的諷喻原則，而且所取意象雖小，但其寓托的含義卻頗為廣大。劉勰將《周易》中所說爻辭「稱名也小，取類也大」，引申為指稱興象的功能有著更大的涵容性。

第三節　審美意象論的後續發展

「神思」的內容與產物，就是作品的審美意象，而審美意象的產生也正是「神思」運化的過程，因此，「神思」與「意象」的關係是非常密切的。這在劉勰之後的文論與畫論中也是屢見論述的。

唐代的殷璠編選唐人詩的《河岳英靈集》，以「興象」作為評詩的重要尺度，如在《敘》中所批評的齊梁詩風過多注重詞采：「都無興象，但貴輕豔」；評陶翰詩說：「既多興象，復備風骨」；評孟浩然詩：「無論興象，兼復故實」。「興象」這個概念，本是由「興」和「象」兩個概念構成的，把它們組合在一起，成為一個新的文論範疇，這就是殷璠的創造了。在這裡「象」是主詞，而「興」則是修飾「象」的。簡而言之，「興象」就是以感興的方式獲得的審美意象，其實也正是神思運化而得的審美意象。

署名王昌齡的《詩格》，在談到詩歌創作的思維特點時說：「一曰生思。久用精思，未契意象，力疲智竭，放安神思，心偶照境，率然而生。」、「生思」即是詩人運用「神思」創造詩的審美意象的過程。在詩的創作中，有時候苦心冥想，殫精竭慮，弄得力疲智竭，卻不能想出好的詩歌意象，在這種情形下，應該把這種思慮放一下，讓心靈與自然去晤談。心靈偶然觀照某種外境，觸發了靈感，詩的意像往往在這時率然而生了。《詩格》中又說：「夫作文章，但多立意。令左穿右穴，苦心竭智，必須忘身，不可拘束。思若不來，即須放情卻寬之，令境生。然後以境照之，思則便來，來即作文。如其境思不來，不可作也。」[9]這裡也強調在詩思枯萎、難以找到合適的意象時，應使思慮鬆弛，令心靈中呈現出適合詩思湧現的「境」。

明代詩論家多有以「意象」論詩者，如何景明、王廷相等。而胡應麟在《詩藪》中以「興象」論詩，則最能道出「意象」與「神思」的內在連繫。胡應麟說：「作詩不過二端，體格聲調、興像風神而已。」他認為詩的基本要素就是「體格聲調」和「興像風神」，且兩者相輔相成，缺一不可。「興象」這個概念自然與唐代殷璠的「興象」有內在淵源關係。「興象」的取象方式是由感興而生成的，也即創作主體在外物的感發下所獲得的，因而，這種意象的特點是透徹玲瓏，意蘊深婉。在胡氏的《詩藪》中一再闡發的便是「興象」的這種特點。他評漢詩屢用「興象」這個概念，如說：「《十九首》及諸雜詩，隨語成韻，隨韻成趣，辭藻氣骨，略無可尋。而興象玲瓏，意致深婉，真可以泣鬼神，動天地。」、「東西京興象渾淪，本無佳句可摘，然天功神力，時有獨至。」（《詩藪》〈內編〉卷三）胡應麟還指出「興象」的獲致，是一種「無意得之」的方式，如說：「漢人詩，質中有文，文中有質，渾然天成，絕無痕跡，所以冠絕古今。」、「兩漢之詩，所以冠絕古今，率以得之無意。」（《詩藪》〈內編〉卷二）「得之無意」，正是「興象」的取象方式。

明代「前七子」的代表何景明以「意象」論詩說：「夫意象應曰

9 引自《文鏡秘府論》南卷〈論文意〉。

合，意象乖曰離，是故乾坤之卦，體天地之撰，意象盡矣。」[10]這裡是從「意象」之間的「應」、「乖」、「離」、「合」上，說明了「意象」的多變性和豐富性。而明代著名的思想家與文論家王廷相對於詩歌創作的「意象」有很全面的論述，他說：

> 夫詩貴意象透瑩，不喜事實粘著，古謂水中之月，鏡中之影，可以目睹，難以實求是也。《三百篇》比興雜出，意在辭表，《離騷》引喻借論，不露本情。東國困於賦役，不曰天之不恤也，曰「維南有箕，不可以簸揚，維北有斗，不可以挹酒漿」，則天之不恤自見。齊俗婚廢禮壞，不曰婿不親迎也。曰「俟我於著乎而，充耳以素乎而，尚之以瓊華乎而」，……嗟乎！言征實則寡餘味也，情直致而難動物也，故示人以意象，使人思而咀之，感而契之，邈哉深矣，此詩之大致也。[11]

王廷相把「意象」作為論詩的核心範疇，並且提出了「意象透瑩」的主張。這也是創作主體「神思」的產物。

王世貞則於詩歌創作推崇「意象」的飛動與創新，他在《汪山人傳》中說汪伯玉的詩歌出入於盛唐諸家，「於音節意像風神，倡和轉移，捭闔飛動，無所不得」。這種飛動的「意象」是在詩人的那種偶然得之的神思中產生的，在片言中便有「意象」的創新：「衡門忽啟為吳均，片語崢嶸意象新。」[12]謝榛對詩歌創作非常重視「神思」而生的「意象」，他說：「或造句弗就，勿令疲其神思，且閱書醒心，忽然有得，

10　《與李空同論詩書》，見《明代文論選》，人民文學出版社1993年版，第114頁。

11　王廷相：《與郭價夫學士論詩書》，轉引自《明代文學批評史》，上海古籍出版社1991年版，第175頁。

12　王世貞：《孝豐吳稼故中丞伯子也……》，見《弇州山人續稿》卷六。

意隨筆生，而興不可遏，入乎神化，殊非思慮所及。或因字得句，句由韻成，出乎天然，句意雙美。若接竹引泉而潺湲聲在耳，登城望海而浩蕩之色盈目。此乃外來者無窮，所謂『辭後意』也。」（《四溟詩話》卷四）這種「辭後意」的意象，是創作主體在情思的流動中「入乎神化」，一派神韻天然。

「意象」與「神思」有深刻而必然的連繫。「神思」的運化就是對「外來」的物像進行加工，使之成為審美意象，又將諸多的審美意象納入一個有機的結構之中。沒有「意象」，「神思」的運化便是空的；而沒有「神思」的運化，「意象」也不可能得以形成，獲得真正的生命。

第六章

「神思」的偶然性思維特徵

第一節　「神思」與「偶然」

作為中國獨有的藝術創作思維理論的「神思」，包含著靈感、想像、構思等藝術思維的要素，而且是指創作出最佳藝術品的思維特性。「神思」之「神」，正在於創作過程中那種出神入化、無法預設的高妙之境。「此中機彀幻，未易使人思」（鐘惺《見月得句因而成篇》），乃可形容此種之「神」。

「神思」也是以靈感的發生為其標誌的。詩人或藝術家在創作過程中所感受的靈感爆發時的「高峰體驗」，也是「神思」的一個「高光點」。而靈感的發生，是以突發性或曰偶然性為其特徵的。這是論及靈感的學者們都頗為認可的。而這種突發性或偶然性的產生原因，就在於它的感興機制。這也是「神思」的發生機理。「神思」的發生，在筆者看來主要是「感於物而興」（這個「物」除自然事物外，也包括了社會事物），指創作主體在客觀環境的隨機觸遇下，在心靈中誕育了審美意象和藝術境界的情形。偶然性可以說是「神思」的突出特徵。

陸機在《文賦》中關於創作思維的發生過程的論述已經道出了「神思」的偶然性：「若夫應感之會，通塞之紀，來不可遏，去不可止。藏若景滅，行猶響起。方天機之駿利，夫何紛而不理？」這裡明顯是對創作靈感狀態的描述。「來不可遏，去不可止」，是說靈感的不可預設，不可把握。靈感的「光臨」，乃是一種「天機」，沒有辦法預測，帶有很大的偶然性。這種偶然性的契機，在於審美主客體遇合交融的隨機性、不確定性。在筆者看來，「偶然」是指藝術創作主體（從美學角度來說，也可看作是審美主體）賴以激發審美情感、創作衝動，並在不作預定的前提下形成審美意象的一種偶然性、突發性的思維形式，是以客觀外物的變化觸興主體為前提條件的。

中國古代藝術創作論中關於創作契機的偶然性機制的論述非常之多，說明了中國古典美學對「偶然」的高度重視。值得注意的是，文論家們關於「偶然」的論述都是揭示那種高度完美、意境妙合無垠的佳作的思維特徵的。如南朝文論家蕭子顯在《南齊書》〈文學傳論〉中所說的「屬文之道，事出神思。感召無象，變化無窮」。「感召」是審美客體對主體的感召，「無象」是說變化多端，生機無限，不可方物。那麼，作者的「神思」也充滿了一種偶然性。唐人李德裕說：「文之為物，自然靈氣，惚恍而來，不思而至。杼軸得之，淡而無味。琢刻藻繪，彌不足貴。」（《文章論》）認為文之「神思」，應該是一種「自然靈氣」，它是「不思而至」的，當然是偶然的契機。「杼軸」這裡的意思是刻意而為。唐代詩人僧貫休在《言詩》中說：「經天緯地物，動必是仙才。竟日覓不得，有時還自來。真風含素發，秋色入靈台。吟向霜蟾下，終須鬼神哀。」[1]貫休所說的「竟日覓不得，有時還自來」，把創作「經天緯地」之詩的詩思，比作偶然光臨的「不速之客」。蘇軾談作詩當及時捕捉靈感，否則稍縱即逝：「作詩火急追亡逋，清景一失後難摹。」[2]把捕捉詩思視為追捕逃犯一般火急，因為如果不及時把詩思靈暢時所呈現在詩人心靈中的美妙意象或意境傳寫出來，它們很快就會逃逸得無影無蹤。宋代詩論家葛立方談詩思時說：

詩之有思，卒然遇之而莫遏，有物敗之則失之矣。故昔人言覃思、垂思、抒思之類，皆欲其思之來，而所謂亂思、蕩思者，言敗之者易也。鄭綮詩思在灞橋風雪中驢子上，唐求詩所遊歷不出二百里，則所謂有思者，豈尋常咫尺之間所能發哉！前輩論詩思多生於杳冥寂寞之境，而志意所如，往往出乎埃壒之外。苟能如是，於詩亦庶幾矣。小說載謝無逸問潘大臨云：「近日曾作詩否？」潘云：「秋來日日是詩思。昨日捉筆得『滿城風雨近重陽』之句，忽催租人至，令人意敗，輒以此一句奉寄。」亦可見思難而敗易也。[3]

葛立方在這裡也談的是詩思的偶然性發生的情形，「卒然遇之」自是一種偶然的所得，當它來到詩人的心靈中時是不可遏止的，而當有意外的情況干擾時，它又消遁得無影無蹤，找不回來。宋代詩人潘大臨那個「滿城風雨近重陽」孤句，就是因了催租人敗了詩興的有名的例子。得之，失之，俱在偶然間。

南宋著名詩人陸游、楊萬里、尤袤、戴復古等詩人，都非常看重

1 尤袤：《全唐詩話》卷六，《歷代詩話》，中華書局1981年版，第244頁。

2 蘇軾：《臘日遊孤山訪惠勤惠思二僧》，見《蘇軾詩集》卷七，中華書局點校本。

3 葛立方：《韻語陽秋》卷二，《歷代詩話》，中華書局排印本，第500頁。

詩思的偶然性發生，視之為創作詩之傑作的最佳思維方式。陸游在詩中談創作體會說：「文章本天成，妙手偶得之。粹然無疵瑕，豈復須人為。」[4]認為好的文章應是傑出的作家偶然得之。這樣的作品才能精美無瑕，如同天成。楊萬里作詩特重「活法」，「活法」的內涵一是直接汲納自然所獲得的活潑天趣，一是詩思觸發的隨機性或偶然性。他自述其創作體會時說：「每過午，吏散庭空，即攜一便面，步後園，登古城，採擷杞菊，攀翻花竹，萬象畢來，獻予詩材。蓋麾之不去，前者未讎，而後者已迫，渙然未覺作詩之難也。」（《荊溪集序》）這種詩思的來源是在現實生活和大自然的變化中隨機觸發的，並非是先有了立意再去尋找詩材。誠齋之詩，大都是在自然界與社會生活中隨所感觸，得之偶然，因而顯得極為活潑。楊萬里論詩以興為上，曾言：「大抵詩之作也，興，上也；賦，次也；賡和，不得已也。我初無意於作是詩，而是物是事，適然有觸於我，我之意亦適然感乎是物是事，觸先焉，感隨焉，而是詩出焉，我何與哉？」[5]詩人無意於為此詩，而是在「是物是事」的偶然感觸之下生發詩興的，在誠齋看來，這才是最上乘的詩。

宋代詩論家葉夢得認為，好詩之作不在於「以奇求之」，而是無所用意，「猝然與景相遇」，他又從謝靈運的「池塘生春草，園柳變鳴禽」的個案分析，上升到「詩家妙處，當須以此為根本」的藝術思維本質來闡述（見《石林詩話》卷中）。葉氏又以禪門「三種語」喻詩之創作，其云：

4 陸游：《文章》，見《劍南詩稿》卷八十三。

5 楊萬里：《答建康府大軍庫監門徐達書》，見《誠齋集》卷六十七。

禪宗論云間有三種語：其一為隨波逐浪句，謂隨物應機，不主故常；其二為截斷眾流句，謂超出言外，非情識所到；其三為涵蓋乾坤句，謂泯然皆契，無間可伺。其淺深以是為序。（《石林詩話》卷上）

這三種語，出於禪宗公案。雲門文偃的弟子德山緣密禪師說：「我有三句示汝諸人：一句涵蓋乾坤，一句截斷眾流，一句隨波逐浪。」（《五燈會元》卷十五）即為此三句的出處。就禪學本意而言，所謂「涵蓋乾坤」句，意思是以一句包括一種妙理；「截斷眾流」句，意思是以一句破盡知見；「隨波逐浪」句，則是引導學人隨機接緣。總的精神是簡潔明快。葉夢得對「雲門三句」的闡釋並非佛學的還原，而是一種借用，他的闡釋是在詩學層面上進行的。他以「隨物應機，不主故常」來詮釋「隨波逐浪」句，意思是詩人隨機感發，在主體與客體的偶然觸遇中誕生新的藝術生命。

宋代詩人，同時也是著名的理學家邵雍，也把偶然得句作為詩歌創作重要成因，他在《閒吟》詩中說：

忽忽閒拈筆，時時樂性靈。何嘗無對景，未始變忘情。句會飄然得，詩因偶爾成。天機難狀處，一點自分明。

邵雍雖是理學名家，在詩中頗有言理之處，但他於詩卻非外行。對詩的功能與作用，邵氏是非常重視的，對詩的創作特徵，也多有闡發，如他談詩時所說：「形容出造化，想像成天地。」（《史畫吟》）即可謂深得其中三昧之語。而這首《閒吟》詩所抒寫的作詩體驗，決非局外人所可道。詩人感到自已寫詩時似有「天機難狀」之處，促使他寫出妙作佳句，而這恰恰是詩人在「偶爾」的機緣中所得的。

明代詩論家謝榛最為重視偶然感興的創作構思方式，他的詩論名著《四溟詩話》貫穿著這種詩學觀念。他明確提出「作詩有相因之法，出於偶然」的詩學命題，其理論出發點在於主體之情與客體之景的感興遇合，成為詩歌「神思」發生的根本契機。他說：

作詩本乎情景，孤不自成，兩不相背。凡登高致思，則神交古人，窮乎遐邇，繫乎憂樂，此相因偶然，著形於絕跡，振響於無聲也。夫情景有異同，模寫有難易，詩有二要，莫切於斯者。（《四溟詩話》卷三）

作詩有相因之法，出於偶然。因所見而得句，轉其思而成文。先作而後命題，乃筆下之權衡也。（《四溟詩話》卷四）

謝榛以「情」與「景」之間的偶然相因，作為詩歌創作「神思」的發生契機，他不僅是把「情」與「景」凝結成為一對互相對待的、穩定的審美範疇，同時指出了在詩歌創作神思中「情」、「景」之間的關係應是「相因偶然」，這可以說是謝榛對中國詩歌美學的一個很重要的貢獻。他對於這個命題的論述是很多的。如說：「詩有天機，待時而發，觸物而成，雖幽尋苦索，不易得也。如戴石屏『春水渡旁渡，夕陽山外山』，屬對精確，工非一朝，所謂『盡日覓不得，有時還自來』。」（《四溟詩話》卷一）這種詩的「天機」，是詩人的主體之情「觸物而成」的結果，「盡日覓不得，有時還自來」，那當然是偶然得之的。謝榛對陶淵明的推崇也認為陶詩是真趣出於偶然：「淵明最有性情，使加藻飾，無異鮑謝，何以發真趣於偶爾，寄至味於澹然？」（《四溟詩話》卷二）稱讚賈島詩云：「賈島『獨行潭底影』，其詞意閒雅，必偶然得之，而難以句匹。」（《四溟詩話》卷四）謝榛又言及自己的文思來臨之狀：「凡作文，靜室隱幾，冥搜邈然，不期詩思遽生，妙句萌心，且含毫咀味，兩事兼舉，以就興之緩急也。予一夕欹枕面燈而臥，因詠蜉蝣之句，忽機轉文思，而勢不可遏，置彼詩草，率書嘆世之語云：『天地之視人，如蜉蝣然；蜉蝣之觀人，如天地然。蜉蝣莫知人之有終也，人莫知天地之有終也。』」（《四溟詩話》卷三）謝榛最為不滿的便是預先立意，而主張以偶然之興為主，他說：「詩以一句為主，落於某韻，意隨字生，豈必先立意哉？楊仲弘所謂『得句意在其中』是也。」（《四溟詩話》卷二）他對宋詩的批評主要是先立意，如說：「詩有辭前意、辭後意，唐人兼之，婉而有味，渾而無跡。宋人必先命意，涉於理路，殊無思致。」、「宋人謂作詩貴先立意。李白鬥酒百篇，豈先立許多意思而後措詞哉？蓋意隨筆生，不假佈置。」（《四溟詩話》卷二）又云：「今人作詩，忽立許大意思，束之以句則窘，辭不能達，意不能悉。譬如鑿池貯青天，則所得不多；舉杯收甘露，則被澤不廣。此乃內出者有限，所謂『辭前意』也。或造句弗就，勿令疲其神思，且閱書醒心，忽然有得，意隨筆生，而興不可遏，入乎神化，殊非思慮所及。或因字得句，句由韻成，出乎天然，句意雙美。若接竹引泉而潺湲之聲在耳，登城望海而浩蕩之色盈目。此乃外來者無窮，所謂『辭後意』也。」（《四溟詩話》卷四）在謝榛看來，作詩如先立意，也就是預設主題，只是出於內心的有限之意，所得甚少；而如果在情與景的觸遇感興中「忽然有得」，那將是「外來者無窮」，從宇宙社會中接納了湧來的無窮詩思，其深度廣度遠遠超過「先立意」的作品。

謝榛的理論貢獻恐怕還不止於一般的重視偶然性的獲致詩思，而且他還認為這種偶然的獲得是在平素不懈的詩學修養與孜孜不倦的審美追求的基礎上才能產生的，他作了這樣的比喻：

> 作詩譬如有人日掃箕帚，遍於市廛掃沙，簸而揀之，或破錢折簪，碎銅片鐵，皆投之於袋，飢則歸飯，固不如意，往復不廢其業。久之大有所獲，非金則銀，足贍卒歲之需，此得意在偶然爾。夫好物得之固難，警句尤不易得。掃沙不倦，則好物出，苦心不休，則警句成。（《四溟詩話》卷三）

謝榛用很妙的比喻，説明了好詩得之於偶然，但這種偶然又是與日積月累的學詩、「苦心不休」的求索的過程必然連繫在一起的。這就一方面充分闡發了情景遇合的偶然感興的「神思」契機，另一方面，又揭示了主體的詩學修養、平素的審美追求與「神思」的關係。

明代其他的詩論家、藝術家還多有以「偶然」論述藝術創作的「神思」發生方式的。如胡震亨論詩云：「詩有偶然到處，雖名手極力搜索，亦不能加。」（《唐音癸籤》卷二十六）傑出的戲劇家湯顯祖也説：「予謂文章之妙，不在步趨形似之間，自然靈氣，恍惚而來，不思而至。怪怪奇奇，莫可名狀，非物尋常得以合之。」（《合奇序》，見《湯顯祖詩文集》卷三十二）鐘惺描述詩思：「意所才見筆輒追，不然過眼將失之。有時伸紙乞君筆，未必風神能若斯。」[6]等等，都把偶然性作為生發藝術創作「神思」的最佳契機。

清代的詩論家、藝術家們對藝術創作中的偶然性的重視程度與明人相比是有過之而無不及的，其中尤以詩論家們對此論述頗多，如吳喬的《圍爐詩話》，即認為詩思的獲得，應是偶然得之最為佳絕。他説：「詩思與文思不同，文思如春氣之生萬物，有必然之道；詩思如醴泉春草，在作者亦不知所自來，限以一韻，即束詩思。」（《圍爐詩話》

6　《題林茂之畫壁》，見《隱秀軒集》卷五，上海古籍出版社排印本1992年版。

卷一）這裡將文思與詩思作了比較，認為文思以必然為主，而詩思則多是偶然性的發生。吳喬同時又以讀詩和作詩比較：「讀詩與作詩，用心個別。讀詩心須細，密察作者用意如何，佈局如何，措詞如何，如織者機梭，一絲不紊，而後有得。於古人只取好句，無益也。作詩須將古今人詩，一帚掃卻，空曠其心，於茫然中忽得一意，而後成篇，定有可觀。」（《圍爐詩話》卷四）意思是讀詩當更多理性的體察，而作詩則是以虛靜心態偶得神思，而後再成篇，這樣才能寫出佳作。吳喬還明確地認為：「凡偶然得句，自必佳絕。若有意作詩，則初得者必淺近，第二層未甚佳，棄之而冥冥構思，方有出人意外之語。」（《圍爐詩話》卷四）肯定了「偶然得句」的方式，所創作出的當為「佳絕」之作。詩論家張實居有這樣的一段名言：「古之名篇，如出水芙蓉，天然豔麗，不假雕飾，皆偶然得之，猶書家所謂偶然欲書者也。當其觸物興懷，情來神會，機括躍如，如兔起鶻落，稍縱即逝矣。有先一刻後一刻不能之妙，況他人乎？故《十九首》擬者千百家，終不能追蹤者，由於著力也。一著力便失自然，此詩之不可強作也。」[7]他認為古代詩歌中的名篇都是出於詩人的「偶然得之」，因之才能「如出水芙蓉，天然豔麗」。「神韻」說的代表人物王士禎也以「偶然欲書」為最佳的構思方式，他說：「南城陳伯璣允衡善論詩，昔在廣陵評予詩，譬之昔人云『偶然欲書』，此語最得詩文三昧。今人連篇累牘，牽率應酬，皆非偶然欲書者也。」（《帶經堂詩話》卷三）

清代著名的性靈派詩人張問陶，對於詩歌創作最為重視的就是偶然而得的「靈光」，他本人的創作也多是得之於偶然的神思的。張問陶在《論詩十二絕句》中有這樣幾首論詩詩：

7　張實居：《師友詩傳錄》，見《清詩話》上冊，上海古籍出版社1963年版，第128頁。

憑空何處造情文，還仗靈光助幾分。奇句忽來魂魄動，真如天上落將軍。

躍躍詩情在眼前，聚如風雨散如煙。敢為常語談何易，百煉功純始自然。

名心退盡道心生，如夢如仙句偶成。天籟自鳴天趣足，好詩不過近人情。

在這些論詩詩中，張問陶突出地表述了以偶然的神思為創作詩歌佳作的方式的觀念。「奇句」自然是指那些美妙無比的詩句。「如夢如仙」亦是如此。這樣的詩句，在張問陶看來，都是靈光相助、偶然得來的。「聚如風雨散如煙」，也是形容「詩情」的偶然造訪。張問陶詩集《船山詩草》中有許多詩句都道出了詩人是在偶然的契機中獲得詩思的。如這樣的一些詩句：「筆有靈光詩驟得，胸無奇氣酒空澆。」（《秋夜》）「心方清快偏無酒，境亦尋常忽有詩。」（《初春漫興》）「小眠詩偶得，城鼓莫相催。」（《初春閒居》）「經年一刺懶逢迎，禪悟詩魔句偶成。」（《八月四夜讀劍潭見示七律三首憤悶競夕依韻書懷各嘆所嘆要皆有生之累耳》）「詩為無心如拾得，身從多累轉陶然。」（《成都夏日與田橋飲酒雜詩》）「真極情難隱，神來句必仙。」（《有筆》）等等，偌多詩句都說明了詩人都是靠偶然而來的靈光創作出絕妙之詩的。

第二節　「偶然」作為創作契機的審美效應

「偶然」作為藝術創作神思的契機，形成了什麼樣的藝術效果，或者說是產生了怎樣的審美效應呢？與那種預先立意、主題先行的構思方式相比，又有什麼區別呢？這是一個值得思考而古人也從各個角度作了回答的問題。綜合起來，可以這樣認為，偶然的神思使藝術創作產生了這樣的審美效應：

一是作家、藝術家的主體襟懷與宇宙自然之氣融而為一，使作品產生了超乎有形物像、通於「大道」的氣象與「勢」；二是由於創作主體此時此地的獨特心情與千變萬化的外物之間的邂逅，使作品產生了不可重複的藝術個性和光景常新的生命感；三是這種偶然得之的藝術靈思使作品呈現出渾然天成的藝術意境與審美意象，有別於那種「苦吟力索」的雕琢之作；四是造成了作品令人驚奇的審美效果。而這幾方面的特色，往往是融於一個完整的作品之中的。

陸機與劉勰都談到藝術創作的「神思」是合於天地、達於大道的。陸機所說的「觀古今於須臾，撫四海於一瞬」，不僅是想像的超越時空、恢宏廣遠，而且是主體情思與宇宙大化的融而為一。劉勰論「神思」時云：「夫神思方運，萬涂競萌，規矩虛位，刻鏤無形，登山則情滿於山，觀海則意溢於海，我才之多少，將與風雲而並驅矣。」（《文心雕龍》〈神思〉）作家的「神思」，是縈繞於山海之間，吐納風雲萬象的。謝榛在談作詩「本乎情景」、「相因偶然」時還說：「景乃詩之媒，情乃詩之胚，合而為詩，以數言而統萬形，元氣渾成，其浩無涯矣。」（《四溟詩話》卷三）「思入杳冥，則無我無物，詩之造玄哉！」（《四溟詩話》卷三）「情」與「景」的「偶然相因」形成了作品的「元氣渾成」。袁枚在《續詩品》中寫道：「混元運物，流而不住。迎之未來，攬之已去。詩如化工，即景成趣。逝者如斯，有新無故。」（《即景》）也把「迎之未來，攬之已去」的偶然性的詩思，與「混元運物，流而不住」的宇宙自然之氣連繫在一起。

「偶然」的藝術創作思維使作品有著渾成自然的品格，呈現天然靈妙的風神。如同水到渠成、瓜熟蒂落，而與那些苦吟力索、雕琢藻飾的作品有著深刻的差異。如唐人李德裕所說的：「文之為物，惚恍而來，不思而至。杼軸得之，淡而無味。琢刻藻繪，彌不足貴。」[8]認為這種「自然靈氣」是文章的上乘。邵雍也說：「興來如宿構，未始用雕鐫。」[9]陸游說：「文章本天成，妙手偶得之。」這些也都是楬櫫「偶然得之」的作品渾然天成的妙處。張實居所說的「古之名篇，天然豔麗，不假雕飾，皆偶然得之」，尤能說明這個問題。

主體之情與客體之景的邂逅，往往誕生的是只可有一、不可有二的獨創性作品，有著內在的生命感。如葉夢得所說：「此語之工，正在無所用意，猝然與景相遇，藉以成章，不假繩削，故非常情所能到。」即是這種偶然的神思所造成的作品的獨創性藝術價值。

而這種獨創性的藝術境界和審美意象，往往會造成令人驚奇的審美效果，使人覺得「殊非思慮所及」。如戴復古在《論詩絕句》中所說：「詩本無形在窈冥，網羅天地運吟情。有時忽得驚人句，費盡心機做不成。」在偶然的創作契機中所得的是「驚人之句」。「驚人」，是人們對於作品的審美效應的一個重要標準，對人們的審美心理來說，驚奇是獲得快感的必要條件。真正的審美快感，是伴隨著驚奇感而產生的。驚奇是一種審美發現。亞里士多德最早把「驚奇」作為一種審美

8 李德裕：《文章論》，見《李文饒文集》外集卷三。

9 邵雍：《談吟詩》，見《伊川擊壤集》卷十八。

發現來認識，他說：「一切『發現』中最好的是從情節本身產生的、通過合乎可然律的事件而引起觀眾的驚奇的『發現』。」[10]這是驚奇帶來了發現。黑格爾非常重視驚奇在「藝術觀照」中的重要作用，他這樣認為：「藝術觀照，宗教觀照（無寧說二者的統一）乃至於科學研究一般都起於驚奇感。人如果還沒有驚奇感，他就還是處在矇昧狀態，對事物不感興趣，沒有什麼事物是為他而存在的，因為他還不能把自己和客觀世界以及其中事物分別開來。」[11]英國的著名詩人柯勒律治在評價華茲華斯時，就指出「驚奇」是這位詩人的美學追求。他說：

渥茲渥斯先生給自己提出的目標是：給日常事物以新奇的魅力，通過喚起人對習慣的麻木性的注意，引導他去觀察眼前的美麗和驚人的事物，以激起一種類似超自然的感覺；世界本是一個取之不盡、用之不竭的財富，可是由於太熟悉和自私的牽掛的翳蔽，我們視若無睹、聽若罔聞，雖有心靈，卻對它既不感覺，也不理解。[12]

中國的詩人們也同樣把「驚人」作為一個重要的藝術價值尺度與審美追求目標。杜甫的「為人性僻耽佳句，語不驚人死不休」（《江上值水如海勢聊短述》）是最典型的例子，大詞人李清照也曾頗為自負地說：「學詩漫有驚人句。」這方面的說法還有很多。而有一些藝術家是把「偶然得之」的神思，與作品令人驚奇的審美效果連繫起來的，如張問陶論詩絕句所說的「奇句忽來魂魄動，真如天上落將軍」[13]。湯顯

10 亞里士多德：《詩學》，人民文學出版社1962年版，第55頁。

11 黑格爾：《美學》第二卷，商務印書館1979年版，第22頁。

12 柯勒律治：《十九世紀英國詩人論詩》，人民文學出版社1984年版，第63頁。

13 張問陶：《論詩十二絕句》，《船山詩草》卷十一。

祖所說的「自然靈氣，恍惚而來，不思而至。怪怪奇奇，莫可名狀。非物尋常得以合之」（《合奇序》），清人吳喬認為的「偶然感觸，大有玄想奇句」（《圍爐詩話》卷四）等等，都認為偶然的神思產生了令人驚奇的審美效果。

第三節 「偶然」的意義觀照

在哲學上，與偶然性聯袂而行的是必然性。「偶然性」與「必然性」是一對相互依存的範疇。「必然性」是處於普遍的規律性連繫中的事物和現象；是現實中內部穩定、重複的普遍關係和現實發展的主要趨向的反映，「偶然性」則基本是現實中的外部的非本質、不穩定和個別連繫的反映。「必然性」是通過大量的「偶然性」表現出來的。正如恩格斯所說：「在歷史的發展中，偶然性起自己的作用。」[14]「偶然性」是事物最為活躍的性質。在中國古典美學中，關於「偶然」的論述很多，卻沒有關於「必然」的論述，也就是說，中國美學中並無現成的與「偶然」相對待的「必然」範疇。可以認為，中國美學中關於「偶然」的論述基本是處於感性經驗樣態的，不具備西方哲學那種範疇的邏輯意義。然而，中國的「偶然」論，又是非常豐富的理論瑰寶，在這方面遠遠超過了西方美學。

西方哲學對「偶然」、「必然」的範疇的理論建設從古希臘哲學便開始了，德謨克利特的格言是「一切都遵照必然性而產生」[15]，首先看出了「必然性」的概念。亞里士多德則承認「偶然性」的存在，在《形

---

14 恩格斯：《路德維希·費爾巴哈和德國古典哲學的終結》，《馬克思恩格斯選集》第四卷，第171頁。

15 引自《西方哲學原著選讀》上卷，商務印書館1981年版，第47頁。

而上學》中對「偶然性」作了較為深入的探索。從德謨克利特經過亞里士多德，再到伊壁鳩魯、盧克萊修，形成了古代哲學的「必然性」和「偶然性」範疇。而在馬克思主義經典作家那裡，才真正揭示了「偶然性」與「必然性」的辯證關係。如恩格斯所指出的：「被斷定為必然的東西，是由純粹的偶然性構成的，而所謂偶然的東西，是一種有必然性隱藏在裡面的形式，如此等等。」[16]「偶然性只是相互依存性的一極，它的另一極叫做必然性。在似乎也是受偶然性支配的自然界中，我們早就證實，在每一個領域內，都有在這種偶然性中為自己開闢道路的內在的必然性和規律性。然而適用於自然界的，也適用於社會。」[17]在馬克思主義哲學中，「偶然」與「必然」的關係得到了深刻的、正確的揭示，成為一對相對成熟的範疇，而在西方美學中，美學家們卻極少關注到它們，在西方的一系列美學名著中，基本上看不到對「偶然」與「必然」關係的論述，只有黑格爾《美學》中略有涉及。黑格爾指出：「必然性是各部分按照它們的本質即必須緊密連繫在一起，有這一部分就有那一部分的那種關係。這種必然性在美的對象裡固不可少，但是它也不應該就以必然性本身出現在美的對象裡，應該隱藏在不經意的偶然性後面。」[18]這是黑格爾在美學領域中對「偶然性」與「必然性」關係的論述，應該說是符合審美創造實踐的。然而，總的說來，「偶然性」與「必然性」這對範疇，並未在西方美學的長期發展中得到成熟的發育。在中國古典美學中，情形就大不相同了。中國古代沒有作為學科的美學，當然也就沒有自覺美學意識的理論家。我們所說的

---

16 恩格斯：《路德維希．費爾巴哈和德國古典哲學的終結》，《馬克思恩格斯選集》第四卷，第240頁。

17 恩格斯：《家庭、私有制和國家的起源》，《馬克思恩格斯選集》第四卷，第171頁。

18 黑格爾：《美學》第二卷，商務印書館1979年版，第148頁。

「中國古代美學」，指的是那些詩人、藝術家、文論家的大量具有美學價值的詩論、畫論、書論、樂論等的理論昇華形態。它們的本然樣態，大多數是直觀感悟的、散在的，似乎缺少西方美學的那種形式邏輯品格，但它們卻是與藝術美的創作實踐密切結合在一起的，往往就是作者本人的親切審美體驗。從體驗性這點來說，恐怕是西方美學所遠遠不及的。再就是中國美學資料看似零散，實則有著深層的系統性存在，並且形成了一系列完全能夠支撐起中國美學大廈的範疇。這些範疇是獨特的，並且是從大量的藝術創作實踐中昇華出來的，具有鮮明的民族特色。「偶然」就是這些範疇中的一個。它似乎並未受到現當代文論家、美學家及治文學批評史的學者的重視，其實，它大量存在於詩論、畫論等領域，而且它最集中地體現著審美體驗性，是許多論者在進行藝術創作過程中的切身體驗。

「偶然」與「神思」的關係非常密切，這在前面的論述中，已被大量資料所證實。「偶然」可以說是「神思」的最重要也是最主要的發生機制，尤其體現「神思」作為中國的藝術創作思維論的特色所在。

第七章

「神思」與審美情感

第一節　藝術創作中的審美情感

「神思」作為創作的藝術思維，與創作主體的情感的關係非常密切。沒有藝術家、作家在現實生活、客觀世界中所興發的飽滿激情，就很難有創作衝動的出現，也就很難有創作靈感的爆發。沒有這種激情，藝術家也難以產生生動、圓活的審美意象。因此，作家、藝術家的情感在創作中決非可有可無，而是藝術創作成敗的關鍵性因素。這一點，古今中外的文藝理論家、藝術家，有許多人都有所論述。本章不是泛泛談論藝術與情感的關係，而是從藝術思維與審美情感的關係角度作一些觀照。

正如別林斯基所說：「情感是詩的天性中一個主要的活動因素；沒有情感就沒有詩人，也沒有詩；但也並不是不可能有這樣一種人：他有情感，甚至寫出了浸潤著情感的不算壞的詩——卻一點也不是詩人。」[1]就詩歌創作而言，詩人的情感在其中起著重要的作用。沒有情感的被激動，也就不會有作詩的衝動。「詩言志」這個中國詩學的開山綱領，其中的「志」，就包含著情感在內（唐代孔穎達作出了「在己為情，情動為志，情、志一也」的論斷）。後來魏晉時期的著名文學家陸機在《文賦》中提出了在詩學史上有重大影響的美學命題「詩緣情而綺靡」，明確楬櫫了情感作為詩歌創作的動因的道理。

現在要將藝術創作中的審美情感與自然情感區分開來。實際生活中的情感，快樂、憂傷、恐懼等，在沒有進入藝術作品時，還只是自然情感，並不等同於作品中的審美情感。而所謂審美情感，是指藝術家通過作品的藝術形式所表現出的情感，它與人的自然情感連繫很密切，但又不相等同。

黑格爾雖然尚未提出「審美情感」的概念，但他的有關論述卻非常深刻地揭示了「審美情感」的特質，他說：

> 一般地說，音樂聽起來就像雲雀在高空中歌唱的那種歡樂的聲音，把痛苦和歡樂盡量叫喊出來並不是音樂，在音樂裡縱然是表現痛苦，也要有一種甜蜜的聲調滲透到怨訴裡，使它明朗化，使人覺得能聽到這種甜蜜的怨訴，就是忍受它所表現的那痛苦也是值得的。這就是在一切藝術裡都聽得到的那種甜蜜和諧的歌調。[2]

黑格爾所說的「把痛苦和歡樂叫喊出來」只是自然情感的發洩，

---

1 《別林斯基論文學》，新文藝出版社1958年版，第13-14頁。

2 黑格爾：《美學》第一卷，商務印書館1979年版，第205頁。

而不能作為藝術表現，也不能成為使人們獲得審美感受的情感；而在藝術中表現的情感，即使表現的是痛苦的感情，也應該「有一種甜蜜的聲調滲透到怨訴裡，使它明朗化」，這當然是一種高度審美化的表現手法。黑格爾這裡所談的正是情感的審美化問題。

華茲華斯說：「我曾經說過，詩是強烈感情的自然流露。它起源於在平靜中回憶起來的情感。詩人沉思這種情感直到一種反應使平靜逐漸消逝，就有一種與詩人所沉思的情感相似的情感逐漸產生，確實存在於詩人的心中。」[3]在他來看，詩人的情感誠然以自己過去的感受作為基礎，但卻是由回憶進入沉思，詩人的心靈受到強烈的震動，出現了一種與沉思的情感相似而得到藝術的昇華的情感。這種情感其實就是審美情感。桑塔亞那也認為：「審美快感的特徵在於客觀化。」[4]所謂「客觀化」，也即是使之有形化。

關於這個問題，美國著名的符號學美學家蘇珊·朗格作了相當明確的區分，她認為：

一個藝術家表現的是情感，但並不是像一個大發牢騷的政治家或是像一個正在大哭或大笑的兒童所表現出來的情感。藝術家將那些在常人看來混亂不整和隱蔽的現實變成了可見的形式，這就是將主觀領域客觀化的過程。但是，藝術家表現的決不是他自己的真實情感，而是他認識到的人類情感。一旦藝術家掌握了操縱符號的本領，他所掌握的知識就大大超出了他全部個人經驗的總和。藝術品表現的是關於生命、情感和內在現實的概念，它既不是一種自我吐露，又不是一種

3　華茲華斯：《〈抒情歌謠集〉一八〇〇年版序言》，見伍蠡甫、胡經之主編：《西方文藝理論名著選編》中卷，第54頁。

4　桑塔亞那：《美感》，中國社會科學出版社1982年版，第30頁。

凝固的「個性」，而是一種較為發達的隱喻或一種非推理性的符號，它表現的是語言無法表達的東西——本身的邏輯。[5]

蘇珊·朗格所說的「人類情感」，其實就是我們所說的「審美情感」，蘇珊·朗格對自然情感和審美情感作了過於嚴格的區分，在她看來，藝術所表現的情感不應是個人的瞬間情緒，更不是純粹的自我表現。「人類情感」也即「審美情感」是須在作品的藝術形式中加以表現的。她認為，「純粹的自我表現不需要藝術形式」，「以私刑為樂事的黑手黨徒繞著絞架狂吼亂叫；母親面對重病的孩子不知所措；剛把情人從危難中解救出來的痴情者渾身顫抖，大汗淋漓或哭笑無常，這些人都在發洩著強烈的情感，然而這些並非音樂所需的，尤其不為音樂創作所需要」[6]。朗格在這裡描繪的正是那些自然情感。她認為這決不是藝術作品中所需要的。她指出：「發洩情感的規律是自身的規律而不是藝術的規律。」[7]蘇珊·朗格是主張在藝術作品中表現審美情感的。這種審美情感便是由個人情感昇華而成的「人類情感」，它在作品中的存在是通過藝術形式而呈現的。著名的表現主義美學家科林伍德也認為存在著特殊的審美情感。他說：

在另一種涵義下，說存在一種特殊的審美情感就是對的。如我們所看到的，一種未予表現的情感伴隨有一種壓抑感，一旦情感得到表現並被人所意識到，同樣的情感就伴隨有一種緩和或舒適的新感受，

5 蘇珊·朗格：《藝術問題》，中國社會科學出版社1983年版，第25頁。

6 蘇珊·朗格：《哲學新解》，第226頁，引自朱立元：《西方美學通史》第六卷，上海文藝出版社1999年版，第628頁。

7 蘇珊·朗格：《哲學新解》，引自《情感與形式》譯者前言。

感到那種壓抑被排除了。這類似於一個繁重的理智或道德問題被解決之後所感到的那种放鬆感。如果願意，我們可以把它稱為成功的自我表現中的那種特殊感受，我們沒有理由不把它稱為特殊的審美情感。但是它並不是一種在表現之前就預先存在的特殊情感。而且它具有一種特殊性，即一旦它開始得到表現，這種表現是富有藝術性的。這是表現無論哪種情感都會伴隨產生的情感色彩。[8]

科林伍德從另一個角度提出了「審美情感」的命題，他認為所謂「審美情感」就是日常生活中被壓抑的情感在作品中表現出來而得到緩和或舒適的感受。但在主張審美情感與日常情感不同的這點上，他與蘇珊．朗格是相同的。

中國古代的文論家非常重視情感對藝術創作的作用，尤其是中國詩學，從一開始就建立在情感表現的基石之上。如《毛詩序》云：「詩者，志之所之也。在心為志，發言為詩，情動於中而形於言。」詩也即是「情動於中」而將情用語言表現出來的產物。而這種「情」，如詹福瑞先生所理解的：「《毛詩序》所強調的情，卻不是個人之情，而是『一國之事，系一人之本』，『言天下之事，形四方之風』的世情，如治世之情、亡國之情等等。當然，這種世情，主要是群體之情。」[9]

第二節　情往似贈，興來如答

陸機、劉勰分別在其代表性的文論著作《文賦》、《文心雕龍》中

8　科林伍德：《藝術原理》，中國社會科學出版社1985年版，第120頁。

9　詹福瑞：《中古文學理論範疇》，河北大學出版社1997年版，第65頁。

所談的情感，往往是有一個由自然情感轉化為審美情感的過程，同時，也是興發作家「神思」的動力。陸機所說的「遵四時以嘆逝，瞻萬物而思紛，悲落葉於勁秋，喜柔條於芳春」，是在四季變化中感嘆時光的流逝，目睹萬物的生機而思緒紛紜。這裡是由自然物候而感發的情感波動，進入了藝術構思的發動階段。而在落葉蕭蕭中感到秋之悲涼，在楊柳依依中感到春之欣喜，內在的情感所受的外物的感召，情感的悲與喜，與物像的形式變化有了某種「同構」的性質，自然事物的樣態與人的情感結構有了現實的對應性。劉勰所說：

春秋代序，陰陽慘舒，物色之動，心亦搖焉。蓋陽氣萌而玄駒步，陰律凝而丹鳥羞，微蟲猶或入感，四時之動物深矣。若夫圭璋挺其惠心，英華秀其清氣，物色相召，人誰獲安？是以獻歲發春，悅豫之情暢；滔滔孟夏，郁陶之心凝；天高氣清，陰沉之志遠；霰雪無垠，矜肅之慮深。歲有其物，物有其容；情以物遷，辭以情發。一葉且或迎意，蟲聲有足引心。況清風與明月同夜，白日與春林共朝哉！（《文心雕龍》〈物色〉）

這裡也是論述了四季物色的變異對詩人情感的感發作用。值得指出的是，劉勰是把自然事物的變化與詩人的情感結構對應起來的。春天使人感發的是「悅豫之情」，孟夏使人興發的是「鬱陶之心」，秋日使人起「陰沉之志」，寒冬使人有「矜肅之慮」。詩人是因了景物的不同樣態而產生了不同的情感形態的。我們又應看到，劉勰所云之「感物」，指的是事物的外在形式，即所謂「物色」。而且，劉勰在此已涉及作品的審美情感問題。「歲有其物，物有其容」，明確揭示出「物」在此處的含義是景物的外在樣態，正是這種外在樣態也可以說是物的形式使詩人受到感發而進入審美視域。不僅如此，劉勰還指出了作品的情感表現是與外物的容色（形式）緊密相關的。情感是因「物色」而生波動，詩人用辭語來呈現自己的情感，於是，作品中的情感，就是以「物色」的形式美感加以表現的。

西方格式塔學派曾研究了外部自然事物與人類情感之間的「異質同構」關係。在格式塔學派看來，外部自然事物和藝術形式之所以具有人的情感性質，主要是外在世界的力（物理的）和內在世界的力（心理的）在形式結構上的「同形同構」或「異質同構」。格式塔美學的代表人物阿恩海姆把藝術的本質歸結為一種力的表現，這種力本身又體現了外部世界和內部世界的本質。他認為：「藝術的極高聲譽，就在於它能夠幫助人類去認識外部世界和自身，它在人類的眼睛面前呈現出來的，是它能夠理解或相信是真實的東西。」[10]他把世界的本質看成是一種「力」，而「力」在他那裡既可以是指客觀存在的物理力，也可以是存在於主觀世界之中的心理力。這內外兩種「力」之間質料雖然不同，但由於它們本質上都是力的結構，所以會在大腦生理電力場中達到合拍，外部事物與人類情感之間的界限就模糊了，正是由於精神與物質之間的界限的消失，才使外部事物看上去具有了人的情感性質。這就較為令人信服地解釋了自然景物的變化與人的情感之間的對應關係。李澤厚先生受此啟示，也有這樣的論述：

本來，自然有晝夜交替季節循環，人體有心臟節奏生老病死，心靈有喜怒哀樂七情六慾，難道它們之間（對象與情感之間，人與自然之間……）就沒有某種相映對相呼應的形式、結構、規律、活力、生

10 阿恩海姆：《藝術與視知覺》，中國社會科學出版社1984年版，第636頁。

命嗎？……歡快愉悅的心情與寬厚柔和的蘭葉，激情強勁的情緒與直硬折角的樹節；樹木蔥蘢一片生意的春山與你歡快的情緒；木葉飄零的秋山與你蕭瑟的心境；你站在一瀉千丈的瀑布前的那種痛快感，你停在潺潺的小溪旁的閒適溫情；你觀賞暴風雨時獲得的氣勢，你在柳條迎風時感到的輕盈……這裡邊不都有對象與情感相對應的形式感嗎？[11]

李澤厚的這段話非常生動地揭示了客觀事物與情感之間的對應性。陸機在《文賦》中頗具慧眼地看到了情感是否充沛鮮明與神思是否通暢的關係。他說：「情曈曨而彌鮮，物昭晰而互進；傾群言之瀝液，漱六藝之芳潤；浮天淵以安流，濯下泉而潛浸。於是沉辭怫悅，若游魚銜鉤而出重淵之深；浮藻聯翩，若翰鳥纓繳而墜曾云之峻。」這裡所指出的是，隨著情感的湧動而愈加鮮明，外在的物像紛紛進入作家的意象結構序列。有時吐辭艱澀，如銜鉤的魚從深淵裡躍身；有時辭藻連綿，像中箭的鳥從雲層中墜殞。前者指文思滯澀的情狀，後者指文思迅捷的樣子。而這都是與作者的情感緊密相關的。

陸機的胞弟、著名的文學家陸雲，也很重視情感與文思之間的關係，他說：「省《述思賦》，深情至言，實為清妙。」[12]所謂「清妙」，主要是指詩的意象灌注著詩人的深情而十分清新美妙。

同樣，在劉勰看來，對於文學創作的「神思」來說，情感是鼓蕩神思的動力。《文心雕龍》〈神思〉云：「登山則情滿於山，觀海則意溢於海，我才之多少，將與風雲而並驅矣。」詩人在登山觀海之時，感發

11 李澤厚：《審美與形式感》，《文藝報》1981年第6期。

12 陸雲：《與兄平原書》，見《陸雲集》卷八。

了充盈的情感，於是也興發了才思，這正是創作衝動的開端。劉勰還非常重視情感與意象之間的關係，他在《文心雕龍》〈神思〉篇的贊語中說「神用象通，情變所孕」，這裡有著很深刻的美學意義：「神思」以作家頭腦中的審美意象作為連屬的基元，也即互相貫通的環節，而意象則是作家情感孕育的結果。這其實已經揭示了「形象思維」這個文藝心理學的重要命題的基本內涵，而且，在某種意義上，甚至可以說，有比「形象思維」論更為深入之處。劉勰所說的「意象」，已經是現在的審美意象的含義，是在作家詩人頭腦中以主體的思想情感所選擇、滲透的「象」，主體是以這些意象作為思維的材料的，而且，整個的運思過程，都是伴隨著意象運動的。更重要的是，劉勰在這裡將情感的變化與意象的誕生連繫起來。指出了情感的波動性和意象創造之間的關係。正如羅宗強先生所指出的：

劉勰在闡釋神思的藝術想像特徵時，還強調了想像過程中的感情成份：

吟詠之間，吐納珠玉之聲；眉睫之前，卷舒風雲之色。

這一段描述類於陸機的「思涉樂其必笑，方言哀而已嘆」。蓋運思過程中，感情起著作用，感情不可已已，則不覺為之動容。所謂「吐納珠玉之聲」，正是不覺動情之一種情狀。劉勰十分看重感情在創作過程中的作用，從創作衝動一開始便強調情的意義，「登山則情滿於山，觀海則意溢於海」。由衝動而進入想像，也貫串著情。「為情而造文」，是指創作的全過程而言的。[13]

---

13 羅宗強：《魏晉南北朝文學思想史》，中華書局1996年版，第326頁。

我們從劉勰的論述中看到的是，情感在文學創作的思維中作為動力因素，其實質更多地在於它的勃動變化。情感不是靜止的，而是受外在事物的刺激感發而發生，並且不斷地變化，於是乎使作家詩人產生了創作的衝動。這一點，從《禮記》〈樂記〉開始已經在中國美學中開了端倪。《禮記》〈樂記〉認為，音樂的創造是由「人心之動」，如說：「凡音之起，由人心生也。人心之動，物使之然也。感於物而動，故形於聲。聲相應，故生變，變成方，謂之音。」、「凡音者，生人心者也。情動於中，故形於聲；聲成文，謂之音。」、「樂者，心之動也。」這裡反覆說的「人心之動」，即是情感的波動變化。而情感的波動變化，乃是藝術思維的直接原因。「神用象通，情變所孕」，劉勰對此作出了非常準確的概括。

劉勰還指出「情」與「景」的互相往還投射是詩人神思興發的源頭，他在《文心雕龍》〈物色〉的贊語中說：「山沓水匝，樹雜雲合。目既往還，心亦吐納。春日遲遲，秋風颯颯。情往似贈，興來如答。」青山重疊，綠水環繞，樹木錯雜，雲氣聚合。目光既在景物間流連顧盼，心靈也在其感發下有所傾吐。春天的陽光溫暖和舒，秋天的西風颯颯蕭瑟。面對景物投射情感如同餽贈，而文思湧來好像是對詩人的酬答。以現象學的視角來看，這是一個意向性的活動。「意向性」是現象學的一個基本的概念，這一概念是胡塞爾從布倫塔諾那裡借用過來並加以發揮的概念，即意識總是指向某對象的意識；而對象也只能是意向性對象，只能是被意識到的客體。布倫塔諾這樣闡述「意向性」的概念，他說：

每一種精神現象都是以中世紀經院哲學家稱作對像在意向上的（有時也稱作內心的）內存在為特徵的，並且是以我們願意稱作（雖然並非十分明確地）與內容相關聯，指向對象或內在的對象性為特徵的。每一種心理現象都包含著某種作為其對象的東西，雖然它們並不是以相同的方式包含的。在表象中有某種東西被表象，在判斷中有某種東西被承認或拒絕，在願望中有某種東西被願望，等等。這種意向的內存在僅限於心理現象所獨有。物理現象沒有顯露出任何與此相似的東西。因此我們可以這樣來規定心理現象，即把它們說成是通過意向的方式把對象包含於自身之中。[14]

布倫塔諾首先發展了他的著名的「意向性」學說，他把「意向性」看成是心理現象的決定性要素。「與對象相關聯」，在布倫塔諾來說是關於心理現象的最重要的而且是唯一持久的特徵描述。而到了胡塞爾這裡，意識的「意向性」不僅是其代表性著作《邏輯研究》一書的高潮，而且它一直被胡塞爾看作是他對意識現象學分析的主要洞察。這裡引用我國著名現象學研究專家倪梁康先生對胡塞爾「意向性」的說明：

在胡塞爾那裡，意向性作為現象學的「不可或缺的概念和基本概念」，標誌著所有意識的本己特性，即所有意識都是「關於某物的意識」，並且作為這樣一種意識而可以得到直接的指明和描述。關於某物的意識是在廣義上的意指行為與被意指之物本身之間可貫通的相互關係。……意向性既不存在於內部主體之中，也不存在於外部客體之中，而是整個具體的主客體關係本身。[15]

14 轉引自施皮格伯格：《現象學運動》，商務印書館1995年版，第79頁。

15 倪梁康：《胡塞爾現象學概念通釋》，三聯書店1999年版，第249-250頁。

意識總是指向某物的意識，意向無非是指意識的意向活動，它的認同、統攝的趨向；而主體所面對的客體也非純然的客體，而是對主體產生非常重要的作用的客體。

當我們回到劉勰的時候，我們看到，「目既往還，心亦吐納」，正是審美主體與客體之間那種十分活躍的彼此投射。心靈的吐納與目中所見的對象之間往還互動，景物非純然的景物，而是在主體意識投射中的景物；心靈也非與外物無關的心靈，而是涵容著、面對著對象的心靈。

第三節 情景相生：「神思」的契機

「情」和「景」之間的相互生發，而觸發詩人的靈感神思，這在很多文論家那裡已經有過一些精彩的論述，而尤為精彩者是揭示出「情」、「景」之間妙合無垠，方才是「神思」之「神」的生成條件。關於「情」、「景」關係的論述中，有的是論述了「情」、「景」之間互相結合的不同模式，如宋代的范晞文對於「情」與「景」之間的關係作了這樣的區分：

老杜詩：「天高雲去盡，江迥月來遲。衰謝多扶病，招邀屢有期。」上聯景，下聯情。「身無卻少壯，跡有但羈棲。江水流城郭，春風入鼓鞞。」上聯情，下聯景。「水流心不競，云在意俱遲。」景中之情也。「捲簾唯白水，隱幾亦青山。」情中之景也。「感時花濺淚，恨別鳥驚心。」情景相觸而莫分也。……固知景無情不發，情無景不生，或者便謂首首當如此作，則失之甚矣。[16]

范晞文以杜詩為例，指出了在詩中「情」、「景」關係的幾種模式：第一種是一聯之中，上聯寫景，下聯抒情；第二種是上聯抒情，下聯寫景；第三種是景中之情；第四種是情中之景；第五種是「情景相觸而莫分」。這是在詩歌創作中的「情」、「景」關係的五種情況。這些「情」、「景」關係的模式很難説孰高孰低，孰優孰劣，但其中的「情景相觸」似乎是最受論者讚賞的境界。明代祁彪佳指出了情景相合而入於神，他說：「只是淡淡説去，自然情與景會，意與法合，蓋情至語，氣貫其中，神行其際。膚淺者不能，鏤刻者亦不能。」[17]「神思」的一層含義便是出神入化，無跡可求。嚴羽在《滄浪詩話》中所說的「詩而入神，至矣，盡矣，蔑以加矣」即是此意。祁彪佳在這裡指出的「氣貫其中，神行其際」，也便是出神入化。明代謝榛對此有頗為細緻的分析，他說：

作詩本乎情景，孤不自成，兩不相背。凡登高致思，則神交古人，窮乎遐邇，繫乎憂樂，此相因偶然，著形於絕跡，振響於無聲也。夫情景有異同，模寫有難易，詩有二要，莫切於斯者。觀則同於外，感則異於內，當自用其力，使內外如一，出入此心而無間也。景乃詩之媒，情乃詩之胚，合而為詩，以數言而統萬形，元氣渾成，其浩無涯矣。（《四溟詩話》卷三）

16 范晞文：《對床夜語》，見丁福保輯：《歷代詩話續編》，中華書局1983年版，第417頁。

17 《遠山堂劇品》，見《中國古典戲曲論著集成》第六冊，中國戲劇出版社1959年版，第140頁。

謝榛在這裡明確指出了「情景」相生與「致思」之間的關係。而「以數言統萬形，元氣渾成，其浩無涯矣」，也即是出神入化、渾灝無跡的靈思。

明清之際的著名思想家、文學理論家王夫之，在其論詩名著《姜齋詩話》和《古詩評選》、《唐詩評選》、《明詩評選》等中，深刻地論述了「情」和「景」之間的「互藏其宅」的關係，而且，更從藝術思維的高度來看情景互動。他說：

情景名為二，而實不可離。神於詩者，妙合無垠。巧者則有情中景，景中情。景中情者，如「長安一片月」，自然是孤棲憶遠之情；「影靜千官裡」，自然是喜達行在之情。情中景尤難曲寫，如「詩成珠玉在揮毫」，寫出才人翰墨淋漓、自心欣賞之景。[18]

在王夫之看來，「情」與「景」是詩中的兩個基本要素，卻又是不可分離的兩個要素。情中景和景中情是「情」、「景」關係的兩種模式，所謂「景中情」是指審美客體為審美主體的敞開與呈現。所謂「情中景」則是審美主體對審美客體的發現與重建。「長安一片月」、「影靜千官裡」，並非無指向的封閉的純然景緻的顯現，它們已是情中之景，為呈現遮蔽的「孤棲憶遠」、「喜達行在」之情而向主體無限敞開；「詩成珠玉在揮毫」，看似審美主體的自悟之語，然而實為審美主體對審美客體的發現與重建。它實際上是主體人生體驗的流露。王夫之還在《姜齋詩話》中說：「情景雖有在心在物之分，而景生情，情生景，哀樂之

18 王夫之：《夕堂永日緒論》〈內編〉，《姜齋詩話》卷二，人民文學出版社1961年版。下同。

觸，榮悴之迎，互藏其宅。」這裡，王夫之首先承認「情」、「景」是分屬於主體與客體的兩個概念，但這並不說明二者的截然對立，它們具有雙向互動的關係。在他看來，詩中之「景」並非純然自在之物，它已為主體之情所統攝、所灌注；而詩中之「情」，也並非冥然空洞之心，而是已為客體之景所荷載、所瀰漫。王夫之已經創造性地揭示了審美主客體的雙向建構、互流互通的特性。他打過一個譬喻：「詩文俱有主賓。無主之賓，謂之烏合。……立一主以待賓，賓無非主，主賓者俱有情而相浹洽。……『花迎劍佩星初落』，則賓主歷然，熔合一片。」[19]這是把詩文創作中的主體與客體比作群人聚集時的主人與賓客，主賓之間的關係應以「賓主歷然，熔合一片」為最高境界。詩中之主客也同樣是這種歷然而合一的關係，純然之景語是不能入詩的，與主體毫無干涉便如烏合之眾一般，不能稱其為詩，同時主體之情的浸潤又須是「羚羊掛角，無跡可求」（嚴羽語）的。

按中國古典美學傳統的慣例而言，「神」當是在「巧」之上的品級，也是審美價值評價的最高品級。唐代著名書法家張懷瓘作《書斷》，以「神、妙、能」三品論書法，他在《書斷》序中說：「書有十體源流，學有三品優劣，今敘其源流之異，著十贊一論；較其優劣之差，為神、妙、能三品，人為一傳，亦有隨事附著，通為一評，究甚臧否，分成上、中、下三卷，名曰《書斷》。」[20]晚唐朱景玄作《唐朝名畫錄》，也以「神、妙、能、逸」來評騭畫家，《直齋書錄解題》云：「是編以神、妙、能、逸分品。前三品俱分三等，逸品則不分。」同樣也是以「神」置於最高的品級。王夫之所謂「神於詩者」，正是在「巧」

19 王夫之：《夕堂永日緒論》〈內編〉，《姜齋詩話》卷二。

20 《張懷瓘書論》，湖南美術出版社1997年版，第63頁。

之上，詩達於「神」境，乃是情景之間「妙合無垠」。王夫之又云：「含情而能達，會景而生心，體物而得神，則自有靈通之句，參造化之妙。」(《姜齋詩話》卷二）也指出「情」與「景」的妙合使詩產生「靈通之句」，臻於「化工」。這其實正是「神思」之「神」的特質。

文學創作的審美情感是「神思」論的重要內容。它既是「神思」產生的動因，是孕育審美意象的基質，同時，它也包含在「神思」的整個運化過程之中。在文學創作的藝術思維中，審美情感始終是一個與「神思」相伴而行的重要因素。

第八章

「神思」的藝術直覺與審美理性

第一節　關於直覺

中國古典美學中的「神思」，作為創作思維來説，其本質屬於藝術直覺。「神思」之「神」，在一個層面上來説，是難以用語言來説明的。「只可意會，不可言傳」，這句人們再熟悉不過的話，是很能説明藝術直覺性質的。杜甫所謂「讀書破萬卷，下筆如有神」，也即是神妙無方之意。中國古代文論和藝術理論中的許多論述都體現了藝術直覺的性質。直覺思維作為人類把握對象世界的一種重要的認識方式，無論在中國，還是在西方，都是深受人們重視的。而在中國，直覺思維更是主要的思維方式。在哲學的範圍裡，中國一部分哲學家強調人的思維活動不能以邏輯分析和邏輯推理形式進行，而要以排斥名言或超邏輯的直覺作為根本性的思維形式。

「直覺」一詞的拉丁文Intueri，原意是凝視、聚精會神地看的意思。直覺思維的主要特徵是非邏輯思維方式，直覺思維不是按照通常的三段論演繹邏輯進行推理的思維方式，比較直接、迅速，比較自由，不受形式邏輯規律的約束，常常是思維操作的壓縮或簡化。一般認為，直覺的特徵是超越性、非邏輯性、跳躍性、突發性、整體性等。西方哲學史上一些著名的哲學家都相當重視直覺作為思維方式的地位。如亞里士多德認為直覺就是對原始真理、原始前提的瞭解，而科學知識是從這些原始真理中推演出來的，二者都是真實的，但直覺比推論更可靠。他說：「科學知識和直覺總是真實的；進一步說，除了直覺外，沒有任何其他種類的思想比科學知識更加確切，原始前提又是比證明更為可知的，而且一切科學知識都是推論的。」、「除了直覺外沒有任何東西比科學更為真實，瞭解原始前提將是直覺……證明不可能是證明的創始性根源，因而也不可能是科學知識。因此，如果它是科學知識以外真實思想的唯一種類，直覺就是科學知識的創始根源。而科學的創始性根源掌握原始的基本前提。」[1]著名的理性主義哲學家笛卡兒非常推崇理性的力量，認為只有理性才最可靠。但他也並不排斥直覺的作用。他認為演繹法是以公理為前提，公理是不需要任何論證的，只要純粹直覺就能理解。笛卡兒的第一哲學命題「我思故我在」，就是極具自明性的直覺。他認為這種自明性是「理性直覺」。斯賓諾莎認為直覺並不與理性相牴觸，而是理性的最高表現。在德國古典哲學中，康德是最為重視直觀（直覺）的。他認為知識的基本源泉有兩個，一個是接受觀念的能力（接受印象的能力），第二個是藉助於這些觀念來認識對象的能力（自動產生概念的能力）。前者指的是直

1　亞里士多德：《工具論》，廣東人民出版社1984年版，第258頁。

觀的能力，後者指的是概念的能力。康德強調：「因此，直觀與概念是構成我們一切知識的要素。既沒有在某些方式下和直觀不相應的概念，也沒有和概念無關的直觀能產生知識。」[2]在康德那裡，直觀被限於感性範圍（即感性直覺），感性直覺與邏輯概念相對；直觀（直覺）是綜合的而不是分析的。謝林哲學也把直觀——直覺作為把握運動的思維方式，他認為運動不能通過概念來瞭解，只能通過直覺，「沒有直覺，我們永遠不會知道什麼是運動」[3]。近代的西方哲學家中非理性主義的直覺觀成為一種顯要的思潮，如叔本華、克羅齊、柏格森等，都是主張非理性的直覺的。在叔本華看來，人的認識有兩種，一種是關於表象世界的認識，是理性的、邏輯的；另一種是關於意志的認識，是非理性的、直覺的。叔本華認為直覺充滿了整個世界，「只有那種從直覺中產生的東西……自身包含有生長出新穎的、真正的創作的胚芽」。他認為直覺是存在的「自在之物」的純粹知覺，直覺能力是確定人和他的活動的本質的能力。克羅齊認為：「知識有兩種形式，不是直覺的，就是邏輯的；不是從想像得來的，就是從理智得來的；不是關於個體的，就是關於共相的；不是關於諸個別事物的，就是關於它們中間關係的；總之，知識所產生的不是意象，就是概念。」[4]並由此提出了「直覺即表現」的著名美學命題。柏格森認為，絕對的東西只能在直覺中獲得，而不屬於分析的範圍。他說：「分析所面向的往往是不動的東西，而直覺則把自己置身於可動性中，或者說置身於綿延之中。」[5]作為現象學哲學的奠基人的胡塞爾，把「本質直觀」當作達到

2　康德：《純粹理性批判》，三聯書店1957年版，第28頁。

3　梯利：《西方哲學史》下冊，商務印書館1995年版，第24頁。

4　克羅齊：《美學原理　美學綱要》，外國文學出版社1983年版，第7頁。

5　柏格森：《形而上學導論》，商務印書館1963年版。

本質的正確途徑。他認為經驗靠不住，應當進行「現象學還原」，從感覺經驗返回到純粹現象。還原如何實現？需要依靠直覺。

從哲學史上一些哲學家的論述來看，直覺是一種能力，也是一種思維方式，它具有這樣的一些特點：一是直覺與邏輯推理相對立，直覺似乎與邏輯是人的兩種不同的思維方式。二是直覺知識就不是分析性的，而是綜合性的；直覺能力是綜合能力，直覺過程是綜合判斷過程。三是通過直覺而得到的直覺知識是一種具有自明性的、不證自明、不需證明的知識。四是就直覺出現的方式而言，有時是一瞬間的、突如其來的，它與靈感連繫在一起，還與形象、想像、沉思、猜想等思維活動相關。五是直覺活動不僅僅限於感性直觀範圍，它有不同的層次，有感性直覺，也有理性直覺。

藝術直覺與科學思維中的直覺，有在思維形式相同的方面，也有其獨特的方面。這裡援引一段陳進波、惠尚學等著《文藝心理學通論》中對藝術直覺的論述：

> 藝術直覺是審美主體在審美活動中通過客體的感性形式對其表現性內涵加以直接把握的藝術思維能力。生活中的審美對象都是藝術直覺的對象。藝術直覺是一種藝術思維能力，如果對這種藝術思維做一靜態分析，我們就會發現，它是由感性直觀因素、理性因素和與二者相伴隨的情感體驗三方面交織而成的。[6]

該書由此概括出藝術直覺的三個方面的特徵：形象性、情感性和心理構成因素的多樣性。

6 陳進波、惠尚學等：《文藝心理學通論》，蘭州大學出版社1999年版，第327-328頁。

第二節　中國哲學中的直覺思維與藝術思維的關係

中國古典的藝術創作思維論和美學範疇都是深受中華民族思維傳統的深刻影響的。不理解中華民族的思維特質，也就很難在較深的層面上來認識中國古典美學中的藝術創作思維論的本質特徵。中華民族的傳統藝術思維論，如「直尋」、「感興」、「妙悟」等等，都與我們的傳統哲學思維重直覺的特質有很深的關聯。

中國的早期的思想家，傾向於把客觀世界規定為一個無限的發展變化的和諧的有機整體，這成為中國古代各派哲學在理解和把握對象客體的一個最根本的觀念模式。這樣一種觀念模式，不大關注對象的實體存在形式和屬性，而注重對象世界的特定結構和它們的聯結方式。如老子認為，要把握本體的「道」的微妙，不能採取邏輯的方式，而只能「滌除玄覽」、「致虛極，守靜篤」，用玄妙之心去直接領悟之，莊子更推崇直覺，認為「知者不言，言者不知」，主張「心齋」、「坐忘」，用排除知識慾望之後的「虛室生白」的心靈來直接體會宇宙的真諦。魏晉玄學在思想方法上也對直覺有濃厚的興趣。玄學貴無派的代表人物王弼主張「體無」，認為作為本體的「無」是超言絕象、無形無名的，不可言說，故而聖人「不以言為主」，「不以名為常」（《老子指略》），而必須以體悟的方式來把握。所謂「體」或「體無」，指的就是直覺。後來的玄學家郭象也主張以超邏輯的方式體會之，以靈明之心去直覺宇宙的本質。郭象說：「明夫至道非言之所得也，唯在乎自得耳。」[7]所謂「自得」就是主體對自我本性的體認。這種觀念，顯然也含有直覺的意義。

佛學更是把直覺的方法推向了極致。最典型的便是禪宗。禪宗以

7　《莊子》〈知北遊〉注，見郭象注、成玄英疏《南華真經註疏》卷七〈知北遊〉。

佛性本體論為根據，又吸收了道家和玄學的思想方法，強調「不假文字」、「超越一切名言概念」，以「直指本心」的直覺方式來「頓悟」佛性。宋明理學家在繼承儒家思想的同時，又參照佛家的「頓悟」之說，與先秦儒學相比，有著更濃的直覺思維意味。程朱一派認為，對於宇宙本體的把握，實現天人合一的整體性認識或最高精神境界，必須經過「頓悟」這一最高環節。陸王心學由主張「先立其大者」，認為通過「存心」、「養心」、「求放心」的功夫，則「天理自明」，使人心達到「澄瑩」之境，更接近禪宗「頓悟」的方法。明代前期大儒陳獻章，是王陽明心學的前驅，認為「天地我立，萬化我出，宇宙在我」，萬事萬物皆我心的產物，為學的宗旨，在於「以自然為宗」，即求得無任何負累的「浩然自得」。他主張「靜中養出端倪」的心學方法，在其心學體系中，「心」不僅是一種可感覺的、具體的生理實體，而且是有著神祕作用的宇宙本體，它無法通過理性的、邏輯的方法來認識，只能通過非邏輯的、直覺的方法來覺悟。儒、道、釋三家在直覺的思想方法上殊途同歸，都把對「道」的把握歸結為直覺性的體驗。

直覺思維對中國古代的藝術創作思維論有著重大的影響。中國傳統的藝術創作思維理論強調「神似」，追求「言外之旨」、「韻外之致」，注重「妙悟」，這都與直覺思維有著直接的關係。

南北朝時期的著名詩論家鍾嶸提出「直尋」之說，即是一種直覺的藝術思維方法。他說：

若乃經國文符，應資博古；撰德駁奏，宜窮往烈。至乎吟詠情性，亦何貴於用事？「思君如流水」，既是即目；「高台多悲風」，亦惟所見；「清晨登隴首」，羌無故實；「明月照積雪」，詎出經史。觀古今勝語，多非補假，皆由直尋。顏延、謝莊，尤為繁密，於時化之。故大明、泰始中，文章殆同書鈔。近任昉、王元長等，詞不貴奇，競須新事。爾來作者，浸以成俗。遂乃句無虛語，語無虛字，拘攣補納，蠹文已甚。但自然英旨，罕值其人。(《詩品序》)

鍾嶸所謂的「直尋」，主要是針對當時詩壇上盛行的崇尚使事用典、「殆同書鈔」的習氣，認為古今詩中的名句，都是詩人在與外物的直接契合中獲得美感的產物。過多的使事用典，詩人以書本為詩材，則與活生生的客觀世界相當隔膜。鍾嶸認為那些政論公文等，多多用事是可以的，而作為「吟詠情性」的詩歌創作，則不可以用事為貴。他舉出當時的一些名篇佳句，指出它們都是「羌無故實」、「詎出經史」的「即目」之作。「直尋」是詩人直接與充滿生命動感的客觀外物相互交融，產生創作衝動，形成美的意象。所謂「直尋」，相當於蕭綱所說的「寓目寫心，因事而作」，在直接的感觀中獲得詩的情思，而不是假借書本上的典故。鍾嶸評謝靈運說：「興多才高，寓目輒書，內無乏思，外無遺物。」[8]也即是以「直尋」為其創作特點。「寓目輒書」，便是詩人在自然外物的直接感發下，即時抒發心中的靈思。「內無乏思」，是說其詩有著內在豐富的思想蘊含，「外無遺物」，是說其刻畫微至，為詩家獨闢之境。陳延傑注云：「謝客刻畫微眇，在詩家為獨闢之境。故山水之作，全用客觀，皆寓目即書者，是『外無遺物』也。」[9]指出了這種直覺的詩歌運思方式與其刻畫物像的關係。

直覺性的藝術創作思維在宋代體現得最為突出的便是「妙悟」說。以「妙悟」來論述藝術創作思維活動，對於「神思」而言，是一個大

8 陳延傑：《詩品注》，人民文學出版社1961年版，第29頁。

9 陳延傑：《詩品注》，第29頁。

大的豐富與深化，「妙悟」主要是藝術創作思維中的關鍵性飛躍與整體性的提升。宋代多有詩論家以禪喻詩，把「妙悟」作為詩歌創作的關鍵。如韓駒在論詩詩中說：「學詩當如初學禪，未悟且遍參諸方。一朝悟罷正法眼，信物拈出皆成章。」（《贈趙伯魚》）龔相學詩詩說：「學詩渾似學參禪，悟了方知歲是年。點鐵成金猶是妄，高山流水自依然。」、「學詩渾似學參禪，幾許搜腸覓句聯。欲識少陵奇絕處，初無言句與人傳。」吳可在《藏海詩話》中指出：「凡作詩如參禪，須有悟門。」[10]以禪喻詩，「悟」為關鍵。

宋代最為系統的「以禪喻詩」者是著名詩論家嚴羽。嚴氏的《滄浪詩話》在中國詩學史、中國美學史上都有重要的地位。嚴羽藉助禪理及其概念來說明詩歌創作的特殊審美創造規律。在當時沒有心理學、美學等學科來闡發詩的藝術思維特點，而禪學的「妙悟」，卻在思維特徵上與詩歌創作有非常相近之處，所以嚴羽便有意識地把「以禪喻詩」作為自己的方法論。正如嚴羽所申明的：「僕之〈詩辨〉，乃斷千百年公案，誠驚世絕俗之談，至當歸一之論。其間說江西詩病，真取心肝劊子手。以禪喻詩，莫此親切。是自家實證實悟者，是自家閉門鑿破此片田地，即非傍人籬壁、拾人涕唾得來者。」[11]而嚴羽的「以禪喻詩」其宗旨是非常明確的，如他自己所言，那就是：「本意但欲說得詩透徹，初無意於為文，其合文人儒者之言與否，不問也。」[12]詩與禪之間聯結的紐帶是什麼？那就是「妙悟」。嚴羽有過這樣一段非常重要的論述，他說：「大抵禪道惟在妙悟，詩道亦在妙悟。惟悟乃為當

10 見丁福保輯：《歷代詩話續編》，中華書局1983年版，第340頁。

11 嚴羽：《答出繼叔臨安吳景仙書》，見郭紹虞：《滄浪詩話校釋》，人民文學出版社1961年版，第251頁。

12 嚴羽：《答出繼叔臨安吳景仙書》。

行，乃為本色。然悟有淺深，有分限，有透徹之悟，有但得一知半解之悟。漢魏尚矣，不假悟也。謝靈運至盛唐諸公，透徹之悟也。他雖有悟，皆非第一義也。」（《滄浪詩話》〈詩辨〉）在嚴羽看來，「妙悟」是詩禪之間相通的最重要的紐帶，是詩禪相通的交匯之處。

「妙悟」基本上可以認為是禪宗所說的「頓悟」。「悟」是佛學的基本概念之一，是指在佛教修習的過程中，通過主觀內省，對於佛教真諦的徹底體認與把握，與「真如佛性」契合為一。禪宗認為通過「頓悟」就可以成佛，而所謂成佛實際上就是「識心見性」。禪宗六祖禪師惠能說：「我於忍和尚處，一聞言下大悟，頓見真如本性。是故將此教法，流行後代，令學者頓悟菩提，令自本性頓悟。」[13]「故知不悟，即是佛是眾生；一念若悟，即眾生是佛。……何不從自心頓現真如佛性。」[14]「頓悟」是由眾生上升到佛的關鍵性步驟，只要內心實現「頓悟」，當即就可以達到識心見性、覺悟解脫的境界。

「悟」或云「妙悟」的首要品格在於，它是一種直覺觀照而非邏輯思辨。佛家術語也稱「悟」為「極照」或「湛然常照」等，是一種觀照性體認。禪宗突出地摒棄名言概念的作用，「以心傳心，不立文字」是禪宗立派最響亮的口號。惠能說：「聞說《金剛經》，心開悟解。故知本性自有般若之智，自用智慧觀照，不假文字。」[15]「般若智慧」不是名言概念，而是一種「無分別」的「不二法門」。所謂「不二」，即是中觀，非有非無，即色即空，世間與出世間，生死與涅槃，在一般小乘佛教來說，都是「二」，而從般若學看來，都是「不二」的。在大乘佛學看來，「分別」是較低層次的，只有「無分別」才是最高層次

---

13 郭朋：《壇經校釋》，中華書局1983年版，第51頁。

14 郭朋：《壇經校釋》，第58頁。

15 郭朋：《壇經校釋》，第54頁。

的。如《維摩詰經》中認為，不用語言文字等來「分別」認識事物，表面上看來是「無所得」，但實際上這種「無所得」恰恰是得到了佛教的最高智慧。這種「無分別」是地道的直覺。

禪宗的「妙悟」，是超越邏輯思維的直觀覺悟，這主要表現在對名言概念的否定態度上。所謂「不立文字」，並非一般意義上的拋棄文字的作用，這裡的「文字」主要是指邏輯思維的名言概念。如希運禪師所說：「諸佛與一切眾生，唯是一心，更無別法。此心無始已來，不曾生不曾滅，不青不黃，無形無相，不屬有無，不計新舊，非長非短，非大非小，超過一切限量，名言蹤跡對待，當體便是，動念即乖。」[16] 按照禪宗的觀點，「妙悟」作為把握事物的一種形式，它不同於人們通常所採取的各種形式，特別是不同於理性思維。當代日本著名的禪學大師鈴木大拙對「悟」有這樣的闡釋：

悟可以解釋為對事物本性的一種直覺的觀照。它與分析或邏輯的瞭解完全相反。實際上，它是指我們習慣於二元思想的迷妄之心一直沒有感覺到一種新世界的展開，或者可以說，悟後，我們是同一種意料不到的感覺角度去觀照整個世界的。不論這個世界怎麼樣，對於那些達到悟的境界的人們來說，這世界不再是經常的那個世界。雖然它依舊有流水和火，但它決不再是同一個世界，用邏輯的方式來說，它的所有對立和矛盾都統一了，都調合成前後一致的有機整體之中，這

16 《傳心法要》，見《中國佛教思想資料選編》第二卷第四冊，中華書局1983年版，第210頁。

是神祕與奇蹟，可對禪師們來說，這種事是我們每天都在做的。因此，唯有通過親身體驗，才可以達到悟的境地。[17]

這是「悟」的境界，它是一種直覺式的豁然開朗。悟後與悟前的心境是大大不同的。同樣的外物，而從主體的角度來看，就不再是日常的那個世界了。禪宗有個著名的語錄，適足說明「悟」的情形：「老僧三十年前來參禪時，見山是山，見水是水，乃至後來親見知識，有個人處，見山不是山，見水不是水；而今有個歇處，依然見山是山，見水是水。」[18]後面的這個「見山是山，見水是水」，與前面的那個「見山是山，見水是水」表面上差異不大，實際上卻是「妙悟」的產物。

「妙悟」的發生機制與通常的認識形式有所不同，它是在一念之間完成的認識飛躍，不需要從感性到理性、從局部到整體以及從前提到結論的認識積累和邏輯推論的過程。六祖惠能把這種情況稱之為「一念相應」、「不由階漸」等等。惠能的弟子神會說，「一念相應，便成正覺」；「約斯經義，只顯頓門，唯存一念相應，實更非由階漸」，「我六代大師，一一皆言單刀直入，直了見性，不言階漸」。[19]禪宗大師馬祖道一說：「若是上根眾生，忽遇善知識指示，言下領會，更不歷於階級地位，頓悟本性。」[20]「妙悟」的出現是不期而遇的，類似於靈感湧現，而不像通常的認識活動那樣需要一個過程。

「妙悟」在把握事物的方式上，是整體的契合或者徹底的契入，不

17 〔日〕鈴木大拙：《禪風禪骨》，中國青年出版社1989年版，第102頁。

18 《青源惟信禪師語錄》，引自葛兆光：《禪宗與中國文化》，上海人民出版社1986年版，第166頁。

19 《答崇遠法師問》，見《中國佛教思想資料選編》第二卷第四冊，中華書局1983年版，第112頁。

20 《古尊宿語錄》卷一。

是對事物某一局部或某一特性的把握，也不等於對事物各個局部認識的拼合，而是對事物整體的一種完全徹底的把握。神會把「頓悟」把握事物的方式比喻為用利劍一下斬斷「一緉之絲」，而不是一根根地逐一斬斷：「發心有頓漸，迷悟有遲疾。若迷即累劫，悟即須臾。……譬如一緉之絲，其數無量，若合為一繩，置於木上，利劍一斬，一時俱斷。絲數雖多，不勝一劍。發菩提心，亦復如是。若遇真正善知識，以巧方便，直示真如，用金剛慧，斷諸位地煩惱，豁然曉悟，自見法性本來空寂，慧利明了，通達無礙。證此之時，萬緣俱絕。恆沙妄念，一時頓盡。無邊功德，應時等備。金剛慧發，何得不成？」[21]這裡說明了對心性的了悟並非逐步實現、局部完成，而是一下子完成的大徹大悟，是思維的飛躍與認識的昇華。「妙悟」的另一個特點在於體悟對象的整一性。作為禪學理論的先驅，南朝時慧達闡揚道生之論說：「夫稱頓者，明理不可分，悟語極照。以不二之悟，符不分之理。」[22]在此之前，也有人指出：「若至理之可分，斯非至極也。」[23]倘若可以分割解析，那就不是「終極真理」了。「悟」的頓然性與體悟對象的整一性是密不可分的。

還應著力指出的是，「悟」不僅是指把握「終極真理」的直覺思維過程，而且，往往也是指主體與終極真理融為一體時的「大徹大悟」的境界。南朝高僧竺道生說：「悟則眾迷斯滅。」謝靈運說：「至夫一悟，萬滯同盡耳。」[24]這裡的「悟」，都不只是指體認佛教真理的過程，

21 《神會禪師語錄》，見《中國佛教思想資料選編》第二卷第四冊，第94頁。

22 《肇論疏》，引自湯用彤先生：《漢魏兩晉南北朝佛教史》，北京大學出版社1997年版，第467頁。

23 《首楞嚴經注序》。

24 謝靈運：《與諸道人辨宗論》，見《中國佛教思想資料選編》第一卷，第222頁。

同時也是指證得這種「終極真理」時那種瞬刻永恆、萬物一體的最高境界。

嚴羽「以禪喻詩」，並以「妙悟」為詩與禪相通的關鍵之點，這是抓住了問題的實質的。詩與禪之所以可以相通，可以互相比擬，主要的便在於這種「妙悟」的思維狀態。詩的審美意象和審美境界的產生，在於「妙悟」——非邏輯思辨的整體性湧現；「佛性」的獲得與顯現，也是靠頓然間洞曉「真如」、「實相」的「妙悟」。應該說，詩禪之間「悟」的內容是大有不同的，但其思維形式卻是相似的。

細讀嚴羽的《滄浪詩話》，他所說的「妙悟」又可分為兩個層面，即「第一義之悟」和「透徹之悟」。後者指的是詩的審美境界的整體湧現，前者指達到此境界應循的學詩途徑；二者並非是平行的關係，而是一種因果關係。「第一義之悟」的意思包含在這樣一些論述中：

> 夫學詩者以識為主：入門須正，立志須高；以漢魏晉盛唐為師，不作開元天寶以下人物。若自生退屈，即有下劣詩魔入其肺腑之間；由立志之不高也。行有未至，可加工力，路頭一差，愈騖愈遠；由入門之不正也。故曰：學其上，僅得其中；學其中，斯為下矣。又曰：見過於師，僅堪傳授；見與師齊，減師半德也。工夫須從上做下，不可從下做上。先須熟讀楚詞，朝夕諷詠以為之本；及讀《古詩十九首》，樂府四篇，李陵蘇武漢魏五言皆須熟讀，即以李杜二集枕藉觀之，如今人之治經，然後博取盛唐名家，醞釀胸中，久之自然悟入。雖學之不至，亦不失正路。此乃是從頂顙上做來，謂之向上一路，謂之直截根源，謂之頓門，謂之單刀直入也。（《滄浪詩話》〈詩辨〉）

又說：

禪家者流，乘有大小，宗有南北，道有邪正；學者須從最上乘，具正法眼，悟第一義。若小乘禪，聲聞辟支果，皆非正也。論詩如論禪：漢魏晉與盛唐之詩，則第一義也。大曆以還之詩，則小乘禪也，已落第二義矣。(《滄浪詩話》〈詩辨〉)

這裡所論乃是所謂「第一義之悟」的內涵，涵詠、取法最上乘的詩作，而這個過程，不是採取邏輯思維的方式，而是直觀的濡染、涵詠、品鑑，也即是嚴氏所說的「直截根源，單刀直入」。「悟第一義」，關鍵還是個「悟」字，是「妙悟」的方式，而非概念化的學習過程。

在嚴羽的「妙悟」說裡還有一層意思就是「透徹之悟」。它的內涵相當豐富，但主要是指詩人創造出的完整渾融的詩歌境界。嚴羽說：「然悟有淺深，有分限之悟，有透徹之悟，有但得一知半解之悟。漢魏尚矣，不假悟也。謝靈運至盛唐諸公，透徹之悟也。他雖有悟者，皆非第一義也。」、「詩者，吟詠情性也。盛唐諸人唯在興趣，羚羊掛角，無跡可求。故其妙處透徹玲瓏，不可湊泊，如空中之音，相中之色，水中之月，鏡中之象，言有盡而意無窮。」(《滄浪詩話》〈詩辨〉)這裡明顯，嚴羽是把「透徹之悟」作為詩歌創作的最高境界的。「分限之悟」、「一知半解之悟」、「透徹之悟」三者相比，其間的褒貶軒輊是了了分明的。他舉「謝靈運至盛唐諸公」為「透徹之悟」的例子，這些都是他所最為推崇的詩人。嚴氏更對謝靈運十分欽佩，曾說：「謝靈運之詩，無一篇不佳。」對於「盛唐諸公」，嚴羽更是推崇備至，整部《滄浪詩話》的論詩標準，就是「以盛唐為法」。因此，「透徹之悟」是嚴羽的最高審美標準。

「透徹之悟」是什麼？說到底，是詩人在創作時所呈現的完美渾融的審美境界。關於「盛唐諸人唯在興趣」這段話，很多論者都從風格學的角度加以解釋，一般都認為嚴羽是極力推崇王孟一派淡遠空靈的風格的。如清人許印芳說：「嚴氏雖知以識為主，猶病識量不足，辟見未化，名為學盛唐、准李杜，實則偏嗜王孟沖淡空靈一派，故論詩唯在興趣，於古人通諷諭、盡忠孝、因美刺、寓勸懲之本義，全不理會，並舉文字才學議論而空之。」[25]許印芳的批評也許不無一定道理，但其出發點沒有超出儒家教化詩學的觀念，且有很大的誤解。說嚴羽「偏嗜王孟」，這是很缺乏根據的，嚴羽最為推崇的是李杜而非王孟，這在《詩話》中是言之鑿鑿的。嚴羽在〈詩辨〉、〈詩評〉篇中盛稱李杜的議論就有十幾處，而於王維無一語提及，對於孟浩然也只是在與韓愈的比較中加以稱讚的，而對李白、杜甫則是作為盛唐詩歌的最高峰加以評價的。嚴羽對李杜的藝術成就作了很多精彩的分析，如：「子美不能為太白之飄逸，太白不能為子美之沉鬱」；「太白《夢遊天姥吟》、《遠別離》等，子美不能道；子美《北征》、《兵車行》、《垂老別》等，太白不能作。論詩以李杜為準，挾天子以令諸侯也」；「少陵詩法如孫吳，太白詩法如李廣，少陵如節制之師」；「少陵詩，憲章漢魏，而取材於六朝；至其自得之妙，則前輩所謂集大成者也」；「李杜數公，如金鳥擘海，香象渡河，下視郊島輩，直蟲吟草間耳」等等，嚴羽對李杜的評價之高，是無出其右的。

論者往往以「鏡花水月」之喻，「言有盡而意無窮」之談，是偏嗜於「王孟家數」，實際上是誤解了嚴羽。在我看來，嚴羽不是在描述某一家、某一派的風格，而是在呈示詩人以「妙悟」的思維形式創造出的詩的審美境界。

這種境界的首要特點在於它的渾融圓整，沒有綴合的痕跡。「羚羊

---

25 《詩法萃編》本〈滄浪詩話跋〉，見郭紹虞《滄浪詩話校釋》附輯。

掛角，無跡可求」，「故其妙處透徹玲瓏，不可湊泊」，正是此意。「羚羊掛角」是禪宗語錄中常用的比喻，用以說明佛理有待於「妙悟」，而不能尋章摘句。道膺禪師云：「如好獵狗，只解尋得有蹤跡底，忽遇羚羊掛角，莫道蹤跡，氣亦不識。」（《景德傳燈錄》卷十七）雪峰義存禪師云：「吾若東道西道，汝則尋章摘句；吾若羚羊掛角，汝向什麼處捫摸？」（《五燈會元》卷七）嚴羽以「羚羊掛角」喻好的詩歌境界渾融圓整，沒有綴合痕跡。「湊泊」也是禪語，即聚合、聚結之意。湛堂智深禪師云：「蓋地水風火，因緣和合，暫時湊泊，不可錯認為己有。」嚴羽所說的「不可湊泊」，是說詩歌要有超越於各要素之上的整體美，而不應是各種意象的機械拼湊。嚴羽以「氣象」論詩，推崇「漢魏古詩，氣象混沌，難以句摘」，「建安之作，全在氣象，不可尋枝摘葉」。都是說詩歌創作中應有渾融圓整的審美境界。「透徹之悟」作為「妙悟」的一個主要層面，揭示了創作思維中那種整體性的審美境界的誕育過程。

嚴羽的「別材」、「別趣」說尤為明確地道出了詩歌的獨特的審美直覺性質。嚴羽在《滄浪詩話》〈詩辨〉中說了這樣一段非常有名而又引起很大爭議的話：「夫詩有別材，非關書也；詩有別趣，非關理也。然非多讀書，多窮理，則不能極其至。所謂不涉理路，不落言筌者，上也。」嚴羽在這裡是明確強調審美直覺在詩歌創作中的特殊作用的。「詩有別材，非關書也」，可從字面上闡釋為：詩由特別的材質構成，而非由書本知識堆砌而成的。這個「別材」，指詩的意象之美。這句話的鋒芒是指向江西詩風的。嚴羽作《滄浪詩話》有鮮明的針對性，那就是清除江西詩派給宋詩帶來的弊病。他在《答出繼叔臨安吳景仙書》中公然宣稱：「僕之〈詩辨〉，乃斷千百年公案，誠驚世絕俗之談，至當歸一之論。其間說江西詩病，真取心肝劊子手。以禪喻詩，莫此親切。」在《滄浪詩話》〈詩辨〉裡，嚴羽激烈指責道：「近代諸公乃作奇特解會，遂以文字為詩，以才學為詩，以議論為詩。夫豈不工，終非古人之詩也。蓋於一唱三歎之音，有所歉焉。且其作多務使事，不問興致，用字必有來歷，押韻必有出處，讀之反覆終篇，不知著到何在。」宋詩自有許多審美價值很高的作品存在，但嚴羽此處把江西詩風造成的流弊揭示得可說是淋漓盡致了。在嚴羽看來，詩的創作是一種整體審美境界的湧現，而非「以文字為詩，以才學為詩，以議論為詩」的填塞物。「詩有別趣，非關理也。」是說詩歌有特殊的審美興趣不在於以詩來表述理念。這也是針對宋詩創作中一種不講美感而枯燥言理的傾向而言的，也就是在《滄浪詩話》〈詩評〉中所說的「本朝人尚理而病於意興」。嚴羽在這裡強調了詩的特殊審美興趣，認為這才是詩的本質特徵，而反對在詩中以言理為尚。所謂「不涉理路，不落言筌者，上也」，是說在詩歌創作中那種不以邏輯思路來寫詩，不侷限於言語外殼意義的束縛，才是上乘之作。這正是審美直覺的思維方式。但嚴羽並非一般地反對以理入詩，而只是說在詩的文本中不應以「理路」的形式出現。其實，嚴羽認為越是優秀的詩人，越應讀書、窮理，他對此所作的補充是：「然非多讀書、多窮理，則不能極其至。」宋人魏慶之《詩人玉屑》本在「非關理也」之後有「而古人未嘗不讀書，不窮理」，魏氏離嚴羽時代最近，所錄當是可信的。由此可以看出，嚴羽並非是全然排斥理性，而是主張詩歌應以直覺的審美境界呈現給讀者，不能以說理論證的思維方式來作詩。

第三節　「墨戲」：繪畫藝術中的直覺思維

在繪畫美學領域，與「神思」最為接近的，是宋元以後盛行的「墨戲」。「墨戲」本是畫之一類，然作「墨戲」時畫家的那種不假經營、隨興成畫的藝術創作思維特點，卻是最與「神思」相類的審美直覺思維。

什麼是「墨戲」？《中文大辭典》云：「墨戲，謂繪事也。」這個界定顯然是失之寬泛了。「墨戲」只是「繪事」的一種，而不能等同於全部的繪事。「繪事」中的工筆畫，顯然不屬於「墨戲」。經過精心構思、著意佈置的大型畫作，如李思訓的《嘉陵江山水圖》、張擇端的《清明上河圖》、展子虔的《游春圖》、閻立本的《歷代帝王圖》這類著意結構的名作，都非「墨戲」。所謂「墨戲」，是文人畫中那些即興點染之作。墨戲在主體方面，最突出的一點便是遊戲的創作態度。「墨戲」也就是遊戲筆墨。在作畫之前，畫家沒有經過鄭重其事的理性化的構思過程，而是以一種在隨機的情境中觸發的創造性審美直覺即興揮毫。元代著名畫家吳鎮論畫云：「墨戲之作，蓋士大夫詞翰之餘，適一時之興趣。」這是較為確切的。

其實，《莊子》〈田子方〉中所講的那個「解衣般礴」的畫者，真可以說是遊戲筆墨的先聲。《莊子》中說：「宋元君將畫圖，眾史皆至，受揖而立，舐筆和墨，在外者半。有一史後至者，儃儃然不趨，受揖不立，因之舍。公使人視之，則解衣般礴，裸。君曰：可矣，是真畫者矣。」這個「解衣般礴」的畫者，與那些拘謹著鄭重的畫家形成鮮明的對照，他比別人來得都遲，脱去衣服，箕踞而坐全然是一副無所謂的樣子，他不受世俗禮法的約束，精神上完全是自由的、解放的，他是以一種遊戲的心態來作畫的。清代畫家惲南田認為，「作畫須有解衣般礴旁若無人之意，然後化機在手，元氣淋漓，不為先匠所拘，而游於法度之外矣」[26]。關於創作主體的遊戲態度，前人在畫論中多有論及。蘇軾在《題文與可竹》中說：「斯人定何人，遊戲得自在。詩鳴草聖余，兼入竹三昧。」說明了文同在畫墨竹時是以遊戲態度出之的。文同以墨竹名世，在文人畫的發展史上有重要的地位。他作畫「初不自貴重」，看見「精縑良紙」便「憤筆揮灑，不能自已」，完全是一種遊戲的態度。宋代著名的書畫家米芾也以「墨戲」著稱，宋人趙希鵠記載道：「米南宮多游江湖間，每卜居，必擇山水明秀處，其初本不能作畫，後以目所見，日漸摹仿之，遂得天趣，不專用筆，或以紙筋，或以蔗滓，或以蓮房，皆可為畫。」（《洞天清錄》）從這段記載中不難看出，米芾以「墨戲」為其特長，信筆點染，不為繩墨法度所拘，而且米氏的作畫工具不只是筆，而是信手拈來，用什麼都可以畫，這自然是一種遊戲態度了。米芾的兒子米友仁，作畫繼承其父的「墨戲」畫風，並以「墨戲」自許。米友仁有《雲山墨戲圖卷》，其上款書道：「余墨戲氣韻非凡，他日未易量也。」在《雲山得意圖卷》自志中也說是「實余兒戲得意作也」。可見他是有意識發展「墨戲」畫風的。鄧椿評米友仁畫云：「天機超逸，不事繩墨，其所作山水，點滴煙雲，草草而成，而不失天真，其風氣肖乃翁也。每自題其畫曰墨戲。」（《畫繼》）可見，宋代在文人畫思潮的背景下，墨戲在畫壇上的地位日益重要。潘天壽先生對「墨戲」的發生發展有著清晰的描述，他說：

吾國繪畫，雖自晉顧愷之之白描人物，宋陸探微之一筆畫，唐王維之破墨，王洽之潑墨，從事水墨與簡筆以來，已開文人墨戲之先緒；

---

26 惲南田：《南田畫跋》，見沈子丞編：《歷代論畫名著彙編》，文物出版社1982年版，第334頁。

然尚未獨立墨戲之一科，至宋初，吾國繪畫文學化達於高潮，向為畫史畫工之繪畫，已轉入文人手中而為文人之事；兼以當時禪理學之因緣，士夫禪僧等，多傾向於幽微簡遠之情趣，大適合於水墨簡筆繪畫以為消遣。故神宗、哲宗間，文同、蘇軾、米芾等出以遊戲之態度，草草之筆墨，純任天真，不假修飾，以發其所向，取其意氣神韻所到，而成所謂墨戲畫者。其畫材多為簡筆水墨之林木窠石，梅蘭竹菊，以及簡筆水墨之山水等，已開明清寫意派之先聲。[27]

可見，「墨戲」畫在中國繪畫史上的發展態勢。

「墨戲」畫首先在於創作主體的遊戲態度，這當然不是一般意義上的「遊戲」，而是一種審美上的自由創造精神。這並非是毫無社會內容的形式衝動感，而是一種自由地、即興地抒寫主體情志的創作欲求。在這點上，《辭源》的解釋「墨戲，寫意畫，隨興成畫」，較為符合實情。突出主體的意趣，隨意所適，是「墨戲」在創作主體方面的特徵。既然以「適意」為其旨歸，就必然打破那種酷肖客觀物像的模仿式畫法，而以畫家的主體意趣恣意揮灑。「寫意不求形似」，是「墨戲」在技法上的特點。元代畫論家湯垕指出：「遊戲筆墨，高人勝士寄興寫意者，慎不可以形似求之。先觀天真，次觀意趣，相對忘筆墨之跡，方為得之。」[28]吳鎮在論「墨戲」時又說：「嘗觀陳簡齋墨梅詩云：意足不求顏色似，前身相馬九方皋。此真知畫也。」[29]元代名畫家倪瓚說過這樣一句有名的話：「僕之所謂畫者，不過逸筆草草，不求形似，聊以

27 潘天壽：《中國繪畫史》，上海人民美術出版社1983年版，第148頁。

28 湯垕：《畫鑑》，見沈子丞編：《歷代論畫名著彙編》，文物出版社1982年版，第201頁。

29 吳鎮：《論畫》，見沈子丞編：《歷代論畫名著彙編》，第206頁。

自娛耳。」[30]都說明了墨戲畫的「不求形似」的特點。

墨戲的創作，不是外在的功利需求，而是主體的內在需要，是創造性的衝動感。它不求形似，卻在內心湧動時必須表現出來。它不是冷靜的理性活動的結果，而是主體的意興在隨機的某種外在的契機的觸碰中勃發的產物。我們不妨借用馬利坦的觀念，稱之為創造性的直覺。馬利坦在其美學名著《藝術與詩中的創造性直覺》中說：

一旦它存在，在它徹底喚醒詩人的本體，使之達到實在的共鳴的奧秘的程度那一刻起，它就是智性的非概念生命的幽深中的一種創造衝動。這種衝動可能仍是潛在的。但由於詩性直覺是詩人尋常的精神狀態，所以詩人不斷地向這類隱匿的衝動發展。[31]

「墨戲」從創作主體來說，在很大程度上便是這樣一種源自生命的創造性直覺。它來不及或者不屑於理性的設計，而是以從性情中湧現出的沖動來作畫，它有著很強的獨創性價值，其所創造的審美意像是一種整體性的突現，很難用理性解釋清楚，但卻元氣淋漓，生機勃發，成為風格獨特的藝術品。如蘇軾便多墨戲之作：「所作枯木，枝幹虯屈無端倪，石皴亦奇怪，如其胸中盤郁也。作墨竹，從地上一直起至頂，或問何不逐節分？曰：竹生時何嘗逐節生耶！」黃庭堅評蘇軾所畫枯木：「恢詭譎怪，滑稽於秋毫之穎。」(《蘇李所畫枯木道士賦》)又題蘇軾所畫竹石云：「東坡老人翰林公，醉時吐出胸中墨。」(《題子瞻畫竹石》)湯垕也稱：「東坡先生文章翰墨照耀千古，復能留心墨

30 見沈子丞編：《歷代論畫名著彙編》，第205頁。

31 馬利坦：《藝術與詩中的創造性直覺》，三聯書店1991年版，第109頁。

戲，作墨竹師與可，枯木奇石，時出新意。」（《畫鑑》）足見蘇軾「墨戲」的獨特個性了。作為一種創造性的審美直覺，「墨戲」的美學內涵可以康德[32]、席勒美學思想中的遊戲說相闡釋。康德是美學史上最先以「遊戲」來認識審美活動的。在他看來，人的活動只能有兩種：一種是有外在目的的活動，這種活動或消耗體力，或勞心費神，因而是不自由的。這指的是體力或腦力勞動。另一種是無目的的活動，這種活動本身就是目的，這就是遊戲。不僅勞作之外的身體活動是遊戲，勞作之外的心靈活動也是遊戲。「不用思想來工作時，我們就拿它來遊戲。」[33]康德更為重視的是內在的心靈遊戲。心靈的遊戲是怎樣的一種遊戲呢？「簡單說來，就是感性、知性、想像力等心意機能不使用概念、範疇和規律，不受強制的無目的的自由活動。這種活動也需要栽種表象材料或對象，心靈就圍繞它們興奮起來，互相諧調，沒有任何負擔，因而是愉快的。」[34]德國著名美學家席勒發揮了康德的「遊戲」說，特別強調在審美中的「遊戲衝動」的意義。當然，席勒的「遊戲」，不是「現實生活中進行的、通常以非常物質性的對象為目標的那些遊戲」[35]。與在康德哲學中一樣，是與「自由活動」同義而與「強迫」對立的那種遊戲。感性衝動使人感到自然要求的強迫，而理性衝動又使人感到理性要求的強迫，遊戲衝動既脫離了前者又脫離了後者，「揚棄了一切偶然性，因而也就揚棄了強制，使人在精神方面和物質方面都得到自由」[36]。「遊戲衝動」也即審美的自由。席勒這樣高度評價遊

32 鄧椿：《畫繼》卷三，人民美術出版社1963年版。

33 《康德全集》第十五卷，轉引自曹俊峰：《康德美學思想引論》，天津教育出版社1999年版，第421頁。

34 轉引自曹俊峰：《康德美學思想引論》，第421頁。

35 席勒：《審美教育書簡》，北京大學出版社1985年版，第79頁。

36 席勒：《審美教育書簡》，第74頁。

戲衝動的意義：「正是遊戲而且只有遊戲才使人成為完全的人」，「只有當人是完全意義上的人，他才遊戲；只有當人在遊戲時，他才完全是人」。[37]席勒的「遊戲」說是可以說明審美的自由的。「墨戲」要求創作主體的遊戲態度，是要擺脱直接的功利性慾求和外在的主題律令，進行自由的審美創造，其中有著一種藝術創作思維方面的直覺性質。

第四節　「現量」說：直覺的審美創造思維

明清之際的著名思想家、文學家王夫之（船山），在他的詩論名著《姜齋詩話》和《古詩評選》、《唐詩評選》、《明詩評選》中提出了一個詩學概念：「現量。」、「現量」所說的便是詩人在直接的審美觀照中即興地獲得審美感興，排除抽象概念的推理比較，在對對象的直接感應中生成詩的審美意象。「現量」是一個佛學用語，卻被王夫之賦予了非常深刻的美學含義。王夫之指出：

> 「僧敲月下門」，只是妄想揣摩，如說他人夢，縱令形容酷似，何嘗毫髮關心？知然者，以其沉吟「推」、「敲」二字，就他作想也。若即景會心，則或推或敲，必居其一，因景因情，自然靈妙，何勞擬議哉？「長河落日圓」，初無定景；「隔水問樵夫」，初非想得：則禪家所謂現量也。[38]

王夫之論述詩歌的創作構思方式，力倡「現量」式的直覺審美觀

37　席勒：《審美教育書簡》，第80頁。

38　王夫之：《夕堂永日緒論》〈內編〉，《姜齋詩話》卷二。

照，而不滿於「妄想揣摩」的憑空虛構，這是其詩學思想的一個重要內容。「長河落日圓」，是王維《使至塞上》的名句，「隔水問樵夫」，是王維《終南山》中的結句。這類詩句所荷載的審美意象，是詩人「即景會心」的產物，審美主體在直覺的邂逅中觸發的審美意象，具有很強的生命感和不可重複的個性特徵。王夫之最為讚賞、推崇的便是這種「初無定景」、「初非想得」的直覺式構思方式。他還認為：「身之所歷，目之所見，是鐵門限。即極寫大景，如『陰晴眾壑殊』『乾坤日夜浮』，亦必不逾此限。非按輿地圖便可云『平野入青徐』也，抑登樓所得見者耳。隔垣聽演雜劇，可聞其歌，不見其舞；更遠則但聞鼓聲，而可云所演何出乎？前有齊、梁，後有晚唐及宋人，皆欺心以炫巧。」（《姜齋詩話》卷二）這段話的意思在於強調詩的審美意象必須從直接的審美觀照中產生。王夫之說得有些絕對以致於偏頗，把親身經歷、親眼所見，作為詩歌創作的不可逾越的「鐵門限」，而否定了藝術創作中虛構的作用，這並不全然符合藝術創作的規律。但他突出地肯定了「直擊」審美客體的直覺性藝術思維，成為王夫之美學思想中的突出特點。

「現量」是印度佛教中因明學的主要範疇之一，與之相對的是「比量」。古印度大乘佛教瑜伽行派的大師陳那特別注重邏輯和認識論的研究，所謂「因明學」也即佛家邏輯。陳那曾撰有《因明正理門論》、《集量論》等因明經典，他的弟子商羯羅主也有《因明入正理論》，是闡釋陳那的因明理論的。我國唐代佛教大師玄奘在印度留學期間，主要學習的是這派的唯識論思想，歸國建立了我國的唯識學派——慈恩宗（即法相宗）。玄奘同時弘揚了因明學，翻譯了《因明正理門論》和《因明入正理論》，使之得以流傳。

在佛學中，「現量」、「比量」是一對基本範疇。印度學者認為，思維是用一定工具來求得知識的過程，「量」（Pramana）在印度哲學中為一般尺度或標準之意，可以視為認識的尺度與方式。印度各派哲學在「量」的問題上有許多不同的說法。總起來共有十種量，即「現量」、「比量」、「聖教量」、「譬喻量」、「假設量」、「無體量」、「世傳量」、「姿態量」、「外除量」、「內包量」等。[39]而印度哲學中最主要的派別之一的正理派，只同意其中的前四種，陳那以前的印度瑜伽行宗古因明家也立前四種量。而陳那不取「聖教量」和「譬喻量」，只立「現量」和「比量」。在他看來，「現量」、「比量」二者足以概括其他的量。「現量」即感官與對象直接接觸所產生的感覺，它又分為兩種：一種是在接觸對象時多少摻雜一些概念、觀念的感覺，即「有分別現量」；一種是在接觸對象時僅產生單純的感覺或領悟，即「無分別現量」。[40]「現量」是典型的直覺，因此虞愚先生闡發說：「何謂現量？大疏曰：行離動搖，明證眾境，親冥自體，（自體者，所緣境之自體。）略似柏格森之直覺，故名現量。」[41]以「現量」為起點，思維進一步展開活動就到了「比量」。「比量」就是推理，即以看到、聽到的為其基礎，而推及未看、未聽到的，就叫「比量」。「現量」認識的是「自相」，即事物的本來的、獨特的形相，這是在主體與客體的直接觀照中得到的；「比量」的認識對象則是「共相」，是事物經過抽象後的類的特性。英國哲學史家渥德爾對此有很明確的闡釋：

現量是沒有分別的知識。這裡解釋為無分別（avikaipa），未通過分類（visesana）或假立名言（a bhidhyaka）等的轉換（upaeacara，比喻，

39 參見沈劍英：《因明學研究》，東方出版中心1985年版，第6頁。

40 參見姚衛群：《印度哲學》，北京大學出版社1992年版，第64-65頁。

41 虞愚：《因明學》，中華書局1989年版，第15頁。

更嚴格說是轉換）的知識，它是在五官感覺的各個方面直接緣境（artha）如色境（rupa）等等，而顯現的。

比量是通過中詞得來的知識，它認識一個主體是屬於某種特殊性質（中詞）事物的一類。主體也可以屬於其他類別，如果選定了其他特性。但是比量只認識類別的特性（共相），而現量認識對象自身的特性（自相），是無類別的。[42]

「現量」、「比量」在認識論的意義上，是印度哲學的普遍性範疇，婆羅門教系統的諸派哲學也都以「現量」和「比量」作為主要的認識論範疇。如數論派哲學即以「現量」為知覺，定義為「對外界對象的心理了解」，「對於和感官相接觸的外界物體的確定」。數論派哲學把「現量」分為「無分別現量」和「有分別現量」二種。前者是指外界對象和外部作用器官接觸所引起的認識；後者是在前者的認識基礎上再通過內部作用器官的加工——分別、確定和給予名稱以後所得的認識。數論派哲學認為「比量」是在知覺的基礎上（「以證為先」）從已知推知未知的，也便是推理。其他如彌曼差派哲學、勝論派哲學在談認識論問題時，都以「現量」、「比量」為其基本範疇，內涵也是大體一致的。

王夫之不信佛，對佛教採取批判的態度。但他善於借鑑佛學的分析方法，辨析名理，自己的學說闡述得明確而有條理。他把「現量」的佛教哲學範疇改造成了全新的美學範疇。他曾著有《相宗絡索》，其中有「三量」一節云：

42 渥德爾：《印度佛教史》，商務印書館1987年版，第420-421頁。

>「現量」，「現」者有「現在」義，有「現成」義，有「顯現真實」義。「現在」不緣過去作影；「現成」一觸即覺，不假思量計較；「顯現真實」，乃彼之體性本自如此，顯現無疑，不參虛妄。前五根於塵境與根合時，即時如實覺。知是現在本等色法，不待忖度，更無疑妄。

可以說，這是「現量」說從佛學到美學的轉捩關鍵。它包含著王夫之對佛學中「現量」範疇的深刻理解，同時，也是其詩歌美學中「現量」說的直接淵源、哲學基礎。王夫之指出「現量」的三層含義：其一是「現在」義，就是指它的當下性。「現量」是當下直接感知而獲得的知識，而非以往留下的印象。其二是「現成」義，「一觸即覺，不假思量計較」，是說「現量」是瞬間的直覺而獲得的知識，不需要比較推理等抽象思維方式的參與。其三是「顯現真實」義，是說「現量」是顯現客觀對象的真實存在，「實相」而非虛妄的或抽象的。在這一點上，王夫之發揮了佛教大乘有宗的某些合理因素，對佛教唯識論哲學進行了唯物主義的改造。

「現量」在佛家哲學中指主體對於對象的直接感知，不包括抽象、概括、推理的成分。在進入王夫之的詩學之後，保留而且凸現了這一種基本特質。船山要求直接親近生活，拆除審美主客體之間的障蔽。他說：

>「欲投人處宿，隔水問樵夫」，則山之遼廓荒遠可知，與上六句初無異致，且得賓主分明，非獨頭意識懸相描摹也。「親朋無一字，老病有孤舟」，自然是登岳陽樓詩。嘗試設身作杜陵，憑軒遠望觀，則心目中二語，居然出現，此亦情中景也。孟浩然以「舟楫」、「垂釣」鉤鎖合題，卻自全無干涉。（《姜齋詩話》卷二）

王夫之在這裡舉王維《終南山》的尾聯和杜甫《登岳陽樓》的頸聯，來說明詩歌的意境必須是詩人的親身感受，方是不可取代的獨造之境。所謂「獨頭意識」是佛學術語，此處喻沒有真實感覺、強行揣度的意識。《百法問答鈔》卷二謂此曰：「四種意識之一：一獨頭意識，不與他之五識俱起，獨起而泛緣十八界（六根、六點、六識）之意識也。此在散心，於三量中必為比、非二量。」、「獨頭意識」是與「現量」不相容的，而只能是「比量」、「非量」所獲得的意識。王夫之指出，好詩決非這種不屬於主體親自體驗的「獨頭意識」所「懸相描摹」的。他在詩論中所強調的這種直接體驗，正是他在《相宗絡索》中的「顯現真實」所生發的。「顯現真實，不參虛妄」，即真實地顯現詩人所親歷的情境。

「現量」說要求詩人的創作構思是審美主客體之間的隨機遇合、感興，是「即景會心」、「心目相觸」，反對那種預設主題、窠臼拘攣、苦吟力索的創作方式。「現在」、「現成」二義，都直接生發出這種詩學思想。「一觸即覺」，是主客體之間的觸遇，使主體獲得瞬間的「妙悟」，沒有概念化的東西梗塞其間。「不緣過去作影」，從詩學的角度來理解，就是詩人及時捕捉當下的、隨機的情境。王夫之謂：

只於心目相取處得景得句，乃為朅氣，乃為神筆。景盡意止，意盡言息，必不強括狂搜，舍有而尋無。在章成章，在句成句，文章之道，音樂之理，盡於斯矣。（《唐詩評選》卷三）

所謂「心目相取」，是詩人之心與目中所見偶然的相遇，也即是「即景會心」，是一種隨機的審美創造。這種審美創造方式沒有固定的規矩法度可以依循，而是根據當下的情境所創化的。王夫之的「現量」

説，由此必然是反對「死於法下」。王夫之對唐代以後，「詩法」、「詩式」、「詩格」的盛行十分反感，他指出：「詩之有皎然、虞伯生，經義之有茅鹿門、湯賓尹、袁了凡，皆畫地成牢以陷人者：有死法也。死法之立，總緣識量狹小，如演雜劇，在方丈台上，故有花樣步位，稍移一步則錯亂。若馳騁康莊，取涂千里，而用此步法，雖至愚者不為也。」（《姜齋詩話》卷二）這裡對「死法」的批評，強調詩人以直覺的思維方式進行創作，這是「現量」説的重要內容。

審美的直覺，主客體之間並非一般的認識關係。這從王夫之的「現量」説可以得到這樣的印證。在佛學中，「現量」只是一般的感知覺活動，認識主體通過現量所獲得的是事物的本來性狀，而在船山詩學中，「現量」所揭示的是審美主客體的關係。在王夫之看來，詩人對外物並非只是純粹的認知性的直觀感知，而是帶著強烈的情感色彩的審美體驗與投射，客體進入詩人的視界後，也不是一般的認識對象，而是以鮮明生動的表象吸濡、荷載著詩人的情感，審美主客體之間水乳交融，你中有我，我中有你，是一種互動關係。「現量」説包含著情景交融、妙合無垠的意思。王夫之有一段話最能道出個中三昧：

情景名為二，而實不可離。神於詩者，妙合無垠。巧者則有情中景，景中情。景中情者，如「長安一片月」，自然是孤棲憶遠之情；「影靜千官裡」，自然是喜達行在之情。情中景尤難曲寫，如「詩成珠玉在揮毫」，寫出才人翰墨淋漓、自心欣賞之景。凡此類，知者遇之；非然，亦鶻突看過，作等閒語耳。（《姜齋詩話》卷二）

王夫之認為在創作中應使情景之間「妙合無垠」、水乳交融，不可再分。當然，情景之間未必均衡，「情中景」、「景中情」都是一種審美傾斜，但它們又是融為一體的。王夫之又說：「景中生情，情中含景，故曰：景者情之景，情者景之情也。」(《唐詩評選》卷四)「景以情合，情以景生，初不相離，唯意所適。截分兩橛，則情不足興，而景非其景。」(《姜齋詩話》卷二) 在他看來，詩中之景，是飽含著詩人之情的；詩人之情，又是在對客體的「現量」直觀中觸發的。王夫之的「情」、「景」關係論不應脫離「現量」說來孤立認識。它們含有王夫之所說的「現在」義和「顯現真實」義。「景」是進入詩人體驗的審美物像，「情」則是感知而觸發的審美情感，二者插不得任何屏蔽，是審美主客體之間最直接的交融。

「現量」說還揭示了由這種直覺式的藝術創作思維方式而產生的審美效應。首先是詩的審美意象充盈著一種生氣貫注的整體性與生命感。王夫之舉例言此：「『池塘生春草』『胡蝶飛南園』『明月照積雪』，皆心中目中與相融浹，一出語時，即得珠圓玉潤，要亦各視其所懷來，而與景相迎者也。」(《姜齋詩話》卷二)「珠圓玉潤」，指詩歌意象的完整、美好，且具有內在的生命感，由此可見，王夫之的「現量」說，並非粗糙的感知印象，而是達到高度完美的審美意象。王夫之非常重視意象的整體性美感，他評詩云：「無端無委，如全匹成熟錦，首末一色。唯此故令讀者可以其所感之端委為端委，而興觀群怨生焉。」(《古詩評選》卷五)「全匹成熟錦」，比喻詩作成為完美的、成熟的藝術佳品，是有著鮮明的整體性的。美國著名的美學家蘇珊·朗格從符號學的角度高度重視藝術作品的整體性。她說：「藝術品作為一個整體來說，就是情感的意象，對於這種意象，我們可以稱之為藝術符號，這種藝術符號是一種單一的有機結構體，其中的每一個成分都不能離開這個結構體而獨立地存在，所以單個的成分就不能單獨地表現某種情感。」[43]王夫之以詩化的語言所表述出的對整體美的要求，不妨認為與之相通。在這種「現量」的思維方式中所形成的完整的審美形式，在王夫之看來，是蘊含著很強的生命感、靈動感的，「乃為朝氣，乃為神筆」，正謂此矣。王夫之還說過：「含情而能達，會景而生心，體物而得神，則自有靈通之句，參化工之妙。若但於句求巧，則性情先為外蕩，生意索然矣。」（《姜齋詩話》卷二）這裡集中論述了「現量」說所具有的詩歌生命感、靈動感的含義。黑格爾十分強調「一種灌注生氣於外在形狀的意蘊」、「要顯現出一種內在的生氣」。[44]王夫之的「現量」說是明確地包含著這方面的內容的，這是好的藝術品所應具備的。

第五節　直覺與理性的融會

直覺是否與理性是水火不容的？對這一點應該有清醒的認識才好。審美直覺以一種直觀的、形象化的方式獲得審美意象，但它純然就是與理性相排斥的感受嗎？克羅齊等哲學家對直覺的突出強調，是以排斥理性為特點的。克羅齊把知識分為兩種形式：「不是直覺的，就是邏輯的；不是從想像得來的，就是從理智得來的；不是關於個體的，就是關於共相的；不是關於諸個別事物的，就是關於它們中間關係的；總之，知識所產生的不是意象，就是概念。」[45]克氏還強調「直覺知識可離理性知識而獨立」，把直覺和理性剝離開來。柏格森張揚生命直覺，也是將直覺視為非理性的。他認為直覺是一種非理性的本能，「直覺引導我們達到的正是生命的真正本質，這裡直覺指的是已經

---

43 蘇珊．朗格：《藝術問題》，中國社會科學出版社1983年版，第129頁。

44 黑格爾：《美學》第一卷，商務印書館1979年版，第24-25頁。

45 克羅齊：《美學原理　美學綱要》，外國文學出版社1983年版，第7頁。

無偏見的、自我意識的、能夠反省自己的對象並無限擴展它的本能」[46]。他的直覺主義是以否定理性為前提的。西方近現代強調直覺的哲學家，多是以非理性主義為特徵的。

其實，直覺未必是與理性截然劃開、不可融通的。審美直覺更是涵容著理性的。這一點，中國古典美學中頗有深刻之論。以嚴羽為例，嚴羽說過：「詩有別趣，非關理也。」很多論者據此認為嚴羽是完全排斥理性的，其實這並不全面。嚴羽補充說「然非多讀書、多窮理，則不能極其至」，卻能相當辯證地解決這個問題。嚴羽並非是全然排斥理性的，而只是認為詩歌應以審美境界呈現於讀者，不能以邏輯化的思維方式來寫詩。但是要使詩歌達到更高的境界，詩人要平時「讀書窮理」，增加修養，加深對人生哲理的體驗。嚴羽在《滄浪詩話》〈詩評〉中所說：「詩有詞理意興。南朝人尚詞而病於理；本朝人尚理而病於意興；唐人尚意興而理在其中；漢魏之詩，詞理意興無跡可求。」他最為推崇的盛唐之詩，是在意興之中涵容其理的。這個「理」即理性。藝術創作中的審美直覺是超越於一般直覺的高級直覺，它是可以而且必須包容著理性的因素在其中的。如果完全排除了理性的因素，是難以成為真正有意義的審美直覺的。王夫之在其詩論中提出了著名的「神理」說。所謂「神理」，即是「神」與「理」的融合。「神」即「神思」，是靈妙難以言喻的藝術思維；「理」即在其中涵容的深微的理性內涵。事實上，我們的古人在吟詠之中，不僅產生強烈的情感共鳴，而且，在更多的時候，也得到智慧的省豁。許多傳世的名篇，都在使人們「搖盪性情」的同時，更以其十分警策的理性力量穿越時空的層積。但這

---

46 柏格森：《形而上學導論》，轉引自《西方美學通史》第六卷，上海文藝出版社1999年版，第167頁。

種「理」不應是枯燥直白地表述的，那樣便不能成其為藝術品。錢鍾書先生說：

徒言情可以成詩，「去去莫復道，沉憂令人老」，是也。專寫景亦可成詩；「池塘生春草，園柳變鳴禽」，是也。非一味說理，而狀物態以明理；不空言道，而寫器用之載道。拈形而下者，以明形而上；使寥廓無象者，托物以起興；恍惚無朕者，著述而如見。譬之無極太極，結而為兩儀四象；鳥語花香，而浩蕩之春寓焉；眉梢眼角，而芳菲之情傳焉。萬殊之一殊，以見一貫之無不貫，所謂理趣者，此也。[47]

這是錢先生對「理趣」的深刻闡釋。王夫之所說的「神理」，進一步揭示了詩中之「理」與「神思」的關係。他作為一個思想家，對於詩中之「理」非但不避諱，而且將之作為詩的一個重要標準。僅有藝術直覺，而無睿智深刻的理性，在王夫之看來，並非詩之上乘，「理」恰恰是好詩應有的必要條件。王夫之評詩眼界甚高，每多非議，不輕許可，而獨心折謝靈運。在他對中國古代詩人的評價中，對謝靈運的推崇是無出其右的。如說：「情景相入，涯際不分，振往古，盡來今，唯康樂能之。」他對謝靈運的推崇，在很大程度上是因為謝詩以「盡思理」見勝。王夫之對謝靈運的評價透露出此中消息：

謝靈運一意迴旋往復，以盡思理，吟之使人卞躁之意消。《小宛》抑不僅此，情相若，理尤居勝也。王敬美謂「詩有妙悟，非關理也」，非理抑將何悟？（《古詩評選》卷五）

47 錢鍾書：《談藝錄》補訂本，中華書局1984年版，第228頁。

王夫之在這裡已不僅是對謝詩的評價，而是對詩中之「理」的普遍性思考。但由此可見其對謝詩之所以如此偏愛，主要的價值尺度是能否「以盡思理」。更值得注意的是，王夫之將詩中之「理」與宋明以來影響廣泛的「妙悟」說統一起來，使人們對於「理」及「妙悟」的認識都更為深化。所謂「詩有妙悟，非關理也」，源自嚴羽的詩論，前面已有論述。在人們的詮釋與評論中，嚴羽的「妙悟」是與「理」不相關的，甚至是互相妨礙的。王世貞在《藝苑卮言》卷一中曾引錄此語，王夫之此處略其原出，又誤記為其弟王世懋（敬美）語。王夫之並非一般地不同意「詩有別材，非關理也」之說，而是有意把「妙悟」和「理」這兩個在嚴氏詩學中似對立的概念連繫在一起，而且把「理」作為「妙悟」的內涵，這不能不被人看作是王夫之詩論中的驚心醒目之處。在王夫之看來，詩中的「妙悟」，悟的不是別的什麼東西，恰恰就是「理」！「理」是王夫之論詩的一個重要價值標準。詩倘若不能表達透徹深邃之「理」，很難稱為上乘佳作。我們不妨看看船山的幾則詩評。評陸雲的《失題》詩云：「晉初人說理，乃有如許極至，後來卻被支、許凋殘。」這裡對於陸雲詩作中的「說理」是備加推崇的，認為是臻於「極至」。「說理」本身並不應該成為詩歌被詬病的理由，只是後來到了支遁、許徇、孫綽等人手裡，抽象地、枯燥地言理，使詩中之理成了支離僵死之物，缺乏詩人的情感，缺少與宇宙天道相通為一的渾然之氣，才是王夫之所不取的。他又評劉琨的《答盧諶》詩云：「無限傷心刺目，顧以說理衍之，乃使古今懷抱，同入英雄淚底。」這都是對詩中的「說理」有很高評價的。他評初唐詩人王績的《石竹詠》云：「非但理至，風味亦適。得句即轉，轉處如環之無端，落筆常作收勢，居然在陶謝之先。」（《唐詩評選》卷二）這些都可以充分說明王夫之的詩學觀念中，「理」非但不是必欲排之除之而後快的負面價值，而且是詩歌藝術價值的重要內涵。

然而，我們不要以為王夫之是贊成或者支持詩人在詩中以抽象的思維方式、以名言概念的構織在詩中言理，那又恰恰是他所反對的。對於「支、許」等玄言詩人對「理」的「凋殘」，王夫之是非常反感的。他在評西晉詩人司馬彪的《雜詩》時說過這樣頗為明確而重要的意思：「王敬美謂『詩有妙悟，非關理也』，非謂無理有詩，正不得以名言相求耳。」（《古詩評選》卷二）王夫之對於「無理有詩」即把詩與「理」絕對地對立起來的觀點是明確否定的，認為詩中之「理」不僅是可以的，而且是必要的，關鍵在於如何理解「理」的內涵以及言「理」的方式。王夫之認為詩中之「理」不應是那種名言之理，也就是以名言概念構成的倫理教條或抽象理念。在王夫之看來，詩中之「理」應是飽含著詩人情感、在對生活的隨機感興中所體悟到的帶有獨特性的理思。這種「理」不是抽象的、知性分解的，而是以活色生香般的生命感、詩人擁抱人生的深切情懷以及在遷流變化的社會與自然中捕捉到的神韻來啟人心智的。因此，王夫之也時常以「神理」作為一個詩學範疇來論詩。它的內涵也就是上述的意思。

「神理」是一種直覺與理性相融合的詩學範疇，而其中又包蘊著詩人之情。王夫之所言詩中之「理」，非常注重「理」與「情」的相因相得，不滿於剝落詩人情感之後的枯燥言理。王夫之在評陸機詩時說過這樣的一段話：

> 詩入理語，惟西晉人為劇。理亦非能為西晉人累，彼自累耳。詩源情，理源性，斯二者豈分轅反駕者哉？不因自得，則花鳥禽魚累情尤甚，不徒理也。取之廣遠，會之清至，出之修潔，理顧不在花鳥禽魚之上耶？（《古詩評選》卷二）

王夫之認為，在詩中言理，以西晉人為甚，但這並不能說明西晉人為理所累，而是那些枯燥言理的詩人「自累」。詩出於情，「理」出於性，但二者並不互相排斥，而是相融互濟的。無論是「理」，抑或是「情」，都應源於「自得」，也就是詩人的親身體驗。倘若不是出於「自得」，那些似乎是以抒情為目的的花鳥禽魚之類的意象，也同樣難於表達詩人之情，並非僅是「理」成為詩中負累。王夫之在此處是強調詩中的「理」與「情」均是不可缺少的要素，並且可以相融互濟，並非「分轅反駕」。進而可以認為，王夫之是主張詩中之「理」應該飽含詩人之情的。王夫之在評李白的《蘇武》詩時說：「詠史詩以史為詠，正當於唱嘆寫神理，聽聞者之生其哀樂。」（《唐詩評選》卷二）唱嘆自然是詩人的至情流露。「神理」應是出於詩人之至情；而「聽聞者之生其哀樂」，則是指欣賞者在接受過程中在情感方面的強烈共鳴。在評張協詩時又云：「感物言理，亦尋常耳，乃唱嘆沿回，一往深遠。儲、王亦問道於此，而為力終薄，力薄則關情必淺。」（《古詩評選》卷四）也是強調「神理」與深情之間的關係。在船山看來，詩中言理，應是生發於詩人的至情體驗。

王夫之的「神理」說的又一重要內涵，是言詩中之「理」的超以象外，廣遠精微，與天地相通，渾灝流動充滿生命的動感，這也正是「神思」的品格。他評價謝靈運之詩說：「亦理，亦情，亦趣，逶迤而下，多取象外，不失環中。」（《古詩評選》卷五）又論謝詩云：「神理流於兩間，天地供於一目，大無外而細無垠。」（《古詩評選》卷五）既稱「神理」，就不是那種以知性分解的方式所得的抽象之理，而是「墨氣四射」、廣大駘蕩的精神性實體。如王夫之所說：「自五言古詩來者，就一意中圓淨成章，字外含遠神，以使人思；自歌行來者，就一氣中駘蕩靈通，句中有餘韻，以感人情。」（《姜齋詩話》卷二）

王夫之論陶潛《癸卯歲始春懷古田舍》詩云：

通首好詩，氣和理匀，亦靖節之僅遘也。「鳥弄歡新節，泠風送余善」，自然佳句，不因排撰矣。陶此題凡二作，其一有云「平疇交遠風，良苗亦懷新」，為古今所共欣賞。「平疇交遠風」，信佳句矣，「良苗亦懷新」，乃生入語。杜陵得此，遂以無私之德，横被花鳥，不競之心，武斷流水。不知兩間景物關至極者，如其涯量亦何限！（《古詩評選》卷四）

王夫之還評陶之《讀山海經》詩云：

此篇之佳，在尺幅平遠，故托體大。如托體小者，雖有佳致，亦山人詩爾。「少無適俗韻」，「結廬在人境」，「萬族欣有托」，不滿余意者以此。「微雨從東來」二句，不但興會佳絕，安頓尤好。若系之「吾亦愛吾廬」之下，正作兩分兩搭，局量狹小，雖佳亦不足存。（《古詩評選》卷四）

足見王夫之推崇「神理」之托體廣大，渾灝駘蕩。王夫之之評張協《雜詩》之語更為典型：

風神思理，一空萬古，求共伯仲，殆唯「攜手上河梁」、「青青河畔草」足以當之。詩中透脱語自景陽開先，前無倚，後無待，不資思致，不入刻畫，居然為天地間說出，而景中賓主，意中觸合，無不盡者。（《古詩評選》卷四）

這裡指出詩中「神理」也即「透脱語」十分廣大，非知性分解的思維方式所能把握。所謂「一空萬古」、「為天地間説出」，足見王夫之所云之「神理」是以小見大、與道相通的。

王夫之所謂「神理」不僅在於其廣遠渾灝，超乎象外，而且還在於其能致精微、入毫芒，深入事物難於言喻之處。這兩方面都是「神理」所應具備的，這是頗有藝術辯證法意味的。王夫之所説的「大無外而細無垠」，是一個很好的概括。王夫之評謝靈運的名作《登池上樓》説：「池塘生春草，且從上下左右看取，風日雲物氣序懷抱，無不顯者，較『蝴蝶飛南園』僅為透脱語，尤廣遠而微至。」（《古詩評選》卷四）「廣遠」與「微至」，是辯證地統一在「神理」之中的。

詩中的「神理」是如何獲得的？王夫之明確表示，它不是以知性分解的方式，而是以觸物感興的方式，在與自然、社會的隨機感遇中昇華而出的。王夫之非常反感於詩中腐儒式的枯燥言理，如其所云：「一部《十三經》，元不聽腐漢剝作頭巾戴。侮聖人之言，必誅無赦，余固將建鐘鼓以伐之。」（《古詩評選》卷四）王夫之認為，倘以腐儒的態度來對待經典，即是對聖人之言的侮辱。「神理」當是「以追光躡影之筆，寫通天盡人之懷」的產物。在《姜齋詩話》中，王夫之有過這樣一段重要論述：

以神理相取，在遠近之間。才著手便煞，一放手又飄忽去，如「物在人亡無見期」，捉煞了也；如宋人詠河豚云：「春洲生荻芽，春岸飛楊花。」饒他有理，終是河豚沒交涉。「青青河畔草」與「綿綿思遠道」，何以相因依，相含吐？神理湊合時，自然恰得。[48]

48 王夫之：《夕堂永日緒論》〈內編〉，《姜齋詩話》卷二。

關於詩中「神理」的獲得，這裡說得相當清楚，即是在變動不居的自然與社會事物中捕捉得來的，非邏輯解析的方法而致。「才著手便煞，一放手又飄忽去」，正說明「神理」是鮮活地存在於生活之中的，必須在觸物感興中獲致。「神理」並非既定的、不變的抽象之理，而是在生成之中的。詩人對它的獲致，是偶然的感興過程。王夫之評李白的《春日獨酌》詩云：「以庾、鮑寫陶，彌有神理。『吾生獨無依』，偶然入感，前後不刻畫求與此句為因緣，是神冥合，非以象取。」（《唐詩評選》卷二）「偶然入感」，正是感興的方式，也即是船山所說的「現量」。

王夫之的「神理」說是「神思」這個關於藝術創作思維命題的發展，它深刻揭示了「神思」與理性的內在關係。這是以往的論者所沒有注意到的。「神思」有著審美直覺的特點，但它並不與理性相悖謬，而是交融在一起的，而作為藝術創作思維的那種靈妙難以言傳的直覺性質，也是中國古代文論家、藝術理論家們所非常關注的。

第九章

「神思」與作家的主體因素

第一節 「人之稟才，遲速異分」

「神思」是發生於、存在於創作主體方面的創作運思，並非是什麼人、什麼情況下，都可以發生的，如果忽視創作主體方面的因素，只強調外在因素對主體的感興作用，那當然是非常幼稚的。「神思」固然有其難以用語言完全說明的機制，但它決不會無緣無故地光顧隨便的一個什麼人的，如果那樣，作家、藝術家也就太好當了，人們也無須為了學習藝術創作而刻苦努力了，只須等靈感的降臨就可以成為大藝術家了。事實上遠非如此簡單。作為一個有所成就的藝術家、作家，必須具備很高的藝術素質，並且在長期的藝術實踐中積累深厚的創作經驗，對某一種藝術門類的藝術創作規律把握得非常精熟，對於此門類的藝術語言運用自如，才能有創作中的「神思」產生出來。在文學藝術創作中，藝術家的主體因素是非常重要的。關於「神思」產生的主體因素，這是中國古典美學的一個重要的課題。在中國古代文藝理論家中，陸機、劉勰、蕭子顯、嚴羽、袁枚、葉燮、沈德潛、薛雪等，都有關於「神思」所生的主體因素的論述。他們對「神思」的主體因素的論述，各有其整體的理論背景，各有強調的重點，合而觀之，則從各個角度使這個問題得以較為全面的呈露。歸結起來，大致有才稟天賦、養氣、學習、胸襟懷抱等因素。對於這些因素的說明，文論家們雖然各自強調自己的側面，卻並非是以自己的觀點來排斥其他觀點。如劉勰，便從才性稟賦、養氣、學習等諸方面來揭示神思的產生，葉燮則從「才、識、膽、力」四個方面揭示詩歌創作主體的內在要素。

劉勰在《文心雕龍》的〈神思〉、〈體性〉、〈養氣〉、〈附會〉、〈才略〉等篇章中，從才性稟賦、養氣、學習等方面綜合地探討了「神思」在創作主體方面的產生機制。這在中國古典美學中，顯得頗為全面而富有理性的深度。〈神思〉篇通過比較闡述了作家由於稟受於先天的才性稟賦的差異而形成的文思遲速的不同狀態：

人之稟才，遲速異分；文之制體，大小殊功。相如含筆而腐毫，揚雄輟翰而驚夢，桓譚疾感於苦思，王充氣竭於思慮，張衡研《京》以十年，左思練《都》以一紀：雖有巨文，亦思之緩也。淮南崇朝而賦《騷》，枚皋應詔而成賦，子建援牘如口誦，仲宣舉筆似宿構，阮瑀據案而制書，祢衡當食而草奏：雖有短篇，亦思之速也。若夫駿發之士，心總要術；敏在慮前，應機立斷。覃思之人，情饒歧路，鑑在疑後，研慮方定。機敏故造次而成功，慮疑故愈久而致績；難易雖殊，並資博練。若學淺而空遲，才疏而徒速；以斯成器，未之前聞。以是臨篇綴慮，必有二患：理郁者苦貧，辭溺者傷亂，然則博見為饋貧之糧，貫一為拯亂之藥：博而能一，亦有助乎心力矣。

劉勰從構思的角度舉了兩組遲速迴異的例子來說明才稟不同對創作神思的影響。一組是司馬相如、揚雄、桓譚、王充、張衡、左思等作家，他們雖然情況各有不同，卻都留下了體制宏偉、思致縝密的作品，在構思上，他們都以思慮遲緩而著稱。如司馬相如含筆構思，直到筆毛腐爛；揚雄作賦太苦，一放下筆就做了怪夢；桓譚因作文過於苦思而生病；王充因著述用心過度而氣力衰竭；張衡思考作《二京賦》費了十年的時光；左思推敲《三都賦》達十年以上。他們的這些代表性作品雖說都是體制宏偉，用思細密，但費時如此之多，也是由於構思緩慢的原因。劉勰又舉了文思敏捷的一些作家，如淮南王劉安在一個早上就寫成了《離騷賦》；枚皋剛接到詔令就把賦寫成了；曹植拿起紙來，如同背誦舊作一般迅速完成；王粲援筆好似早就作好了一樣；阮瑀在馬鞍上就能寫成書信；祢衡在宴會上就草擬了奏章：這些雖說是篇幅較短，也還是顯示出作者構思的敏捷。劉勰將這兩種作家稱為「駿發之士」和「覃思之人」，前者機敏得好像未經考慮就能當機立斷，而後者則是心中充滿了各式各樣的思路，難以定奪，細細推究才能加以決定。這兩種作家雖然致思方式並不相同，但都可以創作出成功的、傳世的作品。無論在構思方式上是難是易，同樣都要依靠多方面的訓練、長時間的積累才行。致思方式的遲速，並非創作成就高下的標誌，如果學問淺薄而只是寫得慢，才能疏陋而只是寫得快，都不可能成為真正的作家。所以在創作構思時，常常會出現兩種弊病：思理不暢的人寫出來的文章內容貧乏，文辭過濫的人又有雜亂無章的缺點。在這部分論述中，「人之稟才」主要是稟之於先天的，是人們的稟賦的不同。後天的學習訓練可以在一定程度上加以調整改造作家的致思方式，但受之於天的這種才稟，是起著相當重要的作用的。這是決定一個作家致思類型的根基。但劉勰還強調，無論是屬於什麼類型的作家，都應以豐富的學養和充分的創作實踐加以充實提高，否則是不會「成器」的。

劉勰在〈體性〉篇中從風格論的角度同樣談到才稟對文思的重要影響，他說：

夫情動而言形，理髮而文見；蓋沿隱以至顯，因內而符外者也。然才有庸俊，氣有剛柔，學有淺深，習有雅鄭；並情性所鑠，陶染所凝，是以筆區雲譎，文苑波詭者矣。

夫八體屢遷，功以學成，才力居中，肇自血氣；氣以實志，志以定言，吐納英華，莫非情性。

劉勰重視學習在藝術創作思維形成中的作用，指出風格的變化是與後天的「學」有直接關係的，但他又認為「肇自血氣」的「才力」是居中的因素。「肇自血氣」是指與生俱來的稟性。劉勰在〈附會〉篇中也說：「才分不同，思緒各異。」認為創作神思的「各異」，是緣於「才分」之不同。「才分」、「分限」，都是指生而具有的稟賦。在不同的創作主體之間，這個差異是客觀存在的。

南朝的蕭子顯也認為：「文章者，蓋情性之風標，神明之律呂也。蘊思含毫，游心內運，放言落紙，氣韻天成，莫不稟以生靈，遷乎愛嗜，機見殊門，賞悟紛雜。」（《南齊書》〈文學傳論〉）在他看來，創作中的「放言落紙」，文思沛然，是稟於性靈的。劉勰和蕭子顯都是指出文思的不同樣態，首先是與與生俱來的稟賦情性有關的。其實，在他們之前的曹丕的「文氣」說，也是主張創作的風貌是由作家所稟之「氣」決定的。他說：「文以氣為主。氣之清濁有體，不可力強而致。譬諸音樂，曲度雖均，節奏同檢，至於引氣不齊，巧拙有素，雖在父兄，不能以移子弟。」（《典論》〈論文〉）曹丕著重指出的是，作家的創作差異，主要在於所稟「體氣」的不同。「不可力強而致」，說明是先天所稟的，並非後天的努力所能改變的。「雖在父兄，不能以移子弟」，尤其能說明作家的個體性差異，並非可以傳授的。曹丕指出了「建安七子」不同的風貌及文體的優劣長短，他說：

> 王粲長於辭賦，徐幹時有齊氣，然粲之匹也。如粲之《初征》、《登樓》、《槐賦》、《征思》，幹之《玄猿》、《漏卮》、《圓扇》、《橘賦》，雖張、蔡不過也。然於他文，未能稱是。琳、瑀之章表書記，今之雋也。應瑒和而不壯，劉楨壯而不密。孔融體氣高妙，有過人者，然不能持論，理不勝辭，至乎雜以嘲戲。及其所善，揚班儔也。（《典論》〈論文〉）

「徐幹時有齊氣」，曹丕意在指出徐幹所稟由於地域文化所生的「齊氣」而對其作品風貌的形成產生的影響。東漢的大思想家王充認為，人的稟氣不同，氣質個性也因之而不同。他說：「稟得堅強之性，則氣渥厚而體堅強，堅強則壽命長，壽命長則不夭死。稟性軟弱者，氣少泊而性羸窳，羸窳則壽命短，短則早死。」（《論衡》〈命義〉）「氣有少多，故性有賢愚。」（《論衡》〈命義〉）人的氣質個性的不同，也就造成了創作風貌的差異；創作風貌的差異，在很大程度上又是文思的不同所致。

第二節 「積學以儲寶，酌理以富才」

與此緊密連繫的看法是「神思」原於創作主體的「天才」。與前面所論才稟略有不同的是，前者是重在論述由於稟賦之不同，而造成的情性差異，由情性的差異而形成的文思的不同；而這裡所說的「天才」，則是主張藝術創造的神思，非學力所致，而成之於「天」，如同神授。如清代詩論家沈德潛評李白謂：「太白想落天外，局自變生，大江無風，濤浪自湧，白雲卷舒，從風變滅。此殆天授，非人力也。」[1]這裡的意思是很清楚的，認為像李白這樣的詩人那種「想落天外」的創作神思，並非人力可達，而是「天授」。持這種看法最為系統、明確的是詩學史上有名的「性靈派」的代表人物、清代詩論家袁枚。袁枚認為作詩須有「靈機」。所謂「靈機」，是指詩人應具有的創作靈性、靈感。「靈機」的產生是一種天分，而非人力。因此他說：「詩文自須學力，然用筆構思，全憑天分。往往古今人持論，不謀而合。李太白《懷素草書歌》云：『古來萬事貴天生，何必公孫大娘渾脫舞。』趙松雪論詩云：『到老始知非力取，三分人事七分天。』」[2]著重闡明了他的觀點：雖然他並不否認詩文的寫作應有學力在其中，但從構思的角度看，則全憑天分。再看他的這樣幾段論述：

詩不成於人，而成於其人之天。其人之天有詩，脫口能吟；其人之天無詩，雖吟而不如其無吟。同一石，獨取泗濱之磬；同一銅，獨取商山之鐘。無他，其物之天殊也。舜之庭，獨皋陶賡歌；孔之門，獨子夏、子貢可與言詩。無他，其人之天殊也。劉賓客亦云：天之所

1 沈德潛：《說詩晬語》，人民文學出版社1979年版，第209頁。

2 袁枚：《隨園詩話》，人民文學出版社1960年版，第526頁。

與，有物來相。彼由學而至者，如工人染夏以視羽畎，有生死之殊矣。(《何南園詩序》)

今夫越女之論劍術曰：「妾非受於人也，而忽自有之。」夫自有之者，非人與之，天與之也。天之所與，豈獨越女哉！以射與羿，弈與秋，聰與師曠，巧與公輸，勇與賁、育，美與西施、宋朝。之數人者，俱不能自言其所以異於眾也。而眾之人，方且彎弓，鬥棋，審音，習斤，學手搏，施朱粉，窮日夜追之，終不能克肖此數人於萬一者，何也？云松之於詩，目之所寓即書矣，心之所之即錄矣，筆舌之所到即奮矣，稗史方言，龜經鼠序之所載，即闌入矣。……(《趙雲松甌北集序》)

袁枚最為重視的是先天的才能，「不成於人」的「人」，是指人為的努力；而「其人之天」，是指天賦之才。這種才能好像天賜神授，忽然得之，如同羿之於射，秋之於弈，師曠之聰，公輸之巧等，都來自天然，而非人力所可達到。他這裡稱讚趙翼的詩也是如此，即目即心，便成佳構，是「天與之才」的例子。袁枚也並非全然摒棄學力，他只是以為與天賦才能相比時，學力是次要的、輔助性的。認為藝術創作的「神思」可由學養而致。持這種認識的學者是很多的。有的論者一方面重視天生的才稟性情，一方面又非常看重後天的學習修養，陸機、劉勰都是如此。陸機在《文賦》中所說的：「詠世德之駿烈，誦先人之清芬。游文章之林府，嘉麗藻之彬彬。慨投篇而援筆，聊宣之乎斯文。」就是指出作為創作的契機的學養因素。「世德」，指先世的德行，《詩經》有云：「王配於京，世德作求。」、「清芬」，清美芬芳，指情操高潔。這裡都可引申為前代的經典遺產。而「游文章之林府，嘉麗藻之彬彬」，正是對眾多文章的廣泛學習、濡染，通過這種學習，使自己的藝術表現能力呈現出彬彬之美。劉勰在〈神思〉篇中談到「陶鈞文思」時，除「貴在虛靜，疏瀹五藏，澡雪精神」的審美態度之外，接著便強調「積學以儲寶，酌理以富才，研閱以窮照」的主體條件。劉勰認為，發而為「神思」的主體修養，首先是通過讀書積累自己的學識，然後是辨明事理以豐富自己的才華，再就是參酌自己的人生閱歷來獲得對事物的徹底洞察。「積學」對於「神思」是非常重要的。宋代著名詩論家嚴羽以「妙悟」論詩，提出了有名的「詩有別材，非關書也；詩有別趣，非關理也」之說，給人的印象似乎是詩與學力對立起來的；其實嚴羽並不排斥讀書、窮理，恰恰是非常提倡通過「熟讀」、「熟參」來奠定深厚的基礎，為詩人在創作構思時的「妙悟」提供豐富的內涵。嚴羽在《滄浪詩話》〈詩辨〉中說：

見過於師，僅堪傳授；見與師齊，減師半德也。工夫須從上做下，不可從下做上。先須熟讀楚詞，朝夕諷詠以為之本，及讀《古詩十九首》，樂府四篇，李陵蘇武漢魏五言皆須熟讀，即以李杜二集枕藉觀之，如今人之治經，然後博取盛唐各家，醞釀胸中，久之自然悟入。雖學之不至，亦不失正路，此乃是從頂顊上做來，謂之向上一路，謂之直截根源，謂之頓門，謂之單刀直入也。

試取漢魏之詩而熟參之，次取晉宋之詩而熟參之，次取南北朝之詩而熟參之，次取沈宋王楊盧駱陳拾遺之詩而熟參之，次取開元天寶諸家之詩而熟參之，次取李杜二公之詩而熟參之，又取大曆十才子之詩而熟參之，又取元和之詩而熟參之，又盡取晚唐諸家之詩而熟參之，又取本朝蘇黃以下諸家之詩而熟參之，其真是非自有不能隱者。

無論是「熟讀」還是「熟參」，都是讀書積學，通過大量的閱讀，並且參酌比較，作為「妙悟」的基礎。這些「熟讀」、「熟參」之書，內化為詩人的詩材，成為啟動詩人「妙悟」的資本。清代詩論家薛雪主張詩人：「既有胸襟，必取材於古人。原本於《三百篇》、楚騷，浸淫於漢、魏、六朝、唐、宋諸大家，皆能會其旨歸，得其神理；以是為詩，正不傷庸，奇不傷怪，麗不傷浮，博不傷僻，決無剽竊吞剝之病矣。」（《一瓢詩話》）在他看來，詩人的創作，除了「胸襟」而外，還必須從古人的大量詩篇典籍中獲得滋養，而且融會貫通為詩人創作中的「神理」。薛雪認為「取材於古人」、積之以學，最終是要在詩人的頭腦中以創作「旨歸」作為匯流的核心，化為「神理」，而不再是零散的知識、學問。

第三節 「才識膽力」之說

對於詩人的主體條件論述得最為系統、最為全面的是清代詩論家葉燮。葉氏在其詩論名著《原詩》中，對於詩歌創作的藝術思維和主客體因素，都作了系統而深入的闡述。關於詩歌創作的藝術思維，葉燮談到：「詩之至處，妙在含蓄無垠，思致微渺，其寄託在可言不可言之間，其指歸在可解不可解之會，言在此而意在彼，泯端倪而離形象，絕議論而窮思維，引人於冥漠恍惚之境，所以為至也。」（《原詩》〈內篇下〉）「要之，作詩者，實寫理、事、情，可以言言，可以解解，即為俗儒之作。唯不可名言之理，不可施見之事，不可徑達之情，則幽渺以為理，想像以為事，惝恍以為情，方為理至、事至、情至之語。」（《原詩》〈內篇下〉）

葉燮在這裡獨到而深刻地分析了詩歌創作中的藝術思維的特徵，

指出了詩歌創作所表現的「理」是「不可名言之理」，即不是邏輯思維方式的理念，而是「幽渺以為理」，即通過審美形象加以表現；藝術所表現的「事」，也不是「施見之事」，而是「想像以為事」，想像在詩歌創作的藝術思維中是至關重要的角色。葉燮還這樣論述詩歌創作中的「神思」的特徵：「可言之理，人人能言之，又安在詩人之言之！可征之事，人人能述之，又安在詩人之述之！必有不可言之理，不可述之事，遇之於默會意象之表，而理與事無不粲然於前者也。」（《原詩》〈內篇下〉）這裡都很好地描述了藝術思維的心理特點：「即藝術對於『不可言之理，不可述之事』的表現，首先是通過審美感知（「仰觀俯察」）然後『默會意象之表』，而在『遇物觸景』中產生審美感興和靈感（「勃然而興」），最後通過藝術的方式（「旁見側出」）將藝術家頭腦中的藝術意象物化成藝術形象。這個過程也就是藝術創作的形象化過程，形象思維的過程。」[3]這其實也是「神思」的特徵的所在。

對於詩歌創作的主客體因素，葉燮提出了著名的「理、事、情」與「才、識、膽、力」這兩組互相連繫的範疇。關於詩歌創作的客體，葉氏以「理、事、情」三者概括之，他說：

曰理、曰事、曰情三語，大而乾坤以之定位，日月以之運行，以至一草一木一飛一走，三者缺一則不成物。文章者，所以表天地萬物之情狀也。然具是三者，又有總而持之，條而貫之者，曰氣。事、理、情之所為用，氣為之用也。譬之一木一草，其能發生者，理也；其既發生，則事也；既發生之後，夭矯滋植，情狀萬千，成有自得之趣，則情也。苟無氣以行之，能若是乎？……吾故曰：三者藉氣而行

3　劉偉林：《中國文藝心理學史》，三環出版社1989年版，第323頁。

者也。得是三者，而氣鼓行於其間，絪縕磅礴，隨其自然所至即為法，此天地萬象之至文也。(《原詩》〈內篇下〉)

葉氏的「理、事、情」，是關於詩歌創作的審美觀照的客體的高度概括。「理」即客觀事物運動的規律；「事」，就是客觀事物運動的過程；「情」，即是客觀事物運動的感性狀態。而在此之外，葉燮還以「氣」作為聯結、運化三者的一個重要範疇。這是中國哲學史上從王充到王廷相這樣一條「氣——元」論的思想傳統對葉氏的影響。

在詩歌創作的主體方面，葉燮提出了「才、識、膽、力」的綜合性要求，認為只有以主體的「才識膽力」和客體的「理事情」相結合，才能創造出優秀的作品。《原詩》〈內篇下〉中說：

曰理、曰事、曰情，此三者足以窮盡萬有之變態，凡形形色色，音聲狀貌，舉不能越乎此。此舉在物者而為言，而無一物之或能去此者也。曰才、曰膽、曰識、曰力，此四言者所以窮盡此心之神明。凡形形色色，音聲狀貌，無不待於此而為之發宣昭著。此舉在我者而為言，而無一不如此心以出之者也。以在我者四，衡在物之三，合而為作者之文章。大之經緯天地，細而一動一植，詠歎謳吟，俱不能離是而為言者矣。

葉燮認為，在客體方面，「理、事、情」，足以包羅萬有，將萬事萬物的本質與現象都揭示無遺；而在主體方面，則須是「才、識、膽、力」四者皆備，合而為完整的主體世界，並以此四者把握客體方面的「理、事、情」，「以在我者之四，衡在物者之三，合而為作者之文章」，強調了藝術創作中主體的能動的、創造性的作用。在以往的詩論中，從未有人這樣全面而較為科學地分析審美主體方面的能力結構。「才」即才華，在此四者中，「才」是先天的因素最多的；「識」是見識，指主體的理性洞察能力；「膽」即膽氣，指創造的勇氣；「力」即功力，指創作時藝術表現的能力。這四者交相作用，成為一個詩人或藝術家的整體的審美創造能力結構。「大凡人無才則心思不出，無膽則筆墨畏縮，無識則不能取捨，無力則不能自成一家。」（《原詩》〈內篇下〉）這四種要素是不可偏廢的。「才識膽力」交相為用，形成一個整體的創造性心理結構。在這四者之間，「識」是核心的、關鍵的因素。葉燮認為：

大約才、識、膽、力，四者交相為濟。苟一有所歉，則不可登作者之壇。四者無緩急，而要在先之以識；使無識，則三者俱無所托。無識而有膽，則為妄、為鹵莽、為無知，其言背理、叛道，蔑如也。無識而有才，雖議論縱橫，思致揮霍，而是非淆亂，黑白顛倒，才反為累矣。無識而有力，則堅僻、妄誕之辭，足以誤人而惑世，為害甚烈。若在騷壇，均為風雅之罪人。惟有識，則能知所從、知所奮、知所決，而後才與膽力，皆確然有以自信；舉世非之，舉世譽之，而不能為其所搖。安有隨人之是非以為是非者哉！（《原詩》〈內篇下〉）

在葉燮看來，「才、膽、力」都要以「識」為其核心。作家如果缺乏「識」，就不可能正確地發揮自己的「才」，而會黑白顛倒、是非混淆；無識而有膽，則會流入魯莽、無知，所言便會悖理叛道；沒有識，力也就無所附著。故而，「識」對於一個詩人、藝術家來説，是非常重要的。葉燮説：

惟有識則是非明，是非明則取捨定。不但不隨世人腳跟，並亦不隨古人腳跟。非薄古人為不足學也，蓋天地有自然之文章，隨我之所觸而發宣之，必有克肖其自然者，為至文以立極。我之命意發言自當求其至極者。……惟如是，我之命意發言，一一皆從識見中流布。識明則膽張，任其發宣而無所於怯，橫說豎說，左宜而右有，直造化在手，無有一之不肖乎物也。……無識故無膽，使筆墨不能自由，是為操觚家之苦趣，不可不察也。（《原詩》〈內篇下〉）

這裡既強調了「膽」的重要性，又認為「膽」要依賴於「識」。「識明則膽張」。所謂「膽」，可以說就是自由創造的勇氣。膽不意味著主觀的任性，而是要在「識」的指導下發揮作用的。

葉燮認為，「才」也要依賴於「識」，才是「識」的表現。他說：

其歉乎天者，才見不足，人皆曰才之歉也，不可勉強也。不知有識以居乎才之先，識為體而才為用，若不足於才，當先研精推求乎其識。人惟中藏無識，則理、事、情錯陳於前，而渾然茫然，是非可否，妍媸黑白，悉眩惑而不能辨，安望其敷而出之為才乎？文章之能事，實始乎此。（《原詩》〈內篇下〉）

一個詩人，如果心中無「識」，就不可能真實地反映客觀的「理、事、情」，也就談不上有「才」。而所謂「才」，即是對「理、事、情」的創造性反映的能力。葉燮說：

夫於人之所不能知，而惟我有「才」能知之，於人之所不能言，而惟我有「才」能言之，縱其心思之氤氳磅礴，上下縱橫，凡六合以

內外，皆不得而囿之。以是措而為文辭，而至「理」存焉，萬「事」准焉，深「情」托焉，是之謂有「才」。（《原詩》〈內篇下〉）

「才」是「識」的外顯，沒有「才」，「識」是無以表現的。葉燮以「才、識、膽、力」來概括詩人的創造力，他不是把「才」孤立起來討論，而是把「才、識、膽、力」作為詩人的綜合能力結構，這在以前的文論著作中是未曾有過的。

葉燮還提出詩人的「胸襟」之說，這是關於創作論述主體因素的重要概念。詩的「神思」，是與作者的「胸襟」分不開的。那麼，什麼是詩人的「胸襟」呢？葉燮作了如下的闡述：

我謂作詩者，亦必先有詩之基焉。詩之基，其人之胸襟是也。有胸襟，然後能載其性情、智慧、聰明、才辨以出，隨遇發生，隨生即盛。千古詩人推杜甫。其詩隨所遇之人之境之事之物，無處不發其思君王、憂禍亂、悲時日、念友朋、弔古人、懷遠道，凡歡愉、幽愁、離合、今昔之感，一一觸類而起，因遇得題，因題達情，因情敷句，皆因甫有其胸襟以為基。如星宿之海，萬源從出；如鑽燧之火，無處不發；如肥土沃壤，時雨一過，夭矯百物，隨類而興，生意個別，而無不具足。即如甫集中《樂遊園》七古一篇：時甫年才三十餘，當開寶盛時；使今人為此，必鋪陳揚頌，藻麗雕繢，無所不極；身在少年場中，功名事業，來日未苦短也，何有乎身世之感？乃甫此詩，前半即景事無多排場，忽轉「年年人醉」一段，悲白髮，荷皇天，而終之以「獨立蒼茫」，此其胸襟之所寄託何如也！余又嘗謂晉王羲之獨以法書立極，非文辭作手也。《蘭亭》之集，時貴名流畢會，使時手為序，必極力鋪寫，諛美萬端，決無一語稍涉荒涼者。而羲之此序，寥寥數語，托意於仰觀俯察，宇宙萬匯，系之感憶，而極於死生之痛。則羲之之胸襟，又何如也！由是言之，有是胸襟以為基，而後可以為詩文。不然，雖日誦萬言，吟千首，浮響膚辭，不從中出，如剪采之花，根蒂既無，生意自絕，何異乎憑虛而作室也！（《原詩》〈內篇下〉）

葉燮認為，對於詩歌創作來說，詩人的「胸襟」是詩的「神思」的基礎。胸襟並非一般指思想情感，而是詩人的胸懷、世界觀、人格的整體性概括。一個一流的詩人，一定是有著博大、高遠、仁厚胸襟的人。有了這樣的胸襟，性情、智慧、聰明、才辨，才能更好地表現出來，在外物的遇合之下，「隨遇發生，隨生即盛」。葉氏先舉杜甫為例。杜甫因為有了博大仁厚的胸襟，無處不發為「思君王、憂禍亂、悲時日、念友朋、弔古人、懷遠道」的詩思，這種胸襟如同詩的肥土沃壤，一有外在的契機，馬上便發而為詩，格調自高。葉燮又舉王羲之的《蘭亭集序》為例。如果是當時的一般作家來寫，必然極力鋪寫，萬般諛美，而王羲之寫作此序，卻以仰觀俯察的高遠視角，將「宇宙萬匯」納於「感憶」，表現了博大深邃的歷史感與宇宙感。而這正是由王羲之的胸襟決定的。胸襟，是產生詩的「神思」的主體基因。葉燮評陶詩說：「陶潛胸次浩然，吐棄人間一切，故其詩俱不從人間得。詩家之方外，別有三昧也。」（《原詩》〈外篇下〉）所謂「胸次」也是「胸襟」之意。至於葉氏弟子、清代詩論家薛雪在《一瓢詩話》中所說「作詩必先有詩之基，基即人之胸襟是也。有胸襟然後能載其性情智慧，隨遇發生，隨生即盛」，則全然是對師訓的複述而已。

中國古代的文論家，重視藝術創作的審美感興，在中國的傳統詩論、畫論中，談及感物而興發藝術靈思的論述非常之多，而且，它與西方的「天才」論、「靈感」論有很大的不同，不是把它神祕化，而是客觀地解釋了感興的發生原因，即「物感」說。但是，僅止於此，大概很難說明外物對人的感發機遇是無處不在的，但為什麼有的人卻可以成為傑出的詩人、畫家，而更多的人卻不能？主體因素的探究，對於藝術思維的研究來說是不可缺少的。藝術靈感並不會隨意地光顧某一個人，而應是光顧那些孜孜不倦地追求藝術的藝術家們。一個藝術家的成就或大或小，更多地是取決於主體的努力。平心而論，中國古代的美學資料中，在主體因素的研究方面，還是比較薄弱，也較為空疏的。而其中劉勰、葉燮等人的論述，是頗為全面而理性化的。

第十章

「神思」與藝術表現及審美形式

「神思」作為作家、藝術家的藝術創作思維，無論如何活躍、如何充滿靈性，最終要形成作品的文本，是離不開藝術家以相應的藝術語言進行表現與傳達的。如果沒有成功的藝術表現，也很難成為好的藝術作品。尤其是作為語言藝術的文學創作，更是要以其完整的、獨立的審美形式來存在和傳播的。作品的審美形式，在很大程度上決定了它的藝術價值及在時空中的獨特存在樣式，因而，也就包蘊著作品的生命力。創作的「神思」，是創作出藝術精品的基礎，但決非全部。藝術創作思維與藝術表現之間還是不能等同的，其間有著非常密切的連繫，卻又不能混為一談。從這個意義上說，克羅齊的「直覺即表現」的說法雖然說是突出了藝術創作思維中的直覺的作用，但卻並非是客觀的。克羅齊曾這樣說：「我們已經坦白地把直覺的（即表現的）知識和審美（即藝術的）事實看成統一，用藝術作品做直覺的知識的實例，把直覺的特性都付與藝術作品，也把藝術作品的特性都付與直覺。」[1]這種直接把直覺與藝術表現等同起來的做法，不能不是相當偏頗的。在這個問題上，我們更為認同於黑格爾的有關論述。黑格爾認為：「詩人的想像和一切其他藝術家的創作方式的區別既然在於詩人必須把他的意象（腹稿）體現於文字而且用語言傳達出去。所以他的任務就在於一開始就要使他心中觀念恰好能用語言所提供的手段傳達出去。一般說來，只有在觀念已實際體現於語文的時候，詩才真正成其為詩。」[2]而從我國古代美學中的「神思」論來看，則將藝術家、作家的「神思」與藝術表現問題密切連繫在一起進行研究。《文賦》與《文心雕龍》中的相關論述是非常具體而深刻的。

第一節　陸機論創作中的「神思」與語言的藝術表現

陸機在《文賦》中最早全面地描述了藝術構思的靈感過程，《文賦》中「若夫應感之會」這段名言，在對以靈感為代表的藝術創作思維的揭示上，是非常經典而且十分切中肯綮的。但陸機不是單純地論述藝術構思，而是把它和適當的語言表現緊緊結合起來進行探索。陸機《文賦》的序雖則不長，卻是相當值得重視的，序云：

余每觀才士之所作，竊有以得其用心。夫其放言遣辭，良多變矣。妍蚩好惡，可得而言。每自屬文，尤見其情。恆患意不稱物，文不逮意。蓋非知之難，能之難也。故作《文賦》以述先士之盛藻，因

1　克羅齊：《美學原理　美學綱要》，外國文學出版社1983年版，第19頁。

2　黑格爾：《美學》第三卷下冊，商務印書館1981年版，第63頁。

論作文之利害所由，他日殆可謂曲盡其妙。至於操斧伐柯，雖取則不遠；若夫隨手之變，良難以辭逮。蓋所能言者，具於此云爾。

《文賦》的這篇不長的序文，說明了寫作《文賦》的動機，同時，提出了重要的理論問題。尤其是陸機在序中著重提到的「物」、「意」、「文」三者之間的關係，更是魏晉南北朝時期一個有著深刻背景的重要問題。「物」指客觀事物；「意」指作家藝術思維的內容，是與「神思」有著大部分重合的概念；「文」，指語言形式，尤其是文學作品的語言表現。這三者之間有著非常密切的關係，卻又很難完全相稱。可以說，陸機創作《文賦》在很大程度上就是試圖解決「物」、「意」、「文」三者的矛盾問題。

「言」、「意」之辨，是魏晉時期玄學的極為重要的命題。從哲學史的角度看，「言」、「意」之辨並非僅是語言與思想的關係問題，而在某種意義上是玄學的本體論。著名的哲學史家、國學大師湯用彤先生指出：

夫玄學者，謂玄遠之學。學貴玄遠，則略於具體事物而究心抽象原理。論天道則不拘於構成質料（Cosmology），而進探本體存在（Ontology）。論人事則輕忽有形之粗跡，而專期神理之妙用。夫具體之跡象，可道者也，有言有名者也。抽象之本體，無名絕言而以意會者也。跡象本體之分，由於言意之辨。依言意之辨，普遍推之，而使之為一切論理之準量，則實為玄學家所發現之新眼光新方法。王弼首唱得意忘言，雖以解《易》，然實則無論天道人事之任何方面，悉以之為權衡，故能建樹有系統之玄學。……由此言之，則玄學統系之建立，有賴於言意之辨。[3]

可見「言」、「意」之辨在魏晉玄學中的地位之重要。劉勰在論「神思」時，也深受王弼玄學關於「言」、「意」關係之說的啟示。所不同的是，劉勰更為重視「言」的作用。陸機在劉勰之前，但他把「物」、「意」、「文」三者的關係提煉成一組帶有重要的美學價值的命題，這是具有開拓之功的。在這組命題中，「物」是審美客體，同時也是文學創作的摹寫對象。在陸機的文論中，「意」是以是否能夠符合「物」的特徵為標準的。在筆者看來，這是一種「體物」的美學思想。陸機在序文中所闡述的重心，並不在於作者如何進行自我表現，抒寫個人情感，而在於如何準確地摹寫「物」的形態。《文賦》在論述創作過程時，是以「物」為其焦點的。「遵四時以嘆逝，瞻萬物而思紛」，是說作者看到萬物變遷而興發創作激情；「情曈矓而彌鮮，物昭晰而互進」，是說外在的物像在作者的頭腦中紛至沓來；「籠天地於形內，挫萬物於筆端」，謂廣闊的天地都可以概括進藝術形象，萬物之象都可以描繪於筆端；「體有萬殊，物無一量。紛紜揮霍，形難為狀。辭程才以效伎，意司契而為匠。在有無而僶勉，當淺深而不止。雖離方而遁員，期窮形而盡相」，是說由於作者才性之不同，於是觀察事物也可有不同的角度，所以物像無一定之量。而作者對物像的描摹，是以「窮形盡相」為其目標的；「其為物也多姿，其為體也屢遷」，是說物像多姿多彩，那麼描寫它的文章體式也要隨之而變化。在《文賦》中，「物」字凡六見，所涉及的是創作過程的各個方面，但都是以能否準確地描寫物像為旨歸。

3 湯用彤：《魏晉玄學論稿》，上海古籍出版社2001年版，第23-24頁。

「物」在陸機的《文賦》中並非事物的內質，而是事物的外在樣式、形態。陸機雖未明言，但他確實又是在這種意義上來用這個概念的。「瞻萬物而思紛」、「其為物也多姿」等等，都表明了「物」是指「物像」的意思。

「意」的內涵在《文賦》中是頗為複雜的，或指作家所要表現的作品內容，其中有著客觀對像在作家頭腦中的映像，或指作家的創作思路。「意」，無疑是屬於觀念形態的，是內在於作家的思維層面的。「文」的含義相當明確，就是指文學創作中的語言表現。陸機所憂慮的是作家的「意」難以與外在的客觀物像相適合，也憂慮作品的語言形式難以表達作家的「意」。而在他的理想中，作家的「意」，應該適應於「物」；而作品的「文」，應該充分表現作家的「意」。這樣就把「物」、「意」、「文」三者之間構成了一個完整的美學命題。陸機還指出語言的藝術表現在操作層面的難度，「蓋非知之難，能之難也」，也就是說，並非作家在主觀上不想或不懂文稱意的道理，而是在具體寫作的過程中，難以達到理想的效果。

陸機在《文賦》中對創作靈感思維的描述是中國古典美學中關於靈感問題最為經典的論述。他在這段名言中突出地展現了靈感思維的瞬間性、變幻性，所謂「若夫應感之會，通塞之紀，來不可遏，去不可止，藏若景滅，行猶響起，方天機之駿利，夫何紛而不理」，把創作中的靈感狀態形容得惟妙惟肖，無以過之。這種「天機」，也就是「神思」，這在前面業已論列。那麼，這種靈感的瞬間變化，其發生原因何在呢？陸機從他的美學觀念出發，已經從某種意義上做出了回答。外物的充滿生命感的變化，是作家的靈感思維的動因之一。陸機把「物」作為創作的始因，但在他的意識中，與作家詩人的感興相關聯的「物」，不是靜態的、呆滯的，而是時刻都在變化著的，充滿生命感和動感的。「意」的巧妙而多變，「文」的表達難度，都起因於「物」的生生不息、千變萬化。「物」的這種變化性，生發於以「氣」為原質的宇宙生命創化。「佇中區以玄覽」，是頗有深意的。「中區」即宇宙天地之間；「玄覽」，出於《老子》所云之「滌除玄覽」。「玄」是幽深之意。河上公注曰：「心居玄冥之處，覽知萬事，故謂之玄覽也。」[4]久立於宇宙天地之間，以虛靜之心覽知萬物萬事。「遵四時以嘆逝，瞻萬物而思紛。悲落葉於勁秋，喜柔條於芳春。」這也就是陸機所謂的「物」，主要是因了宇宙之氣的生命創化所帶來的物像之變。

在《文賦》中，文思之變與物像之變以至語言表述的變幻出新，是緊密連繫、三位一體的。「情曈曨而彌鮮，物昭晣而互進」是物像的聯翩而至，作家的文思以物像為內容，異常活躍。陸機說：「傾群言之瀝液，漱六藝之芳潤。浮天淵以安流，濯下泉而潛浸。於是沉辭佛悅，若游魚銜鉤而出重淵之深；浮藻聯翩，若翰鳥纓繳而墜曾云之峻。」這些以優美的辭語加以描述的是，以語言表達為其外殼的文思，汲納經史百家，涵詠六藝精華，或如飄逸於雲間，或似沉潛於下泉，變幻多端，曲折盡致。李善注云：「言思慮之至，無處不至。故上至天淵於安流之中，下至下泉於潛浸之所。」（《文選注》卷十七）由此，陸機又談到辭語的表達，有時沉滯，有時「浮藻聯翩」。物像的變化是文思變化的原因，而以言辭細緻貼切地傳達這種變化，是頗有難度的，正如序中所說的：「若夫隨手之變，良難以詞逮。」而一旦成功地表現了這種荷載著物像之變的文思，那麼，就會創作出前一刻能而後一刻不能的個性鮮明的美好篇章。「謝朝華於已披，啟夕秀於未振。」張銑注這兩句說：「朝華已披，謂古人已用之意，謝而去之。夕秀未

4 《老子道德經河上公章句》卷一〈能為〉第十，中華書局1993年版。

振，謂古人未述之旨，開而用之。」（《六臣注文選》）作家所創作的這種境界，是獨一無二的。

陸機《文賦》又談了文學創作中為表現文思之變而精心地遣詞造句。他說：「然後選義按部，考辭就班。抱景者咸叩，懷響者畢彈，或因枝而振葉，或沿波而討源。或本隱以之顯，或求易而得難。」陸機認為，辭語的選擇運用，必須按文思的需要而作。「抱景」，指構思中的形象。呂延濟註：「謂物有抱光景者，必以思叩觸之而求文理。物有懷響者，必以思彈擊之以發文意。」（《六臣注文選》）「虎變而獸擾，龍見而鳥瀾」，比喻結構章節、遣詞命意，變化多端。

陸機還將物像的多姿多彩與文體的多樣化深刻地連繫在一起。《文賦》中說：「體有萬殊，物無一量。紛紜揮霍，形難為狀。辭程才以效伎，意司契而為匠。在有無而僶勉，當淺深而不讓。雖離方而遁員，期窮形而盡相。」客觀事物是千變萬化的，文學之體也是千差萬別的，以千差萬別之文體，來把握千變萬化之物像，是難度很大的。但作家應該充分發揮自己的才能，以最適合的文體來準確地傳情達意。具體的和抽象的文辭都應努力斟酌，立意或淺或深都要依據表達文思的需要而定。而在語言表現方面，陸機主張窮盡物像之形體，把事物描繪得全面細緻。這是對詩文語言描寫的要求。

對於詩文創作中的文思，陸機在《文賦》中主張「尚巧」，對於表現文思的辭語，陸機力倡美好綺靡。他說：「其為物也多姿，其為體也屢遷。其會意也尚巧，其遣言也貴妍。曁音聲之迭代，若五色之相宣。雖逝止之無常，固崎錡而難便。苟達變而識次，猶開流以納泉。」物像的多變，要求著文體多方轉換。而文思立意以巧為尚，遣詞則以妍麗綺美為佳。這樣方可充分表達作者的藝術感受。陸機又從音律的角度提出聲韻的疊合交替，應如五色相宣的織錦一般。這些都是為了適應物像之變、文思之巧而提出的語言表現原則。

為了將文思表達得鮮明卓異，陸機主張在語言表現上創造出警策之語，作為詩文的「高光點」，他在《文賦》中說：「或文繁理富，而意不指適，極無兩致，盡不可益。立片言而居要，乃一篇之警策。雖眾辭之有條，必待茲而效績。」著意在詩文中創造出警策之「片言」，會使整個的文思表現得十分暢達而突出。其他的辭語，也都因了這裡的警策之語而生出更佳的效果。陸機在《文賦》中全面地論述了「物」、「意」、「文」三者之間的關係，揭示了物像充滿生命力的變化對文思的影響，同時非常注重語言表現在傳達作家文思中的審美功能。從物像到文思，再由文思到語言表現，形成了一個完整的序列，也可以視為一個重要的美學命題。而陸機在《文賦》中貫穿其間的一個核心的觀念就是「變」。從「物」到「意」再到「文」，都是因「變」而生發出「會意尚巧，遣言貴妍」的要求的。

第二節　劉勰論「神思」的藝術表現與審美形式

《文心雕龍》中的名篇〈神思〉，是「神思」論的最為經典的篇章，也是劉勰創作論的總綱。〈神思〉篇中不僅深刻地論述了藝術創作思維的特徵，而且揭示了「神思」與語言表達的密切關聯。劉勰高度重視藝術傳達的意義，把它與「意象」的物化連繫在一起。他說：「神居胸臆，而志氣統其關鍵；物沿耳目，而辭令管其樞機。樞機方通，則物無隱貌；關鍵將塞，則神有遁心。」這裡指出，「物像」進入作者的耳目之中，成為「神思」的內容，而恰是以「辭令」為其外殼的。「辭令」作為符號表徵著物像，成為運思的關鍵。這些表徵物像的辭語運用得好，那麼，物像的微妙之處都可被表現出來。「然後使玄解之宰，尋聲律而定墨；獨照之匠，窺意象而運斤。」這段非常有名的話，除了提出「意象」這個審美範疇的首功外，還在於劉勰一開始就指出內心的意象必須通過聲律成為確定的藝術形象。「運斤」用《莊子》〈徐無鬼〉中「郢人運斤」的典故，指以高度精妙的技巧來表現意象。「神思方運，萬涂競萌；規矩虛位，刻鏤無形」，都是說通過語言表現使抽象無形的內在意象變成確定而有形的藝術形象。劉勰還深刻指出文本與作者內在意象之間的矛盾性，他說：「方其搦翰，氣倍辭前；暨乎篇成，半折心始。」意謂：當作者剛下筆欲寫的時候，激情滿懷，氣勢旺盛，預想得十分美好；而待作品寫成之後，也許比開始所想的要打個對折。這種情形，在文學創作中是一種客觀的存在，但卻是劉勰首先把它揭示出來的。其原因何在？劉勰解釋說：「何則？意翻空而易奇，言征實而難巧也。」劉勰把玄學中的「言」、「意」之辨的論題引入對文學創作思維規律的探討，中肯地揭示了其間的原因。「言」、「意」之辨中有「言不盡意」的著名命題，劉勰這裡的解釋是與此有內在連繫的，但更是從文學創作的實踐出發所得出的結論。在劉勰看來，「意」作為構思中的內容，是屬於觀念形態的，是尚未物化的，在作者的頭腦中非常自由，易於翻空出奇，而文辭表達是將作者之意落到實處，將心中的那些活躍而虛幻的意象精妙而自如地傳達出來，殊非易事。劉勰接著說：「是以意授於思，言授於意；密則無際，疏則千里。或理在方寸，而求之域表；或義在咫尺，而思隔山河。」這段話仍然有著豐富的理論內涵。「思」、「意」、「言」三者中，「思」為開端，「言」為終端。「思」即「神思」，是由作者的審美感興發端的創作運思過程，而「意」，則是由「思」而生的意蘊內容，「思」和「意」的區分是頗為重要的。「意」由「思」而生，而「言」又生於「意」，那麼，「言」與「思」之間就有了一種間隔。如果有很高的語言表現才華，可以沒有間際地傳達作者的神思；反之，則會有較大出入。有時某些道理就在自己心中，卻反而到天涯去搜求；有時某些意思本來就在眼前，卻又像隔著山河似的，其原因就在於語言的貧弱笨拙。

劉勰一方面十分重視言辭的錘煉昇華，另一方面又指出一些微妙之意難以用語言傳達。而那些「言外之意」、「弦外之音」的表現，恰恰需要以精妙的語言作為契機。劉勰在〈神思〉篇中以「視佈於麻，雖云未費；杼軸獻功，煥然乃珍」來比喻語言表現要經過高度的提煉與昇華。「杼軸」，是織機，這裡用作動詞，意指加工。黃侃釋「杼軸獻功」說：「此言文貴修飾潤色。拙辭孕巧義，修飾則巧義顯；庸事萌新意，潤色則新意出。」[5]劉勰以布和麻的關係為喻：布比麻未必有多麼貴重，但從麻經過「杼軸之功」，織出布來，就顯得煥然光彩，令人珍視了。劉勰〈神思〉篇還從寫作技巧層面談到：「至於思表纖旨，文外曲致；言所不追，筆固知止。至精而後闡其妙，至變而後通其數。伊摯不能言鼎，輪扁不能語斤，其微矣乎！」有些為思考所不及的細微意義，或者是為文辭所難表達的曲折情致，不必一一都要用語言表示出來。

針對文學創作的內在「神思」而言，劉勰非常重視以美好的外在形式來恰當地加以表現。他不贊成「繁采寡情」、「為文造情」，但卻以前所未有的高度來論述了「文」的地位，也即與作家的文思相適應的審美形式。這一點，與陸機的「詩緣情而綺靡」是如出一轍的，而他在《文心雕龍》的許多篇章中予以充分的闡述。

「形式」這個範疇，在中國古典美學中本是不存在的，是從西方哲學、美學中引進的。中國古代美學中與之相近的「形」的範疇，其實

5　黃侃：《文心雕龍札記》，上海古籍出版社2000年版，第95頁。

從內涵到外延都與「形式」有很大出入，倒是劉勰美學思想中的「文」、「采」，非常接近「形式」這個美學範疇所具有的意義。劉勰十分重視「文」、「采」作為文學作品的存在形式的價值，但又不是片面強調它，而是把「文」與「道」、「情」與「采」的關係視為「體用一如」。

劉勰在《文心雕龍》的首篇〈原道〉中就對「文」作了本體論的界定，且是在「文」與「道」關係的框架中來論述的。劉勰云：

文之為德也大矣，與天地並生者何哉？夫玄黃色雜，方圓體分，日月疊壁，以垂麗天之象；山川煥綺，以鋪理地之形：此蓋道之文也。仰觀吐曜，俯察含章，高卑定位，故兩儀既生矣；惟人參之，性靈所鍾，是為三才。為五行之秀，實天地之心。心生而言立，言立而文明，自然之道也。傍及萬品，動植皆文；龍鳳以藻繪呈瑞，虎豹以炳蔚凝姿；雲霞雕色，有逾畫工之妙；草木賁華，無待錦匠之奇。夫豈外飾，蓋自然耳。至於林籟結響，調如竽瑟；泉石激韻，和若球鍠；故形立則章成矣，聲發則文生矣。夫以無識之物，郁然有彩，有心之器，其無文歟！

這裡深入論述了「文」的重要價值。「文之為德」是與「道」相對而言的。很明顯，這個「道」，並非儒家道統之「道」，而是在道家學說框架中的宇宙本體之「道」。在道家思想體系裡，「道」是派生宇宙萬物的本體，《老子》〈二十五章〉云：「有物混成，先天地生，寂兮寥兮，獨立不改，周行而不殆，可以為天下母。吾不知其名，字之曰道。」這裡揭示道體的規定性為：「道」先天地生，是天地的母體，「道」是獨立而不依附於任何其他事物的宇宙本體，是一種絕對的存在。《老子》〈四章〉又云：「道沖，而用之或不盈。淵兮似萬物之宗。」認為它是創造萬物的母體。「德」是與「道」相對應的，「道」為派生萬物的宇宙本體，而「德」是「道」的表現與外顯。《老子》〈五十一章〉云：「故道生之，德畜之，長之育之，亭之毒之，養之覆之。」對此，著名玄學家王弼闡釋云：「道者，物之所由也；德者，物之所得也。」[6] 意思是，「道」是事物所生的根本，「德」則是「道」的分有。「道」和「德」，是體用一如的關係。「文之為德」，正是作為「道」的外顯。在〈原道〉篇中，「文」分為三：「天文」、「地文」、「人文」。「日月疊璧」，是「天文」；「山川煥綺」，是「地文」。而「人文」與「天文」、「地文」相比，則是更為重要、更為核心的。「人文」，主要指只有人類才有的語言文字，所謂「心生而言立，言立而文明」，這才是特有的「人文」。劉勰更進一步揭示了「人文」在宇宙萬物和人類社會中的特殊意義。「人文」的出現，燭照萬物，輝麗萬有，所謂「傍及萬品，動植皆文」，正可以說由於「人文」的存在，使人們從美的形式的角度來觀察萬物。「文」的本意，有相當明顯的形式感。《說文解字》云：「文，錯畫也，象交文。」、「錯」即交錯之意，指由不同的線條交錯而成的一定可觀的視覺形象。這個意義上的「文」是很具體的。基本上是指器物上圖文的形式感。而後來「文」的概念從個體上升到較為抽象的、普遍的意義，於民先生曾這樣論述「文」的觀念的發展過程：

西週末年的史伯關於「物一無文」，即單一的色彩不成為文的提出，將「錯畫成文」的認識提到了哲學的高度。如果說「五色成文」的觀念更多地突出了五行思想的話，那麼，「物一無文」的觀念則突出

6 《老子道德經注》下篇，見《王弼集校釋》，中華書局1980年版，第137頁。

了對立面和諧的觀點。這樣，從具體之「文」到初步抽象為「錯畫成文」的觀念，又經過陰陽五行思想的提高，文的內容不僅空前深刻，也格外充實和廣闊了。它包括著聽覺的音聲相和之文、人的言聲動作的外觀之文，以及社會制度和自然現象之文。

具體器物之文的觀念，進一步擴展到人與社會以及自然，就出現了人的外觀美飾之文，社會現象之文以及自然之文。[7]

這對我們理解「文」的觀念是頗有裨益的。「文」作為與事物質素相表裡的審美形式的意義是相當明確的。劉勰認為「文」並非器物的外飾，而是自然而然的結果。「心生而言立，言立而文明，自然之道也。」以語言文字為主的「人文」使人們的關於「文」的審美觀念「傍及萬品，動植皆文」，是在人有了「文」的審美意識之後，對萬物產生的關於「文」的審美形式化的觀念。

劉勰對「人文」並非一般性的體認，而是特別楬櫫作為「人文」核心的文字（包括許多具有很強的審美價值的文學類作品）的那種金聲玉振、神采煥然的形式美感。他在〈原道〉篇中又說：

人文之元，肇自太極。幽贊神明，《易》象惟先。庖犧畫其始，仲尼翼其終。而《乾》、《坤》兩位，獨制《文言》。言之文也，天地之心哉！若乃《河圖》孕乎八卦，《洛書》韞乎九疇，玉版金鏤之實，丹文綠牒之華，誰其尸之？亦神理而已。自鳥跡代繩，文字始炳。炎皞遺事，紀在《三墳》，而年世渺邈，聲采靡追。唐虞文章，則煥乎始盛。元首載歌，既發吟詠之志；益稷陳謨，亦垂敷奏之風。夏後氏興，業

7　於民：《春秋前審美觀念的發展》，中華書局1984年版，第132-133頁。

峻鴻績，九序惟歌，勳德彌縟。逮及商周，文勝其質，〈雅〉、〈頌〉所被，英華日新。文王患憂，繇辭炳曜，符采復隱，精義堅深。重以公旦多材，振其徽烈，剬《詩》緝《頌》，斧藻群言。至夫子繼聖，獨秀前哲；熔鈞《六經》，必金聲而玉振；雕琢性情，組織辭令，木鐸啟而千里應，席珍流而萬世響。寫天地之輝光，曉生民之耳目矣。

〈原道〉篇在很大一部分論者看來，是以儒家之道為本原，劉勰是以「文」法「道」的，即用「人文」來表現儒家之道；其實，從上面的引文中不難看出，劉勰所論「原道」，是主張以「自然之道」來生發煥然而美的「人文」。劉勰在《文心雕龍》的〈征聖〉、〈宗經〉篇中所論也並非如某些學者所認為的那樣以儒家聖賢經典為準則，而是以學習其文采為旨歸。如〈征聖〉篇中說：

夫子文章，可得而聞；則聖人之情，見乎文辭矣。先王聖化，布在方冊；夫子風采，溢於格言。是以遠稱唐世，則煥乎為盛；近褒周代，則郁哉可從：此政化貴文之征也。鄭伯入陳，以文辭為功；宋置折俎，以多文舉禮：此事蹟貴文之征也。褒美子產，則云「言以足志，文以足言」；泛論君子，則云「情慾信，辭欲巧」：此修身貴文之征也。

〈宗經〉篇中說：

故文能宗經，體有六義：一則情深而不詭，二則風清而不雜，三則事信而不誕，四則義直而不回，五則體約而不蕪，六則文麗而不淫。揚子比雕玉以作器，謂《五經》之含文也。夫文以行立，行以文傳，四教所先，符采相濟。

這些論述都不難説明：劉勰之「征聖」、「宗經」其目的在於學習聖賢經典的文辭煥美雅麗，則聖賢之文的外在形式之美，又是與其充分表達性情互為表裡的。正是在這種意義上，劉勰才將「情信辭巧」作為創作的金科玉律的。

《文心雕龍》〈情采〉是一篇專論作品的審美形式的文章，有很高的理論價值。「采」正是辭采、文采，這是全文的核心。而劉勰以「情采」命篇，旨在揭示情志與辭采的密切關係。〈情采〉篇云：

聖賢書辭，總稱「文章」，非采而何？夫水性虛而淪漪結，木體實而花萼振：文附質也。虎豹無文，則鞹同犬羊；犀兕有皮，而色資丹漆：質待文也。若乃綜述性靈，敷寫器象，鏤心鳥跡之中，織辭魚網之上，其為彪炳，縟采名矣。故立文之道，其理有三：一曰形文，五色是也；二曰聲文，五音是也；三曰情文，五性是也。五色雜而成黼黻，五音比而成韶夏，五情發而為辭章，神理之數也。《孝經》垂典，喪言不文，故知君子常言，未嘗質也。老子疾偽，故稱「美言不信」；而五千精妙，則非棄美矣。莊周云「辯雕萬物」，謂藻飾也。韓非云「豔采辯說」，謂綺麗也。綺麗以豔說，藻飾以辯雕，文辭之變，於斯極矣。研味《孝》、《老》，則知文質附乎性情；詳覽《莊》、《韓》，則見華實過乎淫侈。若擇源於涇渭之流，按轡於邪正之路，亦可馭文采矣。夫鉛黛所以飾容，而盼倩生於淑姿；文采所以飾言，而辯麗本於情性。故情者，文之經；辭者，理之緯；經正而後緯成，理定而後辭暢，此立文之本源也。

昔詩人什篇，為情而造文；辭人賦頌，為文而造情。何以明其然？蓋風雅之興，志思蓄憤，而吟詠情性，以諷其上，此為情而造文也；諸子之徒，心非鬱陶，苟馳誇飾，鬻聲釣世，此為文而造情也。

故為情者要約而寫真，為文者淫麗而煩濫。而後之作者，采濫忽真，遠棄風雅，近師辭賦，故體情之制日疏，逐文之篇愈盛。故有志深軒冕，而泛詠皐壤，心纏幾務，而虛述人外。真宰弗存，翩其反矣。夫桃李不言而成蹊，有實存也；男子樹蘭而不芳，無其情也。夫以草木之微，依情待實，況乎文章，述志為本，言與志反，文豈足征？

是以聯辭結采，將欲明經。采濫辭詭，則心理愈翳。固知翠綸桂餌，反所以失魚，「言隱榮華」，殆謂此也。是以「衣錦褧衣」，惡文太章；《賁》象窮白，貴乎反本。夫能設謨以位理，擬地以置心，心定而後結音，理正而後摛藻，使文不滅質，博不溺心，正采耀乎朱藍，間色屏於紅紫，乃可謂雕琢其章，彬彬君子矣。

贊曰：言以文遠，誠哉斯驗。心術既形，茲華乃贍。吳錦好渝，舜英徒豔。繁采寡情，味之必厭。

對於「文」與「質」的關係，劉勰一方面認為「質」是決定著「文」的，「文」是附麗於「質」的，另一方面又強調「質」是有待於文來顯現其存在的，即所謂「文附質」和「質待文」的關係。劉勰在〈情采〉篇中的論述是具有相當深刻的辯證法的。他把情感作為文采（也可以理解為作品的審美形式）的內涵與底蘊，讚賞「為情而造文」，而不滿於「為文而造情」，對那些「心非鬱陶，苟馳誇飾」的「逐文之篇」，是持貶抑態度的。但同時，劉勰非常重視文采作為審美形式的作用。將「情」與「采」融為一個概念，這本身就有著重要的美學史意義。在這裡，「情采」並非「情」與「采」的簡單相加，而是一個完整、獨立的美學範疇。這個範疇的內涵，是大於且深於「情」和「采」的並列相加的。在劉氏看來，作品的文采，必須以情感為根基，而情感也必須通過文采得以外化、物化，也可以說是情感的審美形式化。

劉勰把「立文之道」分為「形文」、「聲文」、「情文」三類，這是前所未有的，在美學史上有著突出的貢獻。這是對文學的審美形式的形態分類。所謂「形文」，是用「五色」等色彩要素構成的文飾，「聲文」是用五音等聲音要素構成的文飾。有人根據「五色雜而成黼黻，五音比而成韶夏，五性發而為辭章」這幾句，認為「三文」分指繪畫（或禮服、刺繡等）、音樂、文學等三種藝術形態，這其實是不確的。綜觀全文來看，「三文」都是在文學創作的範疇內來談的，它們分指文學創作的表形、表聲、表情等三個方面。「形文」是借繪畫的媒質為喻，指稱文學中富於色彩描繪的形象性；「聲文」則是借音樂的媒質為喻，指稱文學創作的聲韻之美；「情文」則是指文學創作的情感類型錯綜變化而形成的機理。在《文心雕龍》中，劉勰非常重視文學文本中的繪畫式的形象美感和音樂式的音韻美感，這成為其美學思想的豐富而獨到的內涵。這裡略加引申。

劉勰在《文心雕龍》諸篇中，高揚文學創作的體物功能，倡導在作品中以繪畫式的形象描繪來強化「圖式化外觀」的顯性美感。所以經常借繪畫論述各體寫作，如他在〈詮賦〉篇中以「鋪采摛文，體物寫志」來界定賦的本體特徵，並著重論述道：「麗詞雅義，符采相勝。如組織之品朱紫，畫繪之著玄黃。文雖新而有質，色雖糅而有本，此立賦之大體也。」在該篇贊語中又說：「寫物圖貌，蔚似雕畫。」在〈定勢〉篇也說：「是以繪事圖色，文辭盡情；色糅而犬馬殊形，情交而雅俗異勢。……譬五色之錦，各以本采為地矣。」〈比興〉篇云：「至於揚、班之倫，曹、劉以下，圖狀山川，影寫雲物，莫不纖綜比義，以敷其華，驚聽回視，資此效績。」〈附會〉篇云：「夫畫者謹髮而易貌，射者儀毫而失牆，銳精細巧，必疏體統。」〈才略〉篇云：「延壽繼志，瑰穎獨標，其善圖物寫貌，豈枚乘之遺術歟！」《文心雕龍》中，諸如此類的論述時有可見，都是以畫事喻作文之道。其中貫穿的重要意旨就是高揚文學的「圖物寫貌」的功能，強化文學的形象化特徵。

文學與繪畫是一對姊妹藝術，有許多相通之處，也有許多不同的藝術規律。我們所關注的是，劉勰以畫論文，其具體的理論指向是什麼。在我看來，一是強化作品中的形象性、描繪性，使作者頭腦中的意象更具體、更鮮明地表現出來，所謂「寫物圖貌」是也；二是注重文學創作中的色彩描繪，使作品的審美形式呈現出更多的感性內容，所謂「蔚似雕畫」是也；三是通過這種有意借鑑畫理的創作，使讀者產生「陌生化」的、令人驚顫的審美感受，所謂「驚聽回視」、「瑰穎獨標」是也。這可以說是劉勰關於審美形式方面論述的非常重要的側面，旨在加強文學創作中的視覺美感。

關於「聲文」，是劉勰對於審美形式的理論所做出的更為獨特的建樹。「聲文」是從理論上揭示文學作品中審美形式的音樂性要素，也即是聽覺的美感。其具體內涵主要是指作品中的聲韻之美。從另外的角度講，「聲文」也是對中國古典美學中的意象理論的重要貢獻。在劉勰看來，對於「意象」的表現，不僅在於以文字構形，將心中的圖像傳寫出來，同時，還應以和諧悅耳的聲韻作為意象的聲音外殼。這是「意象」審美化的一個重要內容。「流連萬象之際，沉吟視聽之區」，正是指出「意象」的二維性質。劉勰十分重視聲律問題，有《聲律》專篇加以深入探討，其中有云：「凡聲有飛沉，響有雙疊，雙聲隔字而每舛，疊韻雜句而必睽；沉則響發而斷，飛則聲揚不還。並轆轤交往，逆鱗相比，迂其際會，則往蹇來連，其為疾病，亦文家之吃也。夫吃文為患，生於好詭，逐新趣異，故喉唇糾紛，將欲解結，務在剛斷。左礙而尋右，末滯而討前，則聲轉於吻，玲玲如振玉，辭靡於耳，纍纍如貫珠矣。」此處涉及許多具體的音韻學知識，我們不必細加推究，但總的意思是通過飛沉變化，雙聲疊韻的參差互用，使詩的「聲畫」和諧悅耳，給人以「玲玲如振玉」、「纍纍如貫珠」的聽覺美感。「聲文」是關於文學作品的審美形式中的重要內容，這在劉勰的美學觀念中是占有突出位置的。

陸機、劉勰這兩位魏晉南北朝時期最為重要的文學理論家，在其代表性的文學理論名著《文賦》和《文心雕龍》中對「神思」這個美學範疇，作了最為集中、最為深刻的論述，對「神思」的運思過程、審美內涵作了客觀而準確的描述，他們並非停留於這個層面，而是對「神思」的發生到「神思」的語言表現，作了精妙而獨到的闡釋。劉勰對於文學作品的審美形式的建構，也是獨具重要的理論價值的。有了關於「神思」的藝術表現與傳達的這部分內容，「神思」論才是更為完整的，更有寫作實踐方面的操作意義的。

第十一章

「神思」與審美構形

如果沒有劉勰對「神思」的全面系統的建構，「神思」是難以成為中國美學的重要審美範疇的。因此，可以認為是劉勰奠定了神思作為審美範疇的堅實基礎。關於神思的本質性內涵，或以為靈感，或以為構思，或以為藝術想像，應該說，這些都是神思內涵的重要部分，但又不是全部。在我看來，神思是一個關於藝術創作思維的核心範疇或曰主範疇、基本範疇。它可以包含狹義和廣義兩個層面：前者是指創作達於出神入化的藝術傑作的思維特徵、思維規律和心意狀態；後者則是在普遍意義上揭示了藝術創作的思維特徵、思維過程和心理狀態。它包含了審美感興、藝術構思、創作靈感、意象生成乃至於審美物化這樣的重要的藝術創造思維的要素，同時，它是對於藝術創作思維的過程的動態描述。

在前面數章中，筆者從不同的角度闡發了「神思」蘊含著的各種創作中的審美心理機制，如虛靜的審美心態，想像，偶然性的思維特徵，藝術直覺與審美理性，審美情感，等等；但還未曾將審美構形問題考慮進去。而在我的近年來的美學研究中，構形是在創作思維中非常重要的一個環節，也是藝術品在誕生之前的最後的環節。而劉勰的神思論，已將這個環節包含在內。因此，本章的主旨在於，在創作心理的層面上，溝通神思與審美構形之間的關係。

第一節　關於審美構形

審美構形是筆者近年來所研究的重要問題之一，並將構形作為人的一種重要的心理能力。本章談論這個問題，主要是將其置於藝術創作的心理層面加以考察。筆者認為，在人類的創造性活動中，構形能力是最為重要的心理能力。無論自然科學還是人文科學，在進行創造性活動時，都必須首先在頭腦中產生突破以往事物形象的新的構形。構形能力也可以視為人與其他動物相區別的基本特徵。只有人才能構形，其他動物是沒有這個能力的。馬克思的這樣一段名言特別能說明人的構形能力的作用：「最蹩腳的建築師從一開始就比最靈巧的蜜蜂高明的地方，是他在用蜂蠟建築蜂房以前，已經在自己的頭腦中把它建成了。勞動過程結束時得到的結果，在這個過程開始時就已經在勞動者的表象中存在著，即已經觀念地存在著。」[1]這就揭示了人的構形能力比動物的本能性活動所具有的創造性本質特徵。

說到文學藝術的創作，構形更是關鍵性的環節。無論哪個門類的藝術作品，如詩、戲劇、音樂、繪畫還是建築等等，必須通過物化的藝術表現，才能使藝術作品得以誕生。而只有物性的存在，才有藝術

1　《馬克思恩格斯全集》第23卷，人民出版社1965年版，第202頁。

品現實地進入人們的視野，也才能使藝術家真正地成為藝術家。這一點，海德格爾在其《藝術作品的本源》中已經有了頗為透徹的論述。意大利著名哲學家克羅齊主張「直覺即表現」，認為在心中有了直覺，就無須藝術家以媒介進行物化的表現了，這種觀點受到很多哲學家或藝術理論家的質疑與反駁。因為這並不符合藝術創作的事實。藝術作品必須是感性的存在，而感性的存在就有構形的要求。無論是造型藝術，還是如音樂、文學這樣的藝術門類，都有在藝術思維層面的構形問題，只是不同門類的構形形態各異而已。

在西方的文藝理論與美學發展中，模仿説雄踞了兩千多年，其核心的觀念在於文學藝術都是現實生活的模仿。直到浪漫主義美學觀念的興起，才對其形成巨大的衝擊。十九世紀傑出的藝術理論家阿道夫．希爾德勃蘭特提出了「構形」的思想，從另一角度對模仿理論進行了深刻的挑戰。《造型藝術中的形式問題》，是希爾德勃蘭特的代表性著作。雕塑和繪畫通常被視為模仿藝術，而希爾德勃蘭特認為，這種模仿必然會造成藝術對自然的依附關係而無法得到藝術獨立性。他在是書的第三版前言中談到：「雕塑和繪畫就其基於對自然的研究而言確實是模仿藝術。但這一點卻在某種程度上束縛了藝術家，因為由此會得出結論，當藝術家模仿時，他必須處置的形式問題直接源自他對自然的感覺。但是，如果只是這些問題而不是別的問題需要解決，或者説，如果藝術家的作品只要求注意這些方面，那麼它除了自然之外就不能獲得一種獨立性。為了獲得這種獨立性，藝術家必須把他作品的模仿作用提到更高的層面上，他實現這一目的的方法我欲稱為構形方法。」[2]希爾德勃蘭特提出「構形」方法，還是在造型藝術的範圍內，

2 阿道夫．希爾德勃蘭特：《造型藝術中的形式問題》，潘耀昌等譯，中國人民大學出版社2004年版，第19頁。

但它的宗旨是超越藝術的模仿，因為在他看來模仿束縛了藝術在自然之外的獨立性。模仿的侷限，是藝術家在處置形式問題時只能依附於對自然的感覺，而構形則是由藝術家作為主體，創構的全新的形式。雖然是在談論造型藝術的形式問題，然而，希爾德勃蘭特是將其作為藝術的首要問題加以闡述的。希氏認為構形是真正的藝術問題，也可以說是藝術本體問題。超越模仿，進入構形思維，才是進入了真正的藝術領域。因而，在筆者看來，構形不僅存在於造型藝術，而且在文學藝術創作中具有普遍性的意義。

這種構形觀念，在二十世紀傑出的思想家卡西爾這裡得到了更為深刻的回應。從符號論的觀點出發，他對機械的複寫自然，持明顯的批評態度，而認為模仿中也包含著藝術家的創造性因素。他指出：「不過應當看到，即使最徹底的模仿說也不想把藝術品限制在對實在的純粹機械的複寫上。所有的模仿說都不得不在某種程度上為藝術家的創造性留出餘地。想把這兩種調和起來不是容易的。如果模仿是藝術的真正目的，那麼顯而易見，藝術家的自發性和創造力就是一種干擾性的因素而不是一種建設性因素。」[3]卡西爾主張，即便是「模仿」說也並非純粹複寫自然，為了達到最高的美，就不僅要複寫自然，而且恰恰還必須偏離自然。卡西爾尤為推重歌德關於「構形」的主張，他引用了歌德的論述來表明自己的觀點：「藝術早在其成為美之前，就已經是構形的了，然而在那時候就已經是真實而偉大的藝術，往往娩美的藝術本身更真實、更偉大些。原因是，人有一種構形的本性，一旦他的生存變得安定之後，這種本性立刻就活躍起來。」[4]藝術普遍性地被

3 卡西爾：《人論》，甘陽譯，上海譯文出版社1985年版，第177頁。

4 卡西爾：《人論》，甘陽譯，第179頁。

認為是表達情感的，無論是中國古代的文藝觀，還是西方的文藝觀，主張藝術尤其是詩，被認為是強烈情感的流露，尤其是浪漫主義美學思想，更是如此。十九世紀傑出詩人華茲華斯最有名的命題是：「一切好詩都是強烈情感的自然流露。」[5]成為最為經典的觀點，並被廣泛接受。而從卡西爾看來，沒有構形，只有情感的流溢，那還難以成為真正的藝術。他認為：「為了理解這種獨特的藝術的真正意義，我們就必須避免片面的解釋。把重點放在強調藝術品的情感方面，那是不夠的。誠然，所有獨特的或表現的（expressive）藝術都是『強烈感情的自發流溢』。但是如果我們不加保留地接受了這個華茲華斯派的定義，那我們得到的就只是記號的變化，而不是決定性的意義的變化。在這種情況下，藝術就仍然是複寫；只不過不是作為對物理對象的事物之複寫，而成了對我們的內部生活，對我們的感情和情緒的複寫。……藝術確實是表現的，但是如果沒有構型（formative）它就不可能表現。而這種構型過程是在某種媒介物中進行的。」[6]卡西爾對於華茲華斯派對詩歌及藝術的定義——「強烈感情的自發流溢」，顯然是並不讚同的。在他看來，僅僅是激情，而沒有構形，就無法成為藝術品。但我們並不能因此就認為卡西爾否定情感在藝術創作中的作用，是一個形式主義者。在卡西爾看來，情感達到極致，則是構形的呈現；反之，構形使情感的表現臻於完美。他引了歌德的論述：「藝術並不打算要深度和廣度上與自然競爭，它停留於自然現象的表面；但是它有著自己的深度，自己的力量。它藉助於在這些表面現象中見出合規律性的性格、盡善盡美的和諧一致、登峰造極的美、雍容華貴的氣氛，達到頂點的

5 《十九世紀英國詩人論詩》，人民文學出版社1984年版，第6頁。

6 卡西爾：《人論》，甘陽譯，上海譯文出版社1985年版，第180頁。

激情，從而將這些現象的最強烈的瞬間定形化。」作為世界性的偉大詩人的歌德，對藝術規律的這種認識，並非出於什麼「主義」，也沒有什麼先定之見，而是憑著對藝術的深刻理解及自己的創作經驗，而這種論述顯得非常鮮活，沒有那種學院派的抽象和故作高深。卡西爾對於歌德的論述十分嘉許，高度認同，因為這些論述揭示了情感與構形的內在關係。反之，另一位偉大作家托爾斯泰，則把情感的感染作用當成藝術的唯一尺度，宣稱：「感染不僅是藝術的一個標誌，而且感染力的程度也是藝術優劣的唯一尺度。」[7]卡西爾對此大不以為然，他批評托爾斯泰的觀點時說：「但是這個理論的缺點是明顯的。托爾斯泰取消了藝術的一個基本要素——形式的要素。」卡西爾正面闡述了在審美中情感與構形的關係：「審美的自由並不是不要情感，不是斯多葛式的漠然，而恰恰相反，它意味著我們的情感生活達到了它的最大強度，而正是在這樣的強度中它改變了它的形式。因為在這裡我們不再生活在事物的直接的實在之中，而是生活在純粹的感性形式的世界中。在這個世界，我們所有的感情在其本質和特徵上都經歷了某種質變過程。情感本身解除了它們的物質重負，我們感受到的是它們形式和它們的生命而不是它們帶來的精神重負。說來也怪，藝術作品的靜謐（calmness）乃是動態的靜謐而非靜態的靜謐。藝術使我們看到的是人的靈魂最深沉和最多樣化的運動。但是這些運動的形式、韻律、節奏是不能與任何單一情感狀態同日而語的。我們在藝術中所感受到的當時哪種單純的或單一的情感性質，而是生命本身的動態過程，是在極端的兩極——歡樂與悲傷、希望與恐懼、狂喜與絕望——之間的持續擺動過程。使我們的情感賦有審美形式，也就是把它們變為自由而積

7 卡西爾：《人論》，第187頁。

極的狀態。在藝術家的作品中，情感本身的力量已經成為一種構成力量（formative power）。」[8]

審美構形的要義還在於作品尚在觀念階段，由雜多的情感或意象建構為整體的形態框架。從美學的角度考察，主體的功能正在於將紛紜雜多的物像資源及情感因素，在頭腦中構成為動態的、有機的整體形態。黑格爾美學思想中，對於各門類藝術正是要求其在藝術表現之前，在頭腦中的觀念形態中就將原本無序的、紛雜的物像及情感，經過加工，形成一個完整的統一的內在形狀。對詩的創作更為重視這種原則。黑格爾認為：「詩卻不然，語言的感性聲響在配合結構方面本來沒有拘束，因此詩人的任務就在於這種無規律中顯出一種秩序，一種感性的界限，因此替他的構思及其結構和感性美界定出一種較固定的輪廓和聲音的框架。」[9]黑格爾主張，詩內在構思的特點，就在於形成一種固定的輪廓，也正是我們所說的「構形」，也就是將雜多的外在因素在觀念形態中構成一個具有感性之美的整體。詩作為時間藝術，往往要展現動態的過程，因而，這種整體性又呈現為一種完整的過程，因而，黑格爾又指出：「詩，語言的藝術，是第三種藝術，是把造型藝術和音樂這兩個極端，在一個更高的階段上，在精神內在領域本身裡，結合於它本身所形成的統一整體。一方面詩和音樂一樣，也根據把內心生活作為內心生活來領會的原則，而這個原則卻是建築、雕刻和繪畫都無須遵守的。另一方面從內心的觀照和情感領域伸展到一種客觀世界，既不完全喪失雕刻和繪畫的明確性，而又能比任何其他藝術都更完滿地展示一個事件的全貌，一系列事件的先後承續，心情活

8　卡西爾：《人論》，第189頁。

9　黑格爾：《美學》第三卷，朱光潛譯，商務印書館1979年版，第71頁。

動，情緒和思想的轉變以及一種動作情節的完整過程。」[10]在詩的內在構思裡，它的整體性，更多地表現為這樣一條動態的、歷時性的過程，但它一定是完整的。

黑格爾所論在於詩的內在運思特徵，那麼，對於建築、雕刻、繪畫等造型藝術，「構形」的觀念又當如何呢？主張以「構形」取代模仿的希爾德勃蘭特對於造型藝術的內在構形，最突出的意旨，便在於「藝術的統一體」，也即整體性，他明確地宣稱：「構形過程把通過對自然的直接研究獲得的素材轉變為藝術的統一體。」[11]在藝術創作中，藝術家內在地進行著的這種構形，在根本上標示著作為主體的創造性。藝術家一方面必須從外在世界獲得創作的契機和資源，另一方面，要在自然之外獲得一種獨立性。而這種獨立性，在作品產生後昭示給世人的，正是帶著藝術的個性化特徵。希爾德勃蘭特指出：「在這種空間效果的雙重作用中，即對整體的和對部分的作用中，我們獲得了一種藝術地把各部分結合到一個整體中的效果。於是我們可以理解，一幅畫中的一致性和統一性可能完全不同於大自然的一致性和統一性——即有機的或功能的一致性和統一性。藝術所擁有的這種一致性和統一性是唯一的、獨特的，因此外行很少能夠理解。」[12]希爾德勃蘭特在他的這部傳世的藝術理論著作中，貫通著的突出主題就是「構形」二字，而構形就意味著由藝術家創造出來的整體。希爾德勃蘭特以繪畫為例：「圖畫中的所有細節，作為在我們心中產生一個統一整體的刺激因素，是相互制約的。雖然對題材感興趣的外行搜尋而且非常注意畫中所描

10 黑格爾：《美學》第三卷下冊，第5頁。

11 希爾德勃蘭特：《造型藝術中的形式問題》，潘耀昌等譯，中國人民大學出版社2004年版，第20頁。

12 希爾德勃蘭特：《造型藝術中的形式問題》，第24頁。

繪的事物，但他還是無意中屈從於使整體在空間上變得生動而統一的那種作用。」[13]希爾德勃蘭特在這裡是從構形的意義上來談繪畫的內在整體性的，而且這種整體性又是非常生動的，其實是與中國畫論中所說的「氣韻生動」可以貫通起來認識的。卡西爾的學生、美國著名的哲學家蘇珊．朗格非常透徹地論述了情感與形式的關係，這種形式更是一種內在的形式，朗格又稱之為基本幻象。蘇珊．朗格指出：「這就是說，要想使一種形式成為一種生命的形式，它就必須具備如下條件：第一，它必須是一種動力形式。換言之，它那持續穩定的式樣必須是一種變化的模樣。第二，它的結構必須是一種有機的結構，它的構成成分並不是互不相干，而是通過一個中心相互連繫和相互依存。換言之，它必須是由器官組成的。第三，整個結構都是由有節奏的活動結合在一起的。」[14]認為藝術作品的構形，一是要在有機的整體之中，二是它的動力因素，三是這個整體內部的節奏感。

第二節　審美構形的特性

現在要說到的是，詩或文學的內在構形的特性。

從媒介的形態來看，詩（文學）的媒介與其他藝術門類的媒介是有所不同的，它的媒介是語言文字，而不像繪畫、雕塑、建築之類的媒介那樣具有明顯的物理質量，而是處在一種觀念化的形態。詩（文學）以語言文字為其媒介，這是一件顯而易見的事實，無須多加論證；但是，作為藝術之一類的詩（文學）的語言，與一般性語言有何區別，

13 希爾德勃蘭特：《造型藝術中的形式問題》，第25頁。

14 蘇珊．朗格：《藝術問題》，滕守堯、朱疆源譯，中國社會科學出版社1983年版，第49頁。

這卻是值得追問的。對這個問題，筆者曾在不同的論述中表達過這樣的觀點，認為文學最主要的審美特徵在於以語言文字創造出喚起讀者審美知覺的內在視象。這也可以視為作為藝術之一類的文學，與一般的文字著述的重要區別。著名現象學美學家英加登將文學作品稱為「文學的藝術作品」，以示和其他的文字著述的區別。英加登還這樣指出：「與科學著作中占主要地位的作為真正判斷句的句子相對照，在文學的藝術作品中陳述句不是真正的判斷而只是擬判斷，它們的功能在於僅僅賦予再現客體一種現實的外觀（著重號為筆者所加）而又不把它們當成真正的現實。」[15]英加登所說的「現實的外觀」，是指通過語言文字所描繪而在讀者的審美感知中普遍喚起的影像。語言文字作為文學的藝術媒介，與其他藝術門類的媒介的物質感性頗有不同，它只是通過讀者的閱讀，在頭腦中呈現出來的。因而，它是處在觀念形態層面的。而這種呈現於讀者（欣賞者）頭腦中的畫面，才成其為審美客體。英加登認為，文學的藝術作品必須同它的具體化相區別，後者產生於個別的閱讀（或者打個比方說，產生於一齣戲劇的演出和觀眾對它的理解）。「同它的具體化相對照，文學作品本身是一個圖式化構成（a schematic formation）。這就是說：它的某些層次，特別是被再現的客體層次和外觀層次，包含著若干『不定點』（「places of inderminacy」）。這些不定點在具體化中部分地消除了。文學作品的具體化仍然是圖式化的，但其程度較作品本身要有所減低。」[16]筆者認為，英加登所說的「圖式化構成」，是文學作品作為審美客體的關鍵因素，它是通過讀者閱讀作者以語言文字媒介所描繪的意境、場景或情節等「具體化」的。

15 羅曼．英加登：《對文學的藝術作品的認識》，陳燕谷、曉未譯，中國文聯出版公司1988年版，第11頁。

16 羅曼．英加登：《對文學的藝術作品的認識》，第11頁。

在詩中的語言文字，也同樣具有物性，如同鮑桑葵所指出的那樣：「詩歌和其他藝術一樣，也有一個物質的或者至少一個感覺的媒介，而這個媒介就是聲音。可是這是有意義的聲音，它把通過一個直接圖案的形式表現的那些因素，和通過語言的意義和繪畫同時並在同一想像境界裡處理形式圖案和一有意義形狀一樣。語言是一件物質事實，有其自身的性質和質地。」[17]鮑桑葵在這裡強調的是詩的媒介雖然是語言，但它仍是一件物質事實。這是我們談論詩的媒介性質的基點，也是筆者所認同的。而黑格爾在談到詩的本體特徵時，已將它的媒介性質和構形問題連繫起來了，黑格爾說：「詩，語言的藝術，是第三種藝術，是把造型藝術和音樂這兩個極端，在一個更高的階段上，在精神內在領域本身裡，結合於它本身所形成的統一整體。一方面詩和音樂一樣，也根據把內心生活作為內心生活來領會的原則，而這個原則卻是建築、雕刻和繪畫都無須遵守的。另一方面從內心的觀照和情感領域伸展到一種客觀世界，既不完全喪失雕刻和繪畫的明確性，而又能比任何其他藝術都更完滿地展示一個事件的全貌，一系列事件的前後承續，心情活動，情緒和思想的轉變以及一種動作情節的完整過程。」[18]作為詩的媒介，語言雖然不能有如同繪畫、雕刻等門類那樣的感性上的實在感，但在詩人頭腦中的運思中，也並不完全喪失雕刻繪畫的那樣的明確性，同時，又能展示事件的全貌和過程，這也是構形的應有之義。黑格爾稱詩的媒介是精神性的媒介，它代替了感性的媒介，成為詩的表現所用的材料，在黑格爾看來，其作用就像大理石、青銅，顏色和音調在其他藝術裡一樣。黑格爾認為，詩是訴諸內

17 鮑桑葵：《美學三講》，第34頁。

18 黑格爾：《美學》第三卷下冊，第5頁。

心觀照的，一方面通過語言的媒介傳達給心領神會，一方面要以語言繪出鮮明的內在形象。如他所說：「詩那當然也要找出一個彌補缺陷的辦法，這就是使客觀世界呈現到眼前，達到連繪畫（至少是單幅畫）也不能達到的廣度和多樣化。」[19]詩的對像是精神方面的旨趣，只有在和人的意識中精神因素發生連繫時，它們才有重要的意義，才有成為詩的重要對象。從這個意義上說，詩人所描繪出的內心的形象畫面，也是要向精神提供動力的。黑格爾認為：「它所用的語文這種彈性最大的材料（媒介）也是直接屬於精神的，是最有能力掌握精神的旨趣和活動，並且顯現出它們的內心中那種生動鮮明模樣的。（著重號筆者加）語文這種材料就應用來完成它所最勝任的表現，正如其它各門藝術各按自己的特性去運用石頭，顏色或聲音一樣。」[20]

這裡，黑格爾是從內在的意義上來論述詩的媒介的功能的。詩的內在構形是用語言建構成為一個獨立自足的整體，黑格爾又談到：「由於運用這種觀照（認識）方式，詩把它所掌握的一切納入一個獨立自足的整體裡，這種整體固然內容豐富，可以包括範圍廣闊的情境，人物，動作，事跡，情感和思想，但是這些廣泛複雜的東西卻是緊密連繫在一起的，是由一個原則產生和推動的，其中每一個別事物都是這一原則的具體表現。所以在詩裡凡是普遍性的理性的東西並不表現為抽象的普遍性，也不是用哲學證明和通過知解力來領會的各因素之間的連繫，而是一種有生氣的，現出形象的，由靈魂貫注的，對一切起約製作用的，而同時表達的方式使得包羅一切的統一體，即真正灌注生氣的靈魂，暗中由內及外地發揮作用。」[21]詩（文學）的構形，是一

19 黑格爾：《美學》第三卷下冊，第16頁。

20 黑格爾：《美學》第三卷下冊，第19頁。

21 黑格爾：《美學》第三卷下冊，第21頁。

個動態的、有著有機的內在連繫的整體。這是黑格爾的認識。美國著名哲學家、卡西爾的高足蘇珊．朗格從符號學的角度出發，認為不同的藝術門類都創造出不同的基本幻象。對於詩，她認為詩的媒介不同於通訊性的語言，她指出：「詩的語言基本上又不是一種通訊性語言，語言是詩的材料，但用這種材料構成的東西又不同於普通的語言材料構成的東西；因為詩從根本上就不同於普通的會話語言，詩人用語言創造出來的東西是一種關於事件、人物、情感反應、經驗、地點和生活狀況的幻象。」蘇珊．朗格將這種幻象稱之為「外觀」，並指出它是一種純粹的虛構事物。蘇珊．朗格指出了這種虛構的藝術品的構形性質，也即她所說的「確定的結構」：「如上所述。這種構成的虛幻形象同樣也具有一種確定的結構，正如一首樂曲、一尊雕塑、一座建築或一幅繪畫的幻象也都具有自己確定的結構一樣。因此，一首詩並不是一則報導，也不是一篇評論，而是具有一定結構的形式。正如一件可塑性藝術品也是一種表現性形式一樣。這種表現性形式藉助於構成成份之間作用力的緊張和鬆弛，藉助於這些成份之間的平衡和非平衡，就產生出一種有機性的幻覺，亦即被藝術家們稱之為『生命的形式』的幻覺。」[22]蘇珊．朗格所說的也就是詩歌的構形問題，它是內在於詩人的藝術思維過程中的。

第三節　「神思」論與構形的關係

現在要談的是中國古代詩學中的「神思」論與構形的關係。構形作為藝術思維在物化的表現之前的最後一個環節，也是神思的關鍵性

---

22 蘇珊．朗格：《藝術問題》，第143頁。

產物。與意象的創造相比，可以見出構形的兩個特性，一是構形是一個有機的整體，意像是包含在其中的；二是構形活動最為直接地體現著語言作為詩的媒介的感性特徵。

劉勰在〈神思〉篇中所描述的「神思」，是一個整體性的過程。所謂「思接千載」、「視通萬里」，並非指的作品的局部構思。「神居胸臆，而志氣統其關鍵」，這個「神」是貫穿整個作品的靈魂或生氣，作品是一個有機體，必然有一個灌注於整體的生命，這也就是〈神思〉篇中所說的「統其關鍵」。「神思方運，萬涂競萌，規矩虛位，刻鏤無形」，也是創作思維中的整體構形。當詩人的創作靈感勃發時，神思啟動，頭腦中各種物像紛至沓來，十分活躍，但這距離成熟的作品還相距甚遠。詩人在頭腦中加以選擇與改造，並使之成為有機的成分。「刻鏤無形」則是以定型化的「辭令」使「無形」的虛像呈現為「有形」。這與前面所說的「尋聲律而定墨」及贊語中的「刻鏤聲律」，都明確地表達了以聲律化的語言進行構形的意思。南朝文論家蕭子顯論創作之思也用了「神思」的概念，他說：「屬文之道，事出神思，感召無象，變化無窮。俱五聲之音響，而出言異句；等萬物之情狀，而下筆殊形。」[23]也重在指出，文學創作的由內在構思到外在表現的過程中的構形過程。面對「變化無窮」的物像，詩人也是以「五聲之音響」的聲律化語言形成文思的。即使是面對同樣的外在世界的萬物，不同的詩人所描繪出來的，卻又是具有獨特風貌的形態，可見，構形的主體作用是相當重要的。

比劉勰稍早的畫家宗炳，在其著名的山水畫論《畫山水序》中也提出「神思」的觀念：「神本亡端，棲形感類，理入影跡，誠能妙寫，

23 《南齊書》〈文學傳論〉。

亦誠而已。於是閒居理氣，拂觴鳴琴，披圖幽對，坐究四荒，不違天勵之叢，獨應無人之野，峰岫嶢嶷，雲林森渺，聖賢映於絕代，萬趣融於神思，余復何為哉？暢神而已。神之所暢，孰有先焉。」[24]宗炳在《畫山水序》裡所講的「神思」，與劉勰所講的「神思」是有很大差別的，劉勰的「神思」，指的是文學創作的藝術思維方式，而宗炳所說的「神思」，則是山水畫的藝術思維方式，二者之間的不同，首先在於藝術媒介的不同。文學創作中的「神思」，是以「辭令」即語言文字作為憑藉的；而繪畫中的「神思」，則是以線條、筆墨、構圖等為憑藉的。但是二者仍有其共同之處，那就是：都以構形作為神思的成果。劉勰的「刻鏤無形」，蕭子顯的「等萬物之情狀，而下筆殊形」，都說明了文學語言是要為構形服務的。山水畫的神思，也是在畫家的觀念形態中進行著山水畫的構形的。宗炳描寫了這個過程：「於是畫像布色，構茲雲嶺，夫理絕於中古之上者，可意求於千載之下；旨微於言象之外者，可心取於書策之內，況乎身所盤桓，目所綢繆，以形寫形，以色貌色也。」作為一位畫家，宗炳並未在畫史上獲得很高的地位。謝赫在《古畫品錄》中將其置於第六品，也是最低的一品，其評語謂：「炳明於六法，迄無適善；而含毫命素，必有損益。跡非准的，意足師放。」[25]沒有很高的讚譽，但在某種程度上也透露出宗炳繪畫的特點，也即「明於六法」，善於構形。所謂「六法」，即謝赫在《古畫品錄》中首先提出的關於繪畫的六項原則：「六法者何？一，氣韻生動是也；二，骨法用筆是也；三，應物像形是也；四，隨類賦彩是也；五，經營位置是

24 宗炳：《畫山水序》，見沈子丞：《歷代論畫名著彙編》，文物出版社1982年版，第15頁。

25 謝赫：《古畫品錄》，見於安瀾編：《畫品叢書》，上海人民美術出版社1982年版，第10頁。

也；六，傳移模寫是也。」[26]「六法」概括了繪畫創作的各個方面的基本要求，成為中國古代繪畫的價值尺度。在謝赫看來，只有當時一流的畫家如陸探微、衛協才能兼備，其餘者只能「各善一節」。「六法」中最重要的原則當是「氣韻生動」，而其他幾項亦非常重要。謝赫認為宗炳「明於六法」，其含義究在何處？謝赫沒有明言。以筆者度之，「六法」更為強調的是作為畫家的內在藝術思維和藝術表現之間的契合關係。如果說宗炳在當時的畫壇上並不具有一流的地位，而他的畫論《畫山水序》，則是具有開拓性和時代性意義的傑作，足可作為中國古代山水畫論的巔峰之作。而在《畫山水序》裡，則從山水畫的角度，深刻地揭示了「神思」與構形之間的內在關係。這裡宗炳更多地談到畫家的內在構思，主要在於頭腦中的山水構形。「畫像布色，構茲雲嶺」，首先是在畫家內心中展開的。而這個過程決非只是對外在山水之象的複寫，而是「含道映物」、「澄懷味像」而得到的山水意象及整體的畫面構圖。卡西爾的論述仍然適用於對宗炳這段話的理解：「像所有其他的符號形式一樣，藝術並不是對一個現成的即予的實在的單純複寫。它是導向對事物和人類生活得出客觀見解的途徑之一。它不是對實在的模仿，而是對實在的發現。」[27]在山水畫作之中，畫家的主體因素起著決定性的作用。「神思」正是畫家主體性的最主要的體現。「神思」與「暢神」相通，指的是畫家藝術思維達於自由的境界，後者當然更是一種審美給人帶來的精神解放的功能，「神思」則是創作主體那種出神入化的藝術思維。「神思」中包含著理性的內涵，卻必然是超越於一般的邏輯思維方式的。所謂「理入影跡」，說明了宗炳對藝術中的理性

26　謝赫：《古畫品錄》，見於安瀾編：《畫品叢書》，第6頁。

27　卡西爾：《人論》。

的獨特認識。他主張「理」是融化於「影跡」之中的。「神思」作為藝術思維的範疇，一是要超越於一般的理性思維方式，二是要包含著理性的因素。換言之，如果不包含理性的因素在內，也難以稱之為「神思」。劉勰的「神思」論，也包括了理性的因素在內。黃侃先生闡釋「文之思也，其神遠矣」這兩句，其實是對「神思」的整體性把握，其云：「此言思之為用，不限於身觀，或感物而造端，或憑心而構象，無有幽深遠近，皆思理之所行也。（著重號為筆者所加）尋心智之象，約有二端：一則緣此知彼，有斛量之能；二則即異求同，有綜合之用。由此二方，以馭萬理，學術之原，悉從此出，文章之富，亦職茲之由矣。」[28]從我的立場上看，神思是一個藝術創作思維的整體過程，所產生的是具有生命感的藝術品的整體，《文心雕龍》〈比興〉篇的贊語中所說的「物雖胡越，合則肝膽」，正是此意。而如黃侃先生所說，無論是「斛量」還是「綜合」，都由「思理之行」。宗炳的「神思」，也同樣是與「理」相融的。同時，宗炳的「神思」，更是發之於形的，也即更重內在的構形。《畫山水序》中所說的「以形寫形，以色貌色」，前一個「形」，正是畫家內心營構之形，也即構形。

「神思」作為中國古代美學的一個重要範疇，包含的內涵非常豐富，主要涉及藝術創作思維方式的諸多方面，構形是一個關鍵性的環節。構形是作家藝術家在作品進入物化的表現之前，在頭腦中構造成的整體性胚胎，以其獨特的藝術媒介所勾勒的輪廓，已經頗為鮮明，呼之慾出了。「神思」包含了創作思維中的審美構形，而構形亦是神思的產物。

28 黃侃：《文心雕龍札記》，上海古籍出版社2000年版，第93頁。

第十二章

「神思」與藝術媒介

「神思」是一個說不完的話題，因為它蘊含著可以常探常新的理論寶藏。每當我進入這個世界，就覺得自己是與劉勰等古代哲人對坐晤談。藝術媒介，並非是一個中國式的藝術理論概念，而基本是存在於西方美學家和藝術理論家的論著之中。關於藝術媒介的研究成果較為少見，但筆者認為，這是一個非常重要而且極待開掘的論域。因為關於藝術媒介的梳理與建構，可以大大推進文藝美學的深入與拓展。媒介以其物質性為標誌，卻並不侷限於外在的藝術表現，可以延伸到文學家藝術家的藝術創作思維之中。作家藝術家引發創作衝動，從自然情感進入審美情感，形成審美意象，這是一個內在的思維過程，它又是如何與外在的藝術表現相連接、相貫通的呢？其間的紐帶又是什麼？百思之後得其解，筆者認為就是各門類的藝術媒介。在作家藝術家頭腦中的思維階段，媒介不以實際的物質形態出現，而是呈現在觀念形態之中的，或可以稱之為「媒介感」。這個性質在劉勰的神思論中得到了明顯的體現。

第一節　藝術媒介概念的引入

關於中國美學史上的「神思」範疇，源於魏晉南北朝時期著名文藝理論家劉勰的《文心雕龍》中的〈神思〉篇。作為《文心雕龍》創作論的首篇，〈神思〉的地位非常重要，關係到文學藝術創作的一系列問題，由此形成了對「神思」的性質的不同認識。這一點已在前面作過概括性的論述。筆者無須在此贅述各種對神思的不同理解與界定，而是通過對各家觀點的綜合，提出了筆者自己的總體看法：「在我看來，神思作為中國古典美學中的藝術思維的核心範疇，其內涵包括了文學創作的準備階段、創作衝動的發生機制、藝術構思的基本性質、創作靈感的發生狀態、審美意象的產生過程以及藝術作品的傳達階段等。神思具有自由性、超越性、直覺性和創造性等特點，是一個動態的運思過程及思維方式，而非靜止的概念。」[1]近年來筆者對於神思的認識又有所深化，圍繞著創作思維問題，又開掘了若干相關的理論向度。藝術媒介問題便是其中所涉及的根本問題所在。

作為藝術創作思維的根本概括，神思是內在於作家藝術家的頭腦之中的，沒有這種內在的創作運思，也就不會有作品的誕生。而且，在我看來，神思是藝術創作的基本思維過程，但從中國古代神思論者的論述來看，神思又不是一般性的藝術創作構思，而更多是指傑出作品的思維特點。無論是陸機，還是劉勰，抑或稍前一點的畫家宗炳，在談及「神思」的創作思維時，都不是指一般性的藝術思維，而是指

1　張晶：《神思：藝術創作思維的核心範疇》，《解放軍藝術學院學報》2006年第1期。

傑作的思維特徵。這裡要談到一個重要的想法，就是「神思」作為文學藝術創作的思維方式，雖然有著「形在江海之上，心存魏闕之下」、「思接千載」、「視通萬里」的超越時空的自由屬性，但如果以為「神思」就是空洞的、缺少物性的思維活動，則是一種誤解或浮淺的看法。這也涉及對於藝術思維的根本性認識。在論述神思時，引入藝術媒介的概念，就是要揭示藝術思維中的內在物性條件。文學作品，必有其物性的一面，如果沒有物性，作品就不復存在。僅僅存在於觀念之中，就沒有資格稱其為文學家和藝術家。美國著名哲學家杜威指出：「藝術表示一個做或造的過程。對於美的藝術和對於技術的藝術，都是如此。藝術包括制陶、鑿大理石、澆鑄青銅器、刷顏色、建房子、唱歌、奏樂器、在台上演一個角色、合著節拍跳舞。每一種藝術都以某種物質材料，以身體或身體外的某物，使用或不使用工具，來做某事，從而製作出某件可見、可聽或可觸摸的東西。」[2]杜威在論述藝術即經驗的過程中，突出地講到藝術創作的物性，而藝術媒介對於藝術來說，首先滿足的就是這種物質性條件。當然，物性決非藝術品的唯一條件，如果只有物質而沒有藝術家的藝術形式創造，沒有個性化的整體，無論有多少物質，也無法成其為藝術。這是顯而易見的，無須詳加辨析。我認為杜威的下面這段論述更能體現藝術媒介的性質：「一件藝術作品所賴以組成的材料屬於普通的世界，而不是屬於自我，然而，由於自我以一種獨特的方式吸收了材料，並以一種構成新的對象的形式將之重新發送到公眾世界中去，因而在藝術中存在著自我表現。其結果，這個新的對象也許在接受者那裡會有類似的對古舊而普通材料的重構與再造，並因此最終形成所公認的世界的一部分——成

2 〔美〕杜威：《藝術即經驗》，高建平譯，商務印書館2005年版，第50頁。

為『普遍的』。所表現的材料不可能是私人的，否則就會出現一種瘋人院狀態了。但是，所說的方式是個性化的，並且，如果產品是一件藝術作品的話，是不可重複的。生產方式的同一性是機器生產的特徵，而審美的特徵則具有學術氣。由於一般材料的所呈現的方式使之變成了一種新鮮而具有活力的實質，一件藝術作品的性質是獨一無二的。」[3]杜威的論述其實既指出了媒介的物質性，也指出了作為藝術家的媒介所具有的形式整體及個性化特徵。

在我們的印象中，似乎媒介的功能就是用來進行外在的藝術表現的。媒介的藝術表現功能易於為人們所理解，所認同，而克羅齊的最要害的美學命題「直覺即表現」，卻引起很多哲學家或藝術理論家的詬病。如英國的鮑桑葵，德國的卡西爾，美國的杜威及奧爾德里奇，都明確反對克羅齊的觀點。我對藝術媒介的認識，不止於外在的藝術表現，而是聯結藝術思維和藝術表現的關鍵所繫。我曾對藝術媒介作過如下的界定：「藝術媒介是指藝術家在藝術創作中憑藉特定的物質性材料，將內在的藝術構思外化為具有獨創性的藝術品的符號體系。藝術創作遠非克羅齊所宣稱的『直覺即表現』，而有一個由內及外、由觀念到物化的過程，任何藝術作品都是物性的存在，藝術家的創作衝動、藝術構思和作品形成這一聯結，其主要的依憑就是媒介。」[4]迄今為止，我仍對媒介秉持著這種認識。可以說，物性對於藝術品來說是一個根本的屬性，如果物性不存在於藝術品中，藝術品就無法成立。但是藝術品的物性，不同於一般的物性概念，而是敞開了一個獨特的「世界」。恰如海德格爾所指出：「藝術品的本源是藝術。但是什麼是藝

3 杜威：《藝術即經驗》，商務印書館2005年版，第117頁。

4 張晶：《藝術媒介論》，《文藝研究》2011年第12期。

術？藝術在藝術品中是現實的。因此，我們首先是要探尋作品的現實性。現實性何在？凡是藝術品都顯現出物性的特性，雖然方式各不相同。」[5]海德格爾對於藝術品的物性問題非常重視，給予很大篇幅反覆探討。筆者認為這種探討決非「多餘的話」。藝術品的本體存在，就是以物性作為前提條件的。海德格爾明確指出：「一切藝術品都有這種物的特性。如果它們沒有這種物的特性將如何呢？或許我們會反對這種十分粗俗和膚淺的觀點。託運處或者是博物館的清潔女工，可能會按這種藝術品的觀念來行事。但是，我們卻必須把藝術品看作是人們體驗和欣賞的東西。但是，極為自願的審美體驗也不能克服藝術品的這種物的特性。建築品中有石質的東西，木刻中有木質的東西，繪畫中有色彩，語言作品中有言說，音樂作品中有聲響。藝術品中，物的因素如此牢固地現身，使我們不得不反過來說，建築藝術存在於石頭中，木刻存在於木頭中，繪畫存在於色彩中，語言作品存在於言說中，音樂作品存在於音響中。」[6]海德格爾的論述語言堪稱晦澀，但這段話卻是明白無誤地揭示了物性對於藝術品的重要屬性。但是，僅有物性，當然還不成其為藝術品。具有物性的藝術形式，才能使藝術品真正的現實化。而這，也就是藝術媒介概念的實質性內涵了。

媒介離不開物性，但僅有物性並非媒介。美國哲學家奧爾德里奇非常重視藝術媒介的研究，然而，他又明確地將「材料」與「媒介」作了區分，他說：「即使基本的藝術材料（器具）也不是藝術的媒介。弦、顏料或石頭，即使在被工匠的使用而準備好以後，也還不是藝術的媒介。不僅如此，甚至當藝術家在使弦、顏料或石頭時，或者在藝

5 〔德〕海德格爾：《藝術作品的本源》，見《詩．語言．思》，彭富春譯，文化藝術出版社1991年版，第29頁。

6 〔德〕海德格爾：《藝術作品的本源》，見《詩．語言．思》，彭富春譯，第23頁。

術家在完工的作品中賦予它們的最終樣式中，它們也還不是媒介。在這種最終的狀態中，基本的藝術材料已被藝術家製作成一種物質性事物——藝術作品——它有特殊的構思，以便讓人們把它當作審美客體來領悟。當然，在創作的過程中，材料本身對於藝術家來說是物質性事物，而不是物理客體。藝術家並沒有對它們進行觀察。確切地說，藝術家首先是領悟每種材料要素——顏色、聲音、結構——的特質，然後使這些材料和諧地結合起來，以構成一種合成的調子（composite tonality）。這就是藝術作品的成形的媒介。」[7]這種區分在我看來是非常必要的。媒介是離不開物性的，不同的藝術門類有不同的物性。但僅有物性還不成其為媒介。媒介更是以物性為存在依據的整體性的形式。對於藝術創作的外化階段而言，媒介是唯一的實現功能。奧爾德里奇這樣指出過：「當藝術家操作他的器具時，他要考慮這樣幾件事：（1）媒介要素的一定形式或樣式；（2）某種事物的形象，這種形象通常充滿著一種在藝術作品中、在藝術作品的題材中得到突出描繪的情感（有時只有形象，有時只有情感）；（3）藝術作品的內容。它是當藝術家操作藝術材料或器具、使媒介具有形式或樣式時，在媒介中形成的。這種複雜的操作被一種對所有這些要素的同時而全面的考慮所控制，旨在創造出一種構造，使題材作為其內容展示出來。」[8]在這裡，奧氏認為媒介應該具有形式或樣式，僅有材料還遠不足以稱為媒介，而且指出媒介也不是材料的排列方式，這一點是筆者所高度認同的。媒介作為依憑於物性的形式，是具有個性化或者說是創造性的。奧氏以畫家莫迪格列尼的創作為例：「莫迪格列尼把媒介的要素——畫布上

---

7 〔美〕奧爾德里奇：《藝術哲學》，程孟輝譯，中國社會科學出版社1986年版，第60頁。

8 奧爾德里奇：《藝術哲學》。

顏料的色調——構造成了一種樣式，這種樣式就是該作品的形式。他通過對材料的加工來賦予媒介以某種形式，直到人們可以把構圖看成繪畫空間中的一對情侶。這種構圖的風格迫使人們的注意力離開題材本身而轉向內容和媒介。後者才是作為審美客體的藝術作品的真正本體。」[9]奧爾德里奇認為那些物質性的材料並非媒介，媒介是要構成一種形式的。但他是把媒介與形式分開的，認為媒介的要素構成一定的形式。我要表達的意思則是，媒介不僅離不開形式，而且就是形式，是強調了其物性特徵的形式，媒介是憑藉著物性構成的藝術形式。

我們對藝術媒介的理解，首先是關注其物性特徵，這是沒有問題的，充分認識藝術作品的物性，是我們談論媒介的前提。而不重視媒介的功能，是無法真正理解藝術的真諦的。哲學大師如黑格爾，對於藝術美，非常強調理性的顯現，認為藝術是創造出「生氣灌注」的意蘊。但他決不忽略藝術作品的物性特徵，對於藝術媒介有許多深刻的論述。如他指出：「遇到一件藝術作品，我們首先見到的是它直接呈現給我們的東西，然後再追究它的意蘊或內容。前一個因素——即外在的因素——對於我們所以有價值，並非由於它所直接呈現的；我們假定它裡面還有一種內在的東西，即一種意蘊，一種灌注生氣於外在形狀的意蘊。那外在形狀的用處就在指引到這意蘊。……藝術作品應該具有意蘊，也是如此，它不只是用了某種線條，曲線，齒紋，石頭浮雕，顏色，音調，文字乃至於其他媒介，不算盡了它的能事，而是要顯現出一種內在的生氣，情感，靈魂，風骨和精神，這就是我們所說的藝術作品的意蘊。」[10]黑格爾主張藝術作品應該呈現出內在的意蘊，

9 奧爾德里奇：《藝術哲學》，第61頁。

10 〔德〕黑格爾：《美學》第一卷，朱光潛譯，商務印書館1979年版，第24-25頁。

這是這段論述的主旨；但他又認為這種意蘊，是要以藝術媒介為載體才能得以呈現的。黑格爾把作品之美的要素分為兩種：「一種是內在的，即內容，另一種是外在的，即內容所藉以現出意蘊和特性的東西。內在的顯現於外在的；就借這外在的，人才可以認識到內在的，因為外在的從它本身指引到內在的。」[11]黑格爾所說的「外在的」，即可以理解為我們所說的藝術媒介。真正的藝術表現，必須憑藉媒介，那種本能的發洩則無須媒介。換言之，從自然情感向審美情感的昇華，乃至於藝術作品的創造，則非通過媒介的功能不可！杜威指出：「只有在材料被用作媒介時，才有表現和藝術。」[12]對於藝術表現對象而言，媒介有著一種強制的力量，使藝術家完成從「眼中之竹」到「手中之竹」的過程，也就是從對象的自然狀態到藝術形象的過程。因此，杜威認為：「假定藝術家想要運用他的媒介描畫出某個人的情感狀態或持久的特性。如果他是一位藝術家——如果他是一位畫家，有著一種由於訓練而對媒介的尊重，他就要通過他的媒介的強制力量，對呈現給他的對象進行修正。他將根據線條、色彩、光、空間等構成的一個圖像整體的關係來重新審視對象。」[13]這種情形其實不限於繪畫，其他門類的藝術，也都是以通過媒介的力量及法則使自然狀態的對象，成為藝術的內容及審美客體的。克羅齊所堅持的「直覺即表現」，否認媒介的作用，這在藝術創作中是難以得到人們的認同的。作為藝術創作的動力和內容的情感，如果離開了媒介，就是空洞的且無法得以留存的。萌生於內心的情感如果不能與媒介結合，那也只能一閃即逝，無法成為藝術作品。英國著名美學家鮑桑葵對此闡述了自己的觀

11 〔德〕黑格爾：《美學》第一卷，朱光潛譯，第25頁。

12 〔美〕杜威：《藝術即經驗》，高建平譯，商務印書館2005年版，第68頁。

13 〔美〕杜威：《藝術即經驗》，高建平譯，第97頁。

點：「在這裡，我不由得覺得，我們只好很遺憾地和克羅齊分手了。他對一條基本真理非常執著（他時常就是這種情形），以致於好像不能懂得，要領會這條真理還有什麼是絕對少不了的。他認為，美是為心靈而設，而且是在心靈之內。一個物質的東西，如果沒有被感覺到，就不能百分之百地算是具有美。但是我不由得覺得，他自始至終都忘掉，雖則情感是體現媒介所少不了的，然而體現的媒介也是情感所少不了的。因此美是一種內心狀態，而美的物質體現是次要的、附帶的東西，僅僅是為了保存和交流的理由而搞出來的——這種說法我覺得原則上的一個大錯誤，是一種假的唯心主義。可是這種假的唯心主義在克羅齊的體系裡是到處碰得到的；根據這種唯心主義，直覺——藝術家的內心境界——是唯一的真正表現。克羅齊主張，外在的媒介，嚴格說來，是多餘的東西，因此區別這種表現方式和那種表現方式（如繪畫、音樂、語言）是沒有意義的。」[14]在某種意義上說，筆者是完全站在鮑桑葵的立場上的。克羅齊的主張並不符合藝術的實際情況，也無助於藝術的進步與發展。缺少了媒介，藝術將不復存在。如果只有直覺而沒有各種門類藝術的媒介運用，也就沒有人類藝術的發展，沒有各門類藝術的經典。

第二節　與「神思」相關的藝術媒介內化問題

現在我要談的是媒介的內化問題。一般性地談論媒介，沒有多少創見與新意可言；筆者對媒介的研究，要解決的是藝術創作的內在構思與外在表現（或者說是藝術作品的現實化）是如何聯結的問題。對

14 〔英〕鮑桑葵：《美學三講》，周煦良譯，上海譯文出版社1983年版，第34頁。

於媒介，人們所看到的，所認同的，是它的物性特徵，也認為在藝術作品的外化階段媒介是不可或缺的，卻沒有關注到在作家或藝術家的內在構思或更早的創作衝動產生的時候，媒介便已經在起著根本性的作用，這也是本文所說的媒介的內化問題。筆者堅持主張，媒介是文學家藝術家由內在構思到外在傳達的聯結。

不同的藝術門類之間，是何以互相區分的呢？其間的不同，正在於媒介的不同。媒介就是藝術分類的內在依據。文學是以語言文字作為媒介的，音樂是以音符旋律作為媒介的，繪畫是以顏色構思等作為媒介的，如此等等。亞里士多德從模仿說的角度，對於當時的藝術作了基本的分類，而且認為差別首在媒介的不同，他在《詩學》中說：「史詩和悲劇、喜劇以及大部分雙管簫樂和豎琴樂——這一切實際上是摹仿，只是有三點差別，即摹仿所用的媒介不同，所取的對象不同，改採的方式不同。」[15]這是最早從媒介的不同所作的藝術分類。

黑格爾在談及藝術分類的標準時這樣指出：「關於這方面，人們常根據片面的理解卻替各門藝術的分類到處尋找各種不同的標準。但是分類的真正標準只能根據藝術作品的本質得出來，各門藝術都是由藝術總概念中所含的方面和因素展現出來的。在這方面頭一個重要的觀點是這個：藝術作品既然要出現在感性實在裡，它就獲得了為感覺而存在的定性，所以這些感覺以及藝術作品所藉以對象化的而且與這些感覺相對應的物質材料或媒介的定性就必然提供各門藝術分類的標準。」[16]黑格爾依據感覺的不同類型，將藝術分為造型藝術、聲音藝術和詩。也正是由於物質的不同才有了感覺的不同。從事不同藝術的藝

15 〔古希臘〕亞里士多德：《詩學》，羅念生譯，人民文學出版社1982年版，第3頁。

16 〔德〕黑格爾：《美學》第三捲上冊，朱光潛譯，商務印書館1979年版，第12頁。

術家，其運用媒介的自由與創造性的程度，決定了其作為藝術家的成就。美國著名哲學家蘇珊．朗格認為每一門藝術都創造出屬於自己的不同的基本幻象，而這也是與其不同的媒介密切相關的。朗格說:「我所使用的方法就是：首先將每一門藝術看成是一種獨立的領域，然後分別找出每一門藝術都創造了什麼，創造每一門藝術所遵循的原理是什麼，它們各自涉及的範圍和使用的材料是什麼等等。經過這樣一些探討之後，就可以把幾類主要藝術——可塑藝術、音樂、芭蕾、詩的區別顯示出來了。通過對它們之間的區別進行揭示，我就發現，此時我對這些藝術的認識要比原來深刻得多。舉例說，這時我已經認識到，每一門藝術都會創造出一種完全不同於其他藝術的獨特經驗，每一門藝術創造的都是一種獨特的基本創造物——可塑性藝術創造的是一種純粹的視覺空間，音樂創造的是一種純粹的聽覺時間，舞蹈創造的是一種相互作用的力場，等等。每一種藝術在構造自己的最終創造物或作品時，都有自己獨特的創造原則；每一種藝術都有自己獨特的材料。如樂音之於音樂，彩色之於繪畫等等。雖然每一種藝術都侷限於使用一種規定的材料，但這種規定性卻不能將藝術侷限於這些材料所滿足的特寫創造目的。」[17]蘇珊．朗格認為各個藝術門類都有自己的基本幻象，這種各自不同的基本幻象，才把藝術劃分成不同的種類。所謂「幻象」，在朗格看來就是一種完整的符號體系。她雖然宣稱每一種藝術都是完整的創造物，其實仍可分解為真實的材料和虛幻的形式這兩種要素。

既然如此，媒介的不同形成了藝術的不同門類，那麼，文學家和

17 〔美〕蘇珊．朗格：《藝術問題》，滕守堯、朱疆源譯，中國社會科學出版社1983年版，74頁。

藝術家也都是以自由運用屬於自己門類的藝術媒介為其能事的，且以此名世。如詩人之對語言的創造性運用，音樂家對音符和旋律的創造性運用等等。我要說的意思在於，媒介不僅存在於藝術創作的外在表現過程，而且存在於作家、藝術家的內在藝術思維之中。物性除了存在於外在的現實之中，也觀念性地存在於藝術家的頭腦之中。當然，在藝術創作的外化階段，媒介的存在易於為人所理解，所接受；而在藝術家的頭腦裡便有媒介的存在，可能會令人感到費解，認為是匪夷所思。為了以示區別，我也可以把這種內在的媒介稱為「媒介感」。不同門類的藝術家，在其藝術作品創作的發生階段、構思階段，就並非是空洞的抽象的，也不是以一般的內在語言進行的。如果以為藝術家在創作的發生階段或構思階段，是用一般的語言內在地進行的，而到外化階段才把它「翻譯」為屬於本門類的媒介語言，這是不符合創作實踐的。劉勰在《文心雕龍》的〈體性〉篇開篇所言的「夫情動而言形，理髮而文見，蓋沿隱以至顯，因內而符外者也」[18]，甚是精到，頗為值得我們玩味。雖然是指文章（主要是美文學）由內而外，其實也適用於各門類藝術的創作過程。作家因情感發動而形之於言辭，由事理之發現而呈現於文章，這裡是講文學創作的發生契機。而「沿隱以至顯，因內而符外」則具有遠未被人所重視的理論價值，指的是由內在的發動構思階段到外在傳達階段的完整過程。劉勰以簡練的理論話語，揭示了藝術創作由內在思維到外在表現的同一性質。著名《文心雕龍》專家祖保泉先生就這段話闡釋說：「就文章說，作家有蓄之於內的情理，才有見之於外的文章，既有文章，必有文章的外在的體貌（風

18　〔梁〕劉勰：《文心雕龍》〈體性〉篇，見范文瀾註：《文心雕龍注》，人民文學出版社1958年版，第505頁。

格）。作家的才、氣、學、習各不相同，他們的文章體貌便也『各師成心，其異如面』。所以劉氏說，文章的『體性』（風格），是『因內而符外』的統一體。」[19]從筆者的立場上看，祖先生的闡釋是非常到位的，可以說把這段話的特殊價值做了準確的概括。〈體性〉篇論述的是文章的風格與作家才性之間的關係，著名文藝理論家王元化先生所指出的：「〈體性〉篇是我國最早論述風格問題的專著。體指的是文體，性指的是才性。篇末《贊》曰：『才性異區，文辭繁詭』，就是說明作家的不同創作個性形成了作品風格的差異。」[20]對於《文心雕龍》之〈體性〉篇的主旨概括得頗為準確。而後面元化先生對於上述筆者所引的開篇之語「沿隱以至顯，因內而符外」的論述，筆者則有了另外的理解。元化先生闡釋此語說：「首先在於申明內外之旨，即文學的內容與形式關係。其次，這種內外關係，即由隱至顯和因內符外，是專就作家的創作個性和由此所形成的作品風格而言。」[21]我當然理解元化先生從風格學角度所作出的闡釋，而且與通篇之旨是渾然一體的；但我更為看重的是，劉勰這段話所指出的創作機理：由內在的隱性的藝術思維到外在的顯性的藝術表現的同一性。

「神思」所論，恰恰與此密切相關。神思的性質，筆者已在「緒論」中有較為全面的論述，在我看來，諸家所論皆為有理，或以為想像，或以為構思，或以為靈感，神思都包含了這些內容。我則以為，神思是藝術創作思維的整體過程，而且神思所指決非平庸之作，而是藝術傑作的思維特徵。陳慶輝先生的《中國詩學》，以「神思」為專章，並以藝術想像為神思之內涵，我在總體上的認識異於是，但他對

19 祖保泉：《文心雕龍解說》，安徽教育出版社1993年版，第550頁。

20 王元化：《文心雕龍創作論》，上海古籍出版社1984年版，第155頁。

21 王元化：《文心雕龍創作論》，第157頁。

「神思」的一段全面的描述卻令我心儀，其言：「神思不同於比興之思，因為比興必須借物發端、託事於物或者借景抒情、詠物言志，講究的是由此及彼的簡單聯想；而神思則是思維十分活躍、感情十分強烈的創造性活動，它始終伴隨著形象且最終創造出形象，而不僅僅是借景、借物以言導抒情。神思有別於靈感之思，因為靈感講究的是不思而得、不期而遇，其特點是兔起鶻落，稍縱即逝，它是詩人思維的靈光在有意無意的剎那閃現；而神思則是詩人心官的自覺活動，是有意為之，具有持久性和穩定性的特點。神思也異於妙悟之思，因為妙悟注重對客觀事物的直覺觀照，排斥理性的參與；而神思一方面要受詩人理性的引導，同時它又不是滯留於對某一事物的審美體悟。甚至常常不依賴於客觀事物的感發和召喚，它是詩人主觀之神的自由翱翔。」[22]陳氏的辨析，我認為還是有很重要的意義的。他將「神思」定性為「藝術想像」，「稱神思論為中國古典詩學中的藝術想像論」[23]。但上面這段對神思的重要論述，顯然是遠非藝術想像所能局囿的。

從我的角度來看，神思當然是屬於作家藝術家的內在之思，屬於「沿隱至顯，因內符外」中的「隱」和「內」。我在這裡更想表述的意見是，作家神思所進行的藝術思維活動，不是空洞或抽象的，而是憑藉文學的媒介內在地進行的。劉勰的〈神思〉所論是文章的內在思維或云構思過程，但可以肯定地説，此處所指，是審美意義的文學，而非一般性的文章。這裡還要區分的是，文學的工具是語言文字，與一般語言文字並無二致，那麼，它又如何能作為文學的藝術媒介呢？這個問題的回答，直接關係到文學的審美屬性。儘管語言文字是一樣

22 陳慶輝：《中國詩學》，台北文史哲出版社1994年版，第228頁。

23 陳慶輝：《中國詩學》，第227頁。

的，但文學作品中的語言文字卻要創造出「如在目前」的意象或如現象學美學所稱的「圖式化外觀」。筆者在本人的文章中曾數度以「內在視象」表述這種性質。與繪畫、雕塑等藝術樣式相比，詩（也包括其他類型的文學）在直觀方面較弱，但卻要以語言文字創造出可供內心觀照的內在視象，雖然其直觀性並不如繪畫、雕塑等樣式，卻可以更自由地表現事件的過程，表現精神和情感。黑格爾這樣指出詩的審美特徵：「詩，語言的藝術，是把造型藝術和音樂這兩個極端，在一個更高的階段上，在精神內在領域本身裡，結合於它本身所形成的統一整體。一方面詩和音樂一樣，也根據把內心生活作為內心生活來領會的原則，而這個原則卻是建築、雕刻和繪畫都無須遵守的。另一方面從內心的觀照和情感領域伸展到一種客觀世界，既不喪失雕刻和繪畫的明確性，而又能比任何其他藝術都更完滿地展示一個事物的全貌，一系列事件的先後承續，心情活動、情緒和思想的轉變以及一種動作情節的完整過程。」[24]關於文學創作中語言文字的對於內在視象的特徵，黑格爾曾予以透徹的說明。因其是在內心中的創造，無論是作者還是欣賞者，都要在內心進行，黑格爾稱之為「觀念方式」。如他指出：「一般說來，詩的觀念功能可以稱為製造形象的功能，因為它帶到我們眼前的不是抽象概念而是具體的現實事物，不是偶然現象而是顯現實體內容的形象，從這種形像我們可以通過外貌本身以及尚未和外貌割裂開來的個性，就直接認識到實體，也就認識到事物的本質（概念）及其實際存在（現象）是內心觀念世界中的一個整體。」[25]黑格爾尤為注重詩的精神意蘊，但又準確地把握了詩創造內在形象的特徵。黑格爾

24 〔德〕黑格爾：《美學》第三卷下冊，朱光潛譯，商務印書館1981年版，第5頁。

25 黑格爾：《美學》第三卷下冊，第57頁。

所談到的「觀念方式」，請不要誤會，這是一種抽象概念的方式，而往往是具體的意象方式。在正文下面的註釋中，譯者有這樣的說明：「『觀念』這個詞前已屢見，在德文是Vorstellung，原義是擺在心眼前的一個對象，作為動詞，就指在心中見到想到一個對象，所以在中文裡通常譯為『觀念』是正確的。觀念應包括在廣義的『思想』裡，所以觀念方式也就是思維方式，所不同者『思想』可以是抽象的，經過推理的，詩的『觀念』一般是具體的意象，是想像活動的產物。」[26]這裡頗為準確地道出了黑格爾所說的「觀念方式」的含義。「觀念方式」對於詩人來說，就是內在於頭腦中的，而且是意象化的。黑格爾將詩和造型藝術的媒介特徵加以比較，指出：「造形藝術通過石頭和顏色之類造成可以眼見的感性形狀，音樂通過受到生氣灌注的聲音和旋律，這就是按照藝術方式顯現一種內容的外表。詩卻不然，它只能通過觀念本身去表現，這一點是我們要經常回顧的。所以詩人的創造力表現於能把一個內容在心裡塑造成形象，但不外現為實在的外在形狀或旋律結構，因此，詩把其他藝術的外在對象轉化為內在對象，心靈把這種內在對象外現給觀念本身去看，就採取它原來在心靈裡始終要採取的那個樣式。」[27]從審美方式的角度看，黑格爾所言非常中肯！詩（或文學的其他樣式）與其他藝術門類相比，正有著這種明顯的區別。

第三節　媒介與神思生成的意象

前引的陳慶輝先生的《中國詩學》，將「神思」闡釋為藝術想像，

26　見《美學》第三卷下冊56頁譯者注。

27　《美學》第三卷下冊，第56頁。

這也是一種很有代表性的觀點。《文心雕龍》的〈神思〉篇，確乎是以意象作為藝術思維最為基本的要素的。那麼，本文所提出的問題在於，內在詩人（文學家）頭腦中的意象，是怎樣產生的？或者說是憑藉什麼得以創造的呢？答曰：憑藉內在的語言！這也就是文學的媒介。而從「神思」的角度看，這裡所說的並非外在表現時的語言，而是作家頭腦中的內部語言。〈神思〉篇中描述了文學作品創作發生時的內在思維狀態，「文之思也，其神遠矣，故寂然凝慮，思接千載；悄焉動容，視通萬里。吟詠之間，吐納珠玉之聲；眉睫之前，卷舒風雲之色：其思理之致乎！故思理為妙，神與物游。神居胸臆，志氣統其關鍵；物沿耳目，而辭令管其樞機。」[28]所謂「神與物游」，就是物像進入詩人的心靈，經過詩人的改造而成為具有內視效果的意象。「物沿耳目」即指詩的意象中充滿物像的內在視聽效果。「辭令管其樞機」是至關重要的，就是說在這種內在的創造運思之中，「辭令」是最為重要的關鍵。或者可以認為，僅以藝術想像作為「神思」的本質還是遠遠不夠的，應該說，意象的產生是以「辭令」即語言為其工具的。下面更進一步地說明了這個問題，尤其是「辭令」即語言與意象之間的必然連繫。意象的產生並非憑空而生，是以「辭令」為運思之具加以創造的。「樞機方通，則物無隱貌」，直接表述了語言創造意象的功能。「樞機」當然是承緒前面的「辭令管其樞機」，而「物無隱貌」則是指通過語言的描繪，使物進入頭腦而成為充盈的意象。「物」不僅指自然事物，也可包括社會事物。「無隱貌」是指意象如在目前，具有鮮明的可感性。後面的「然後使玄解之宰，尋聲律而定墨，獨照之匠，窺意象

28 〔梁〕劉勰：《文心雕龍》〈神思〉，見范文瀾註：《文心雕龍注》，人民文學出版社1958年版，第493頁。

而運斤，此蓋馭文之首術，謀篇之大端」。可以視為「神思」的關鍵，非常確切地指出了作為文學的媒介，語言是如何內在地創造意象的。劉勰所言之「意象」，正是現在眾聲喧嘩的「意象」說之正宗源頭。而且我以為這段話最為有力地説明了劉勰的「神思」：一是解決作家的內心思維如何運行的問題；二是説明意像是文學創作的核心，也是文學中的語言與一般的日常生活或科學文章的語言的區別。「玄解之宰」，當然是人的內心世界，這裡指內在的創作心理。而在這種內心的藝術思維中，卻時時都在討論語言（辭令）的作用。「尋聲律以定墨」，作家、詩人在內在構思時已自覺或不自覺地依循聲律了。儘管劉勰其時還沒有後來如唐代近體詩那樣嚴謹的格律要求，然而，由於佛教進入東土，「四聲」已成為詩歌音律的參照了。一般的文章也可以考慮聲律，但以內在聲律來組織辭令，更多的是詩歌這樣的美文學作品。「獨照之匠，窺意象而運斤」的理論意義非同小可，一是奠定了「意象」作為文藝心理學的基本範疇的原初基礎；二是指出了意象以語言為媒介的性質。在近幾十年文學批評中，意象成為使用頻率非常高的概念，在很大程度上取代了「形象」。在西方的文論和美學領域，意象也成為被高度重視的文藝批評概念，而且對於國內學術界有著深刻的影響。如美國的意象派詩人龐德，曾為意象作了如下的界定：「意象不是一種圖像式的重現，而是一種在瞬間呈現的理智與感情的複雜經驗。」[29] 美國著名文論家韋勒克和沃倫，在他們的經典著作《文學理論》中，也對意象作了這樣的概括：「意像是一個既屬於心理學，又屬於文學研究的題目。在心理學中，『意象』一詞表示有關過去的感受上、知覺上

29 引自韋勒克、沃倫：《文學理論》，劉象愚等譯，三聯書店1984年版，第202頁。

的經驗在心中的重現或回憶，而這種回憶未必一定是視覺上的。」[30]可以看出，意象具有明顯的心理現象的性質，這是文論家們闡釋意象時的共同關注點所在。而劉勰所言「意象」，將其放在語境中，就是指作家在心靈上創造出的內在視象。這恰恰是意象最初的本源性闡釋。其後直迄現代對意象的解釋，可以在劉勰的〈神思〉篇中找到最純正的界定。「窺意象而運斤」，連繫上下文可以認為，是以自由而純熟的內在語言，創造出內在的意象。語言（辭令）是文學創作的媒介，而在藝術思維過程中，它是內在化的。這種媒介還是一種「媒介感」。劉勰對此作了具有重要理論意義的說明，他說：「夫神思方運，萬涂競萌，規矩虛位，刻鏤無形。登山則情滿於山，觀海則意溢於海，我才之多少，將與風雲而並驅矣。」很明顯，劉勰在這裡所說還是文學創作時的內在藝術思維情形。「神思」運行之際，作家頭腦中的物像紛至沓來，十分活躍，雖然林林總總，卻無法形成現實化的作品，必須通過內在的語言（辭令）使之成為一個有機的整體，並將那些不夠鮮明的印象，形成完整鮮明的意象。諸人多以「神思」為藝術想像，如王元化先生以「想像論」釋神思，指出：「〈神思〉篇作為創作論的第一篇，闡明想像貫串在藝術構思的全過程中。」[31]祖保泉先生也認為，「神思的一般意義即今人所說的想像，特殊意義即今人所說的在創作構思中的『藝術想像』」[32]。在對「神思」的研究中，這是最有代表性的觀點了。在我看來，神思固然包含了藝術想像，但這還遠不能涵蓋「神思」的豐富意蘊，其中最為重要的便是，作家藉助於內在的語言媒介，將紛紜而入的想像，「規矩」、「刻鏤」為完整而鮮明的意象整體。接下來劉勰

30 〔美〕韋勒克、沃倫：《文學理論》，劉象愚等譯，三聯書店1984年版，第201頁。

31 王元化：《文學沉思錄》，上海文藝出版社1983年版，第7頁。

32 祖保泉：《文心雕龍解說》，安徽教育出版社1993年版，第528頁。

所談的還是這個問題。「方其搦翰，氣倍辭前；暨乎篇成，半折心始。何則？意翻空而易奇，言征實而難巧也。是以意授於思，言授於意；密則無際，疏則千里。或理在方寸而求之域表，或義在咫尺而思隔山河。是以秉心養術，無須苦慮；含章司契，不必勞情也。」[33]文學創作到外在表現階段，與其內心運思階段可能會有很大的距離，恰恰在於以語言落實下來，就必須形成一個有機的意象整體。「意授於思，言授於意」，此處之「意」並非抽象之意，而是意象之意。意象得之於神思，言辭表現意象。此處又談到，神思之神，並非僅在於自由與超越，還在於得之自然，非「苦慮」、「勞情」所致。語言與意象的高度契合，正是神思的作用所在。「含章司契」，正是指在作家腦海中以內在語言創造出美好意象的創作機理。「神思」是與「苦慮」相對而言的，指神完氣足、精力彌滿的運思狀態。劉勰在〈養氣〉篇中所說：「且夫思有利鈍，時有通塞，沐則心復，且或反常，神之方昏，再三愈黷。是以吐納文藝，務在節宣，清和其心，調暢其氣，煩而即舍，勿使壅滯；意得則舒懷以命筆，理伏則投筆以卷懷，逍遙以針勞，談笑以藥倦，常弄閒於才鋒，賈余於文勇，使刃發如新，湊理無滯，雖非胎息之邁術，斯亦衛氣之一方也。」[34]在劉勰看來，「神思」必有這種「弄閒於才鋒」的狀態，從「神思」與藝術媒介關係來看，〈神思〉的贊語尤有價值，其云：「神用象通，情變所孕。物以貌求，心以理應。刻鏤聲律，萌芽比興。結慮司契，垂帷制勝。」《文心雕龍》的贊語未能得到學者們的關注，其實，這是一筆非常豐富的理論寶藏。劉勰所

33 〔梁〕劉勰：《文心雕龍》〈神思〉，見范文瀾註：《文心雕龍注》，人民文學出版社1958年版，第494頁。

34 〔梁〕劉勰：《文心雕龍》〈養氣〉，見范文瀾註：《文心雕龍注》，人民文學出版社1958年版，第647頁。

寫各篇贊語，以高度的理性思辨和精妙的文筆相結合，對於篇中的內涵予以概括和總結，其美學價值非同尋常。〈神思〉篇之贊語更是其中精粹。這個贊語明顯是在內在的藝術思維層面立論的，其中有這樣幾個要義：一是神思運行以意象為要素，意象連通為神思的全過程，而其動力在於情感之變化；二是作家頭腦中之意象必以現實中物像為感性呈現，理性邏輯乃是其內在的呼應線索；三是在這種內在的藝術思維中，具有聲律性質的語言媒介是刻畫意象之具，比興也通過這種語言媒介而獲其萌芽狀態。

作為《文心雕龍》創作論首篇的〈神思〉，非常深刻地揭示了文學創作的藝術思維中語言（辭令）的樞機作用，以之創造意象，以之整合通篇。

「神思」除劉勰作為創作論的首要範疇外，晉宋時期著名畫家宗炳和齊梁時期的文學家蕭子顯，也都將神思作為主要的審美範疇。宗炳所作的《畫山水序》，是中國第一篇山水畫論，在畫論史和美學史上都有重要地位。在《畫山水序》中，宗炳以「神思」作為畫家的創作心態，其論曰：「夫以應目會心為理者，類之成巧，則目亦同應，心亦俱會。應會感神，神超理得，雖復虛求幽岩，何以加焉？又神本亡端，棲形感類，理入影跡，誠能妙寫，亦誠盡矣。於是閒居理氣，拂觴鳴琴，披圖幽對，坐究四荒，不違天勵之叢，獨應無人之野。峰岫嶢嶷，雲林森眇，聖賢映於絕代，萬趣融其神思，余復何為哉？暢神而已。神之所暢，孰有先焉！」[35]宗炳一方面是著名的畫家，一方面又是重要佛教思想家，在哲學上主張「神不滅」論。他將「神不滅」的思

35 〔南朝宋〕宗炳：《畫山水序》，俞劍華：《中國古代畫論類編》上冊，人民美術出版社2000年版，第583頁。

想移之於山水，提出「山水有靈」的觀念，在《畫山水序》中就說：「山水質有而趣靈。」因此，他認為在以山水為審美對象而進行創作時，有一個「應會感神」的過程。而所謂「神思」，就是畫家在晤對山水而興發的創作靈思。蕭子顯則是在《南齊書》的《文學傳論》中提出「神思」的，其云：「屬文之道，事出神思，感召無象，變化不窮。俱五聲之音響，而出言異句；等萬物之情狀，而下筆殊形。」認為「神思」是「屬文之道」即文學寫作的前提條件。蕭氏是將具有「五聲之音響」的語言，作為神思的媒介的。蕭子顯在這裡還揭示了「神思」的個性化創造機制。作家都能運用「五聲音響」的語言，而表達的語句卻各有不同。同樣是面對萬物的情狀，而創造出的意象卻形態各異，這都是神思的功能所在。

語言作為文學的藝術媒介，一方面與其他藝術門類媒介的感性特徵有所不同，因為它在直觀的感性上頗覺弱化，而同時在精神意義上卻又是最強的；另一方面，與一般性的日常語言或科學語言相比，它又是以創造出意象整體為己任的。對此，黑格爾也在比較中作過頗為全面的論述。他在論述了繪畫和音樂的媒介特徵後指出：「在繪畫和音樂之後，就是語言的藝術，即一般的詩，這是絕對真實的精神的藝術，把精神作為精神來表現的藝術。因為凡是意識所能想到的和內心裡構成形狀的東西，只有語言才可以接受過來，表現出去，使它成為觀念或想像的對象。所以就內容來說，詩是最豐富、最無拘礙的一種藝術。不過在精神方面占了便宜，在感性方面卻蒙受了損失。這就是說，詩不像造型藝術那樣訴諸感性觀照，也不像音樂那樣訴諸觀念性的情感，而是要把內心裡形成的精神意義表現出來，還是訴諸精神的觀念和觀照本身。所以詩用作表現手段的材料保持一種手段或媒介（儘管是經過藝術處理的）的價值，用來把精神表現給精神去領會，而不再有一種感性事物的價值，像一般精神內容體現於相應有實際存在時所用的感性事物那樣。」[36]黑格爾強調了詩的精神性特質，認為對詩的欣賞是一種心領神會，但仍然認為，詩要刻畫意象，把「客觀性」的形象轉化為精神性的情感，如他所說：「在藝術所能允許的範圍之內，詩可以拋開它的感性因素，但它因此而在外在的客觀性方面所遭受的損失，卻在詩的語言提供給精神意識的那些觀感和觀念的內在的客觀性方面得到補償。因為這些觀感，情感和思想須由想像塑造成為一個本身完整的世界，其中包括事件、動作、心情和情慾的迸發，這樣就造成了作品，把完整的現實，無論在外在現象還是在內在意蘊上，都轉化成為我們的精神性的情感、觀感和觀念。」[37]黑格爾進一步明確說：「它所表現的是情感，觀感和觀念本身，使我們也能對外在對象畫出（想像出）一幅圖形來，儘管詩既達不到雕刻和繪畫的造型藝術的鮮明性，也達不到音樂的心靈的親切情感。」[38]詩是用語言媒介來構畫出內在的意象的，同時又是一個完整的統一體。

我們如何來看待語言作為文學的媒介？或者說如何確認語言作為媒介的客觀存在性？本來這可以作為一個自明性的問題而不予深究，但因語言作為媒介遠不如其他藝術那樣具有客觀的現實存在感，所以在此加以申說。鮑桑葵在《美學三講》中所設定的問題適足以作為問題提出：「如果我們關於藝術的區別和關係的看法是對的，如果這裡的問題僅僅是所採用的媒介各自不同，而媒介的能力又由經驗證明各自不同，那麼詩歌的特點能是些什麼呢？詩歌在某種意義上好像並沒有什麼材料因素，它好像是直接運用傳達想像對象的有意義觀念寫成

---

36 〔德〕黑格爾：《美學》第三卷上冊，朱光潛譯，商務印書館1981年版，第19頁。

37 〔德〕黑格爾：《美學》第三卷上冊，朱光潛譯，商務印書館1981年版，第341頁。

38 〔德〕黑格爾：《美學》第三卷上冊，朱光潛譯，第342頁。

的。語言是這樣的透明，可以說是消失在它自己的意義裡面，於是使我們找不到任何特殊媒介了。」[39]鮑桑葵這裡提出的質疑，並非他自己的觀點，恰恰相反，這是他為了更為明確地申明自己的觀點所提出的設問而已。鮑桑葵毫無猶疑地指出：「使媒介具有體現情感的能力的，是媒介的那些質地；詩的媒介是響亮的語言，而響亮的語言恰恰和其他的媒介一樣有其種種特點和具體的能力。」[40]他對克羅齊的「直覺即表現」表達了鮮明的批駁態度。對於語言作為文學（詩）的媒介，鮑桑葵作了這樣較為具體的闡述，他說：「詩歌和其他藝術一樣，也有一個物質的或者至少一個感覺的媒介，而這個媒介就是聲音。可是這是有意義的聲音，它把通過一個直接圖案的形式表現的那些因素，和通過語言的意義來再現的那些因素，在它裡面密不可分地聯合起來，完全就像雕刻和繪畫同時並在同一想像境界裡處理形式圖案和有意義形狀一樣。」[41]鮑桑葵所說的「聲音」，就是指語言的聲音維度，聲音在他來看是物質化的，不會是子虛烏有的抽象之物。而且這種聲音是有意義的，在詩中的功能在於通過它來表現「直接圖案」，是通過語言來創造可供想像的圖案或有意義形狀。鮑桑葵主張：「語言是一件物質事實，有其自身的性質和質地。這一點我們從比較不同語言，並觀察不同圖案，如沙弗體或六音句，在不同語言如希臘或拉丁中所具的形式會很容易看出來。用不同的語言寫詩，如用法語和德語寫詩，和用鐵與用泥塑裝飾性作品，同樣是不同的手藝。聲音的節拍和意義是一首詩裡面的同樣不可分的產物，就如同一張畫裡面的顏色、形式和體現

39 〔英〕鮑桑葵：《美學三講》，周煦良譯，上海譯文出版社1983年版，第32頁。

40 〔英〕鮑桑葵：《美學三講》，周煦良譯，上海譯文出版社1983年版，第34頁。

41 〔英〕鮑桑葵：《美學三講》，周煦良譯，第33頁。

的情感是不可分的產物一樣。」[42]這裡鮑桑葵把語言作為文學的媒介的客觀性作了具有說服力的闡述。奧爾德里奇對於文學的媒介有更為具體的分析，他是將藝術中的材料和媒介加以區分的，而對文學，他也同樣作了這樣的分析，並提出如何從文學的材料到達文學媒介，指出：「一個熟練掌握語言的人，可以有意識地使語言脫離上述用法，可以通過語言本身的動態性媒介，而不是用指稱作為外部題材的事物的語言，來向想像性領悟展現事物。但是，這就說到了文學的內容和媒介，而到目前為止，我們關心的僅僅是文學的材料，那末，我們如何從文學的材料到達文學的媒介呢？」在對語言的音調性質作了分析之後，他認為這還只是文學的媒介的一個組成部分。這一點，我們完全可以連繫到〈神思〉篇中所說的「尋聲律以定墨」、「刻鏤聲律」等來理解文學的媒介的內涵。奧氏又指出：「詩的媒介不僅包括屬於語言靜態方面的語言的音響度，而且還包括剛才作為語言普通用法的動態的伴隨物而提到的各種情感，形象和意向。這些東西和詞的音調性質一起，為詩人提供了作為詩人的那種生動的語言描繪所必須的『色彩』。就像畫家運用他對顏料在各種調配中的性質所具有的領悟性眼光來加工顏料一樣，文學藝術家也運用對這些要素以及語音形式的鑑賞力來處理他的語言材料。」[43]奧氏的這種頗為細緻的闡述，進一步確認了語言作為文學媒介的物質屬性，同時，正是這種超越於材料之上成為一個動態整體的結構，才使文學的媒介成為活生生的物質存在，只不過它必須是通過欣賞者的心靈映射的。

藝術的表現，藝術的存在，藝術的傳承，都不可能離開媒介。但

42 〔英〕鮑桑葵：《美學三講》，周煦良譯，第33頁。

43 〔美〕奧爾德里奇：《藝術哲學》，程孟輝譯，中國社會科學出版社1986年版，第108頁。

是媒介問題並未得到學術界的重視。儘管對媒介的研究已有一些著名的美學家的論著，但從藝術的發展來看，學術界還遠沒盡到自己的責任。我對媒介的認知角度，更在於媒介對藝術家來說的內在化。我認為只有這樣來認識媒介的功能，才能真正理解藝術創造的思維特徵。我之所以將「神思」與藝術媒介問題連繫起來，並非「拉郎配」，更非「亂點鴛鴦譜」，恰是因為「神思」作為文學的內在藝術思維，已經包含了媒介的內容。不唯如此，在我看來，「神思」作為文學的創作思維，是與內在的語言媒介不可分離的，或者說是以之作為思維的憑藉的。「媒介是藝術家由內在構思到外在傳達的聯結」，我所堅持的這個觀點，也許正是我談論媒介的意義所在。

媒介的內化，前提是創作思維的主體，必須是某一門類訓練有素的藝術家。所謂「訓練」，正是對媒介運用的訓練。杜甫所說的「讀書破萬卷，下筆如有神」，其實就是對詩的語言達到出神入化的程度。藝術家不是憑空地或者說是以普通人的知覺去感受世界的，而是以屬於自己的那門藝術的內在媒介感去感受世界，並觸發創作衝動的。杜威從其「藝術即經驗」的根本觀念出發，明確指出了藝術家是以媒介感來「觸摸世界」的，他說：「每一件藝術作品都具有一種獨特的媒介，通過這及其他一些物，在性質上無所不在的整體得到承載。在每一個經驗之中，我們通過某種特殊的觸角來觸摸世界；我們與它交往，通過一種專門的器官接近它。整個有機體以其所有過去的負載和多種多樣的資源在起著作用，但是它是通過一種特殊的媒介起作用的，眼睛的媒介與眼睛相互作用，耳朵、觸覺也都是如此。美的藝術抓住了這一事實，並將它的重要性推向極致。」[44]杜威這段話指的是藝術家在感

44 〔美〕杜威：《藝術即經驗》，高建平譯，商務印書館2005年版，第216頁。

受世界、獲得創作衝動時的情形。藝術家是以特殊的媒介來觸摸世界的，並以此將內在的經驗凝聚成一個整體的東西。鮑桑葵下面這段論述則更為明確：「任何藝人都對自己的媒介感到特殊的愉快，而且賞識自己媒介的特殊能力。這種愉快和能力感當然並不僅僅在他實際進行操作時才有的。他的受魅惑的想像就生活在他的媒介的能力裡；他靠媒介來思索，來感受；媒介是他的審美想像的特殊身體，而他的審美想像則是媒介的唯一特殊靈魂。」[45]我認為這段話說得非常客觀，深得我心！

「神思」已經潛含了這種意思：作家藝術家以其特殊的媒介感和運用自如的藝術語言（內在的）來觸摸世界，感受世界，產生審美感興。陸機所表述的創作思維狀態：「其始也，皆收視反聽，耽思傍訊，精騖八極，心游萬仞。其致也，情曈曨而彌鮮，物昭晰而互進。傾群言之瀝液，漱六藝之芳潤。」也是作家以其涵詠群言而賦有的語言媒介能力而獲致的。宗炳談及畫山水下筆前「況乎身所盤桓，目所綢繆，以形寫形，以色貌色也」[46]。如果不是一個純熟的山水畫家而是一般人，那是無論如何也做不到的。媒介聯結藝術家創作的內與外，即運思和表現的過程。神思與媒介才有了這樣的因緣！

---

45 〔英〕鮑桑葵：《美學三講》，周煦良譯，上海譯文出版社1983年版，第32頁。

46 宗炳：《畫山水序》，見俞劍華：《中國古代畫論類編》上，人民美術出版社2000年版，第583頁。

參考文獻

1. 顧易生、蔣凡著：《先秦兩漢文學批評史》，上海古籍出版社1990年版。

2. 王運熙、楊明著：《魏晉南北朝文學批評史》，上海古籍出版社1989年版。

3. 張少康著：《中國古代文學創作論》，北京大學出版社1983年版。

4. 張少康、劉三富著：《中國文學理論批評發展史》（上、下），北京大學出版社1995年版。

5. 羅宗強著：《魏晉南北朝文學思想史》，中華書局1996年版。

6. 羅宗強著：《隋唐五代文學思想史》，上海古籍出版社1986年版。

7. 張毅著：《宋代文學思想史》，中華書局1995年版。

8. 王元化著：《文心雕龍創作論》，上海古籍出版社1984年版。

9. 陳鼓應著：《老子註譯及評介》，中華書局1984年版。

10. 陳鼓應著：《莊子今注今譯》，中華書局1983年版。

11. 牟世金著：《文心雕龍研究》，人民文學出版社1995年版。

12. 范文瀾著：《文心雕龍注》，人民文學出版社1978年版。

13. 陸侃如、牟世金著：《文心雕龍譯註》，齊魯書社1995年版。

14. 黃侃著：《文心雕龍札記》，上海古籍出版社2000年版。

15. 沈子丞編：《歷代論畫名著彙編》，文物出版社1982年版。

16. 〔日〕戶田浩曉著，曹旭譯：《文心雕龍研究》，上海古籍出版社1992年版。

17. 〔清〕何文煥輯：《歷代詩話》，中華書局1981年版。

18. 丁福保輯：《歷代詩話續編》，中華書局1983年版。

19. 于安瀾編：《畫品叢書》，上海人民美術出版社1982年版。

20. 葉朗著：《中國美學史大綱》，上海人民出版社1985年版。

21. 李澤厚、劉綱紀著：《中國美學史》第一卷，中國社會科學出版社1984年版。

22. 李澤厚、劉綱紀著：《中國美學史》第二卷，中國社會科學出版社1987年版。

23. 張松如著：《老子說解》，齊魯書社1998年版。

24. 湯用彤著：《湯用彤學術論文集》，中華書局1983年版。

25. 湯用彤著：《理學・佛學・玄學》，北京大學出版社1991年版。

26. 湯用彤著：《漢魏兩晉南北朝佛教史》，北京大學出版社1997年版。

27. 湯一介著：《郭象與魏晉玄學》（增訂本），北京大學出版社2000年版。

28. 石峻等編：《中國佛教思想資料選編》第一、二、三、四卷，中華書局1983年版。

29. 張岱年著：《中國哲學大綱》，中國社會科學出版社1982年版。

30. 詹福瑞著：《中古文學理論範疇》，河北大學出版社1997年版。

31.〔唐〕慧能著，郭朋校釋：《壇經校釋》，中華書局1983年版。

32. 葛兆光著：《禪宗與中國文化》，上海人民出版社1986年版。

33. 胡經之編：《中國古典美學叢編》上、中、下卷，中華書局1988年版。

34. 徐中玉主編、陳謙豫副主編：《中國古代文藝理論專題資料叢刊：才性編》，中國社會科學出版社1999年版；《中國古代文藝理論專題資料叢刊：意境・典型・比興編》，中國社會科學出版社1994年版；《中國古代文藝理論專題資料叢刊：藝術辯證法編》，中國社會科學出版社1993年版；《中國古代文藝理論專題資料叢刊：通變編》，中國社會科學出版社1992年版；《中國古代文藝理論專題資料叢刊：文氣・風骨編》，中國社會科學出版社1997年版。

35. 唐圭璋編：《詞話叢編》第一、二、三、四、五冊，中華書局1986年版。

36.《清詩話》(上、下)，上海古籍出版社1963年版。

37. 郭紹虞編選，富壽蓀校點：《清詩話續編》，上海古籍出版社1983年版。

38. 郭紹虞、錢仲聯、王遽常編：《萬首論詩絕句》第一、二、三、四冊，人民文學出版社1991年版。

39. 羅根澤著：《中國文學批評史》第一、二、三冊，上海古籍出版社1984年版。

40. 曹順慶主編：《兩漢文論譯註》，北京出版社1988年版。

41. 郭紹虞輯：《宋詩話輯佚》上、下卷，中華書局1980年版。

42.〔明〕胡震亨著：《唐音癸籤》，上海古籍出版社排印本1981年版。

43. 郭紹虞著：《宋詩話考》，中華書局1979年版。

44.〔梁〕鍾嶸著，陳延傑註：《詩品注》，人民文學出版社1980年版。

45.〔宋〕嚴羽著，郭紹虞校釋：《滄浪詩話校釋》，人民文學出版社1961年版。

46.〔宋〕魏慶之編：《詩人玉屑》上、下卷，上海古籍出版社1978年版。

47.〔明〕胡應麟著：《詩藪》，上海古籍出版社排印本1958年版。

48.〔清〕王士禛著，張宗柟纂集：《帶經堂詩話》上、下卷，人民文學出版社1982年版。

49.〔清〕劉熙載著：《藝概》，上海古籍出版社1978年版。

50.《詩問四種》，齊魯書社1985年版。

51.〔宋〕普濟著：《五燈會元》上、中、下卷，中華書局1984年版。

52.吳功正著：《六朝美學史》，江蘇美術出版社1994年版。

53.宗白華著：《藝境》，北京大學出版社1986年版。

54.朱光潛著：《詩論》，三聯書店1984年版。

55.朱光潛著：《文藝心理學》，安徽教育出版社1996年版。

56.童慶炳著：《藝術創作與審美心理》，百花文藝出版社1992年版。

57.于民、孫通海編著：《中國古典美學舉要》，安徽教育出版社2000年版。

58.張晶著：《審美之思》，北京廣播學院出版社2002年版。

59.張世英著：《進入澄明之境》，商務印書館1999年版。

60.陶伯華、朱亞燕著：《靈感學引論》，遼寧人民出版社1987年版。

61. 劉偉林著：《中國文藝心理學史》，三環出版社1989年版。

62. 陳進波、惠尚學等著：《文藝心理學通論》，蘭州大學出版社1999年版。

63. 金開誠著：《文藝心理學概論》，人民文學出版社1987年版。

64. 錢谷融、魯樞元主編：《文學心理學教程》，華東師範大學出版社1987年版。

65. 徐復觀著：《中國藝術精神》，春風文藝出版社1987年版。

66. 滕守堯著：《審美心理描述》，中國社會科學出版社1985年版。

67. 〔漢〕王充著，黃暉撰：《論衡校釋》第一、二、三、四冊，中華書局1990年版。

68. 〔魏〕王弼著，樓宇烈校釋：《王弼集校釋》上、下卷，中華書局1980年版。

69. 李澤厚著：《中國古代思想史論》，人民出版社1986年版。

70. 周振甫譯註：《周易譯註》，中華書局1991年版。

71. 蒙培元著：《中國哲學主體思維》，人民出版社1993年版。

72. 高晨陽著：《中國傳統思維方式研究》，山東大學出版社1994年版。

73. 〔古希臘〕柏拉圖：《文藝對話集》，人民文學出版社1963年版。

74. 〔古希臘〕亞里士多德：《詩學》，〔古羅馬〕賀拉斯：《詩藝》，人民文學出版社1962年版。

75. 〔德〕康德著：《判斷力批判》，商務印書館1964年版。

76. 〔德〕黑格爾著：《美學》第一、二、三卷，商務印書館1979年版。

77. 〔法〕馬利坦著：《藝術與詩中的創造性直覺》，三聯書店1991

年版。

78.〔美〕蘇珊・朗格著：《藝術問題》，中國社會科學出版社1983年版。

79.〔美〕蘇珊・朗格著：《情感與形式》，中國社會科學出版社1986年版。

80.〔德〕海德格爾著：《詩・語言・思》，文化藝術出版社1991年版。

81.〔德〕海德格爾著：《荷爾德林詩的闡釋》，商務印書館2000年版。

82.〔德〕海德格爾著：《林中路》，上海譯文出版社1997年版。

83. 孫周興選編：《海德格爾選集》上、下卷，上海三聯書店1996年版。

84.〔美〕梯利著：《西方哲學史》（增補修訂版），商務印書館1995年版。

85.〔意〕克羅齊著：《美學原理　美學綱要》，外國文學出版社1983年版。

86.〔美〕瑪格歐納著：《文藝現象學》，文化藝術出版社1992年版。

87.〔美〕施皮格伯格著：《現象學運動》，商務印書館1995年版。

88.〔德〕羅伯特・耀斯著：《審美經驗與文學解釋學》，上海譯文出版社1997年版。

89.〔美〕阿瑞提著：《創造的祕密》，遼寧人民出版社1987年版。

90.〔美〕李普曼編：《當代美學》，光明日報出版社1986年版。

91. 朱狄著：《當代西方美學》，人民出版社1984年版。

92. 朱狄著：《當代西方藝術哲學》，人民出版社1994年版。

93.〔英〕鮑桑葵著：《美學三講》，上海譯文出版社1983年版。

94.〔英〕鮑桑葵著：《美學史》，商務印書館1985年版。

95.〔波〕英加登著：《對文學的藝術作品的認識》，中國文聯出版公司1984年版。

96.〔英〕科林伍德著：《藝術原理》，中國社會科學出版社1985年版。

97.〔意〕維柯著：《新科學》，人民文學出版社1986年版。

98. 朱光潛著：《西方美學史》上、下卷，人民文學出版社1963年版。

99. 蔣孔陽著：《德國古典美學》，商務印書館1980年版。

100. 蔣孔陽、朱立元主編：《西方美學通史》第一、二、三、四、五、六、七卷，上海文藝出版社1999年版。

附 錄

「神用象通」
——《文心雕龍》〈神思〉篇之「贊」的美學詮釋

〈神思〉是劉勰《文心雕龍》中創作論的首篇，在《文心雕龍》中的地位舉足輕重，其理論價值非常豐富。作為一個中國古典美學範疇，專家學者對「神思」的內涵認識也頗見不同，或以為是藝術構思，或以為是藝術想像，或以為是創作靈感，不一而足。筆者則認為這些雖然各有其道理，卻也不免見之一隅。筆者曾有《神思：藝術的精靈》一書，試對「神思」作了這樣的界說：「『神思』論可視為藝術創作思維的核心範疇。它可以包含狹義和廣義兩個層面：狹義是指創作出達於出神入化的藝術傑作的思維特徵、思維規律和心意狀態；廣義則是在普遍意義上揭示了藝術創作的思維持征、思維過程和心理狀態，它包含了審美感興、藝術構思、創作靈感、意象形成乃至於審美物化這樣的重要的藝術創造思維的要素，同時，它是對於藝術創作思維過程的動態描述。」[1]這是筆者對於「神思」的基本認識。而〈神思〉篇最後的贊語，則是以四言詩的形式，高度凝練地概括了〈神思〉正文的內容。

《文心雕龍》的贊語，未曾得到學者們的系統研究，而我認為這是取之不盡的理論寶藏。《文心雕龍》五十篇，每一篇的最後，都有四言八句贊語。這些贊語言簡意深，雋永凝練，一方面是前面正文的概括，另一方面卻又有著獨立的意義，甚至具有更為豐富的美學價值，更為確切的理論內涵。〈神思〉篇贊語非常典型地體現了這種特徵。其贊語云：

贊曰：神用象通，情變所孕。物以貌求，心以理應。刻鏤聲律，萌芽比興。結慮司契，垂帷制勝。

這個贊語明確地揭示了：「神思」作為具有審美性質的文學創作的內涵，並以作家詩人頭腦中產生的意象作為神思的基元。劉勰還認為，作品這種藝術創作的思維，以意象創造為其基礎，而意象的創造必以外在物像的攝取作為來源，而作為作家頭腦中的意象，必然經過作家的匠心改造，這個過程以及神思的整體運化，是以「理」作為依據的。劉勰所云之「神思」，似乎尤以詩歌創作為代表。這個內在的意象的生成及神思的整體過程，就已經是以詩的語言媒介作為運思的工具了。從物像攝入到意象生成，語言的聲律規則和比興手法成為關鍵。對於文學作品的創作來說，外在事物的摹寫並非要務，而作家詩

1 《神思：藝術的精靈》，百花洲文藝出版社2006年版，第7頁。

人的內在「神思」，才是「制勝」的根本原因。以上是筆者從美學角度對「神思」贊語所作的解讀，沒有什麼主觀臆斷，完全是貼近劉勰「贊語」的原文所作的美學理解。這個理解，亦可認為是〈神思〉全篇的主旨所在。現在不妨以贊語中每兩句為單元，結合〈神思〉的全篇正文乃至《文心雕龍》中其他篇章的相關話語，以見出贊語的通體內涵，反過來又可進一步加深對「神思」作為創作論範疇的認識，或許可以匡正某些關於「神思」的似是而非的看法。

先看首二句：神用象通，情變所孕。

這兩句至關重要，涉及《文心雕龍》中提出的「神思」的根本性質問題。「神思」講的是什麼？有一種代表性觀點，認為「神思」就是文章寫作的構思。這當然具有普遍性的意義。而贊語其實已明確告訴我們：神思所說並非只是一般性的構思，而是具有藝術美性質的文學創作的運思過程。劉勰劈面一句「神用象通」，萬不可等閒視之。一是說明了神思是一個整體性的過程，而非僅為創作思維中的靈感、想像、聯想、回憶等局部的元素，而是包含了這些元素的整體性動態運思。二是神思是以意象為基元，這個動態性運思的過程，是以意象的有機連屬與貫通而生成的整體。「情變所孕」是神思的發生機制，詩人的情感受外在因素的刺激而發生變化，使詩人產生創作衝動，這是意象的孕育胚基。具有藝術美的文學作品，與一般性的文字寫作，如公文或科學著述相比，其間的區別在哪裡呢？劉勰在這裡提出了兩個要素，一是意象，二是情感，而且二者彼此密切相關。當然，前提是創作者應是經過長期藝術訓練、能夠自由運用語言媒介的作家詩人。波蘭現象學美學家英加登將具有藝術美的文學作品稱為「文學的藝術作品」，有《文學的藝術作品》和《對文學的藝術作品的認識》兩部名著。看似不夠凝練，實則明確了一般的文字和美文學的區別。將意象作為神思的基元，這是劉勰創作論最根本的邏輯起點。作為審美範疇的意象，也是劉勰在〈神思〉篇中開其端緒的。雖然魏晉時期的玄學家王弼關於「言——意——象」的經典論述，成為意象論的哲學基礎，而真正將「意象」合成為一個穩定的範疇，並賦予其成熟的審美心理內涵的，則在劉勰之首創。神以象通之象，正是前文所說的「意象」。〈神思〉篇中所說的「獨照之匠，窺意象而運斤」既是關於「意象」的最早表述，又是「意象」範疇最為本質的規定。以往的文藝理論，最基本的概念是形象，而到新時期以後，忽然「意象」大熱，人們把以前用「形象」的地方，大多換成了意象，在更新了文藝理論話語的同時，也造成了意象的泛化。有些人甚至言必稱「意象」，所用之義已遠非「意象」本義。關於「獨照之匠」，一般解釋為「有獨特觀察力的匠人」，大致是不錯的。但值得考慮的是，「照」也是魏晉南北朝時期佛學中的常用語，指一種整體性的觀照與頓悟。如竺道生所說：「未是我知，何由有分於入照？豈不以見理於外，非復全昧。」[2]謝靈運答僧慧所說：「壹無有、同我物者，出於照也。」[3]連繫起來看，可以將「獨照之匠」理解為「獨到觀照之匠心」。「窺意象而運斤」，意謂詩人按著自己內心呈現出的形象進行藝術表現。所謂「運斤」用《莊子》〈徐無鬼〉中之典，即「匠石運斤成風」。如欲追尋「意象」的本意，〈神思〉中所云正其本根也！意像是經過作家匠心獨運後呈現出來的內在形象，而非後來泛化使用的種種含義。意象之有無，是美文學與一般文字的區別所在。劉勰提出「神用象通」的命題，確立文學本體、區分文學

---

2 引自湯用彤：《漢魏兩晉南北朝佛教史》下冊，中華書局1983年版，第479頁。

3 引自湯用彤：《漢魏兩晉南北朝佛教史》下冊，第477頁。

與一般文字界限的價值自不待言！這也正說明了「神思」並非一般的文章構思，而是「文學的藝術作品」的思維方式。這種藝術思維是變化無方、不可拘執的。「神思」之神，此其謂也！可引張岱年先生的論述以說明之。張岱年先生闡釋「神」說：「以神表示微妙的變化，始於《周易大傳》。〈繫辭上傳〉云：『陰陽不測之謂神。』又云：『神無方而易無體。』又云：『知變化之道者，其知神之所為乎！』〈說卦〉云：『神也者妙萬物而為言者也。』這就是說：『神』表示陰陽變化的『不測』、表示萬物變化的『妙』。」[4]而作家詩人的意象生成之匠心獨運，也是莊子所講的「輪扁斫輪」、「運斤成風」般的無法言傳，這也正是「神思」的基本特徵。

「情變所孕」則是從創作靈感發生的角度來講的。作為藝術創作的發生契機，從其審美創造的規律而言，不應是「主題先行」，而是以情感的變化為其動力因素的。情感變化則是作家詩人的心靈受到外界的刺激而產生的心靈波動，也即所謂「感興」。劉勰在〈明詩〉篇中所說的「人稟七情，應物斯感。感物吟志，莫非自然。」即是此意。而〈神思〉贊語中所說的「情變所孕」，指出了神思發生的動力機制。

次二句：物以貌求，心以理應。

這兩句承續前二句，進一步講意象產生過程及內在的邏輯關係。而這種邏輯關係不同於形式邏輯，而是作為藝術思維的獨特邏輯力量。意象並非無形的思想、感情或意志，而是在對外間事物的觀照中攝取物像而加以運化，形成作家內心營構的意象。所以僅以「藝術想像」解釋「神思」是遠遠不夠的。劉勰的藝術思維論更重視的是，外

4　張岱年：《中國古典哲學概念範疇要論》，中國社會科學出版社1987年版，第97頁。

在物像進入作家心靈而成為審美意象的過程。《文心雕龍》中另有「物色」一篇專論於此，兩篇必須參照來讀，才能真正理解劉勰的藝術思維論（「神思」）。

「物以貌求」，是講意象的生成是以外在物像為來源的，而作家詩人對外物的觀照攝取，在於對像那種活生生的形貌，這正是意象創造最為根本的材料。劉勰在〈神思〉篇裡所說的「故思理為妙，神與物游」正可與這兩句互釋，只是「物以貌求」，更為明確揭示了作家詩人審美感興的本質，是攝取活色生香的外物形貌。而「心與理應」也恰是落在此間。劉勰認為意象生成是一個無法言傳的過程，如同輪扁斫輪、運斤成風，但它是有理存於其間的。〈神思〉中不止一處說到「理」，然而這個「理」很顯然是不能用形式邏輯之「理」來解釋的。那麼，這個「理」又是什麼呢？從〈神思〉的本義來看，應是作家詩人攝取物像，加以改造而生成審美意象的情感邏輯，也即「情變所孕」。詩中有理，然非邏輯之理，或古人所謂「名言之理」。後來王夫之以「神理」標舉詩的價值，說過：「王敬美謂『詩有妙悟，非關理也』，非謂無理有詩，正不得以名言之理相求耳。」[5]可以逆推劉勰所說的「心與理應」之「理」。它當然是不同於形式邏輯的。黃侃先生述〈神思〉中「神與物游」之旨說：「此言內心與外境相接也。內心與外境，非能一往相符會，當其窒塞，則耳目之近，神有不周；及其怡懌，則八極之外，理無不浹。然則以心求境，境足以役心；取境赴心，心難於照境。必令心境相得，見相交融，斯則成連所以移情，庖丁所以滿志也。」[6]黃侃所謂「境」，乃是劉勰所謂「物」。

5　《古詩評選》卷四，見《船山全書》第十四冊，岳麓書社1996年版，第687頁。

6　《文心雕龍札記》〈神思第二十六〉，華東師範大學出版社1996年版，第119頁。

再次二句：刻鏤聲律，萌芽比興。

這兩句的理論價值非同小可，卻未嘗得到學者們的高度重視。劉勰在這裡是將意象生成的觀念形態，與內在運用的語言媒介及比興手法融為一體了。劉勰談論這個問題，仍是在「神思」的內在運思過程，而非外在的藝術表現。文學與藝術作品，都有一個由內及外的過程，其存在形態都應是現實的和物性的。海德格爾在其《藝術作品的本源》一文中明確指出：「一切藝術品都有這種物的特性。」、「極為自願的審美體驗也不能克服藝術品的這種物的特性。建築品中有石質的東西，木刻中有木質的東西，繪畫中有色彩，語言作品中有言說，音樂作品中有聲響。藝術品中，物的因素如此牢固地現身，使我們不得不反過來說，建築藝術存在於石頭中，木刻存在於木頭中，繪畫存在於色彩中，語言作品存在於言說中，音樂作品存在於音響中。」[7]對於藝術品的這種物的特性的認識是十分必要的，尤其是以此為基礎，更深刻地理解藝術媒介的功用，對於推動文藝美學和藝術理論的發展來說都是切實的助力，因為藝術媒介才是藝術品的物性存在的根本依據，可以認為，沒有媒介，也就沒有藝術品的現實存在。其他門類的藝術媒介都較易得到人們的理解，而文學的媒介卻要費點兒筆墨來說。文學以語言文字為媒介，而這種媒介與一般性文字並無什麼不同，而且，在感性方面文學（詩）的媒介比起其他門類的媒介，都顯得更加虛化，因此，對文學的媒介就應從內在的層面加以理解。但並不能因此而否認文學媒介的物性存在。英國著名美學家鮑桑葵於此有頗為明確的論述：「詩歌和其他藝術一樣，也有一個物質的或者至少一個感覺的媒介，而這個媒介就是聲音。可是這是有意義的聲音，它把通過一個直

7 海德格爾：《詩．語言．言》，彭富春譯，文化藝術出版社1991年版，第23頁。

接圖案的形式表現的那些因素，和通過語言的意義來再現的那些因素，在它裡面密切不可分地聯合起來，完全就像雕刻和繪畫同時並在同一想像境界裡處理形式圖案和有意義形狀一樣。語言是一件物質事實，有其自身的性質和質地。這一點我們從比較不同語言，並觀察不同圖案，如沙弗體或六音句，在不同語言如希臘或拉丁中所具的形式會很容易看出來。用不同的語言寫詩，如用法語和德語寫詩，和用鐵與用泥塑裝飾性作品，同樣是不同的手藝。」[8]文學作品中的語言作為藝術媒介，同樣有其物性存在的性質。筆者深為贊同鮑桑葵的觀點。

這和「刻鏤聲律，萌芽比興」有什麼關係嗎？自然是有關係的，而且關係甚深。劉勰所說的「刻鏤聲律，萌芽比興」，並非是在作品的外在表現階段，而在藝術思維的過程之中，也即是黑格爾所說的「觀念形態」。媒介的功能不止於藝術創作的外在表現階段，而且在藝術創作的內在思維階段，就已經開始了，甚至發揮著更為重要的作用。藝術創作從內在思維到外在表現的聯結過程，就是也只能藉助於媒介的。筆者對「藝術媒介」作過這樣的界定：「何謂藝術媒介？是指藝術家在藝術創作中憑藉特定的物質性材料，將內在的藝術構思外化為獨特的藝術品的符號體系。」[9]感性的媒介是藝術的不同門類之所以能夠彼此區分的根本依據，正如黑格爾所指出的：「在這方面頭一個重要的觀點是這個：藝術作品既然要出現在感性實在裡，它就獲得了為感覺而存在的定性，所以這些感覺以及藝術作品所藉以對象化的而且與這些感覺相對應的物質材料或媒介的定性就必然提供各門藝術分類的標準。」[10]筆者在這裡想強調的就是媒介的內在化，也即是說，作家藝術

---

8 鮑桑葵：《美學三講》，周煦良譯，上海譯文出版社1983年版，第33頁。

9 《藝術媒介論》，《文藝研究》2011年第12期。

10 黑格爾：《美學》第三卷上冊，朱光潛譯，商務印書館1979年版，第12頁。

家在內在構思階段就已經是用媒介性的藝術語言了。意大利哲學家克羅齊主張「直覺即表現」，無法與藝術創作的現實相吻合。作家藝術家在內在的創作發生、構思階段，並非是用空洞的抽象的語言，而是用媒介性的藝術語言了。黑格爾指出：「在繪畫和音樂之後，就是語言的藝術，即一般的詩，這是絕對真實的精神的藝術，把精神作為精神來表現的藝術。因為凡是意識所能想到的和在內心裡構成形狀的東西，只有語言才可以接受過來，表現出去，使它成為觀念或想像的對象。」[11] 語言並不止於外在表現，而是在內在思維過程中就已經發揮這樣的功能了。

〈神思〉篇裡講神思的貫通運行，講意象的創造，即使是在內在思維的階段，也不是一般性的語言，而是具有很強聲律感的媒介性語言。「刻鏤聲律，萌芽比興」，就是將內在的聲律和比興手法與意象創造密切結合起來。〈神思〉正文中所說「物沿耳目，而辭令管其樞機」，是說內在的詞語對意象的塑造作用是關鍵性的。「使玄解之宰，尋聲律而定墨」，也明確告訴我們，是在詩人的心靈世界進行運思時，就已內在地聲律化了。聲律在當時並不成熟，無法和後來唐詩時代的聲律規則相比，但因佛教經典「四聲」已被有意識地運用，詩人們創作時的聲律意識已達到自覺的程度了。詩人受到外物的感興，引發創作衝動，此時有許多物像湧入腦海，有無數想像聯翩而至，但這與審美意象的生成及構成有機的整體尚有不小的距離，聲律化的詞語塑形，比興手法的萌芽運用，都是神思的重要內涵。故此〈神思〉正文中所說的「夫神思方運，萬涂競萌，規矩虛位，刻鏤無形」，正在於此，與這兩句相互印證。

11 黑格爾：《美學》第三卷上冊，朱光潛譯，商務印書館1979年版，第19頁。

最後二句：結慮司契，垂幃制勝。

這兩句看似只是一個歸結，內容無多，其實也頗可玩味。在劉勰的理想狀態中，神思的自由超越，意象的內在生成，有一個與內在的媒介語言無間性契合的問題。神思之神，在於「入興貴閒」，遊刃有餘，如運斤之成風，似輪扁之斫輪，出神入化，卻又口不能言，自是一片化機。「結慮司契，垂幃制勝」，正是形容這種思維狀態無待苦慮，而臻於神理。正如文中所說的「方其搦翰，氣倍辭前；暨乎篇成，半折心始。何則？意翻空而易奇，言征實而難巧也。是以意授於思，言授於意；密則無際，疏則千里；或理在方寸而求之域表，或義在咫尺而思隔山河。是以秉心養術，無務苦慮；含章司契，不必勞情也。」講的就是「結慮司契」，也即語言媒介與意象生成的契合度問題。能夠「垂幃制勝」方為上乘，而「勞情苦慮」並不能達到契合的境界。那麼，神思的秘訣又在何處呢？在筆者看來，在於創作主體的長期的藝術訓練，藝術修養的積累，〈神思〉中所說的「積學以儲寶，酌理以富才，研閱以窮照，馴致以懌辭」，是培養文學家詩人的正途。

〈神思〉是《文心雕龍》創作論的首篇，在「龍學」中分量頗重，其學術價值之高，無論怎樣估計都不為過。其贊語部分，真可謂「畫龍點睛」之「睛」。對〈神思〉的正文來說，既是概括，又是昇華！其聲韻光英朗練，其內涵深刻確切。筆者從美學角度加以認識並予以詮解，未必大獲首肯，對自己來說，卻是會心之處，正在於茲。

後　記

時近春節，這本《神思：藝術的精靈》算是寫完了。感覺上並不盡如人意。接受任務時信心很足，等到快要「完工」了，確乎真有劉勰所說的那種「暨乎篇成，半折心始」的味道。

關於古典美學範疇的研究，這幾年有長足的進展。對於中國古代文論和美學的研究領域來說，這方面的工作大概是最為務實的。自己對範疇研究也有很濃的興趣，陸陸續續寫過一些這方面的東西。待蔡鍾翔教授代表叢書編委會給我這個任務時，我覺得很對我的心思。只是因為課務和其他事情都不少，心力很難集中，所以「高峰體驗」光臨的時候不多。

這多半年來，在本書的寫作過程中，曾多次與蔡鍾翔教授和蒲震元教授商量切磋，「疑義相與析」，受益果真匪淺。看來在學術上互相砥礪是頗為必要的。

人到中年之後，覺得時間過得真快。眨眼之間，這一年馬上就要過去了。古人有詩云：「人到中年萬事休。」當然用不著這麼悲觀，但確實對很多事情看淡了，悟透了，心情常常像天上那自由自在的白雲，空空落落又少了許多牽掛。做事的時候也不那麼急了。人生就有了那種淡淡的況味。

「世味年來薄似紗，誰令騎馬客京華？」不知怎的，到了北京之後，心裡時常飄過陸放翁的這兩句詩。

從福建帶回來的水仙花，不經意間就開了。幽幽的，很淡，卻報了春天的信兒。

望著她，我不由得笑了。

也許，這正像我現在的心情吧。

張晶二○○二年於廣播學院寓所

再版後記

作為「中國美學範疇叢書」之一種，《神思：藝術的精靈》距離它的初版已經整整十年了。百花洲文藝出版社今年又啟動了這套叢書的再版，聞之非常激動。「美學範疇叢書」兩輯能以新的面目呈現給學術界和世人，這是對叢書發起人、著名文藝理論家蔡鍾翔教授最好的告慰。這當然要特別感謝百花洲文藝出版社的領導和編輯，如果沒有弘揚中華美學精神的強烈責任感，沒有對學術事業的傾力支持，是不可能有這樣的魄力來作出再版這套叢書的決策的。

美學範疇研究從上個世紀末到本世紀這段時光，一直是扮演著非常重要的角色，對於中國的美學學術事業的發展，起到了不可低估的作用。關於範疇研究的功能與價值，早在本世紀之初的二〇〇一年，著名的文藝理論家蔡鍾翔先生和陳良運先生在為這套叢書所作的「總序」中已經作了創造性和建設性的闡發，現在讀來仍然深受啟發。兩位先生都已離開了我們，但是範疇研究卻以堅定的腳步向前邁進著，而且取得了許多切實的成果。

作為作者，除了對百花洲文藝社的感謝之情，以及對蔡先生、朱光甫先生的懷念之情，對於這次的再版，我是高度重視的，而且也期盼有這樣的機會。時間又過去了十多年，本人對範疇研究當然也有了更深切的認識，對中國美學，也有了更全面的理解。這次借再版的機會，對〈神思〉這部書稿，做了全面認真的校訂，又增加了兩章與「神思」相關的內容，體現出本人對「神思」新的思考。

時近中秋，月華如水。披衣濡翰，遐思無限！

張晶寫於二〇一六年仲秋前夕

昌明文庫·悅讀美學 A0606017

神思：藝術的精靈

作　　者 張 晶
責任編輯 楊家瑜

發 行 人 林慶彰
總 經 理 梁錦興
總 編 輯 張晏瑞
編 輯 所 萬卷樓圖書股份有限公司
排　　版 菩薩蠻數位文化有限公司
印　　刷 百通科技股份有限公司
封面設計 菩薩蠻數位文化有限公司

出　　版 昌明文化有限公司
桃園市龜山區中原街 32 號
電話 (02)23216565
發　　行 萬卷樓圖書股份有限公司
臺北市羅斯福路二段 41 號 6 樓之 3
電話 (02)23216565
傳真 (02)23218698
電郵 SERVICE@WANJUAN.COM.TW
大陸經銷
廈門外圖臺灣書店有限公司
　電郵 JKB188@188.COM

ISBN 978-986-496-198-6
2020 年 7 月初版二刷
2018 年 1 月初版
定價：新臺幣 460 元

如何購買本書：

1. 轉帳購書，請透過以下帳戶
　合作金庫銀行 古亭分行
　戶名：萬卷樓圖書股份有限公司
　帳號：0877717092596
2. 網路購書，請透過萬卷樓網站
　網址 WWW.WANJUAN.COM.TW

大量購書，請直接聯繫我們，將有專人為您服務。客服：(02)23216565 分機 610

如有缺頁、破損或裝訂錯誤，請寄回更換

國家圖書館出版品預行編目資料

神思：藝術的精靈 / 張晶作. -- 初版. -- 桃園市：昌明文化出版；臺北市：萬卷樓發行, 2018.01
　面；　公分. -- (昌明文庫. 悅讀美學)
ISBN 978-986-496-198-6(平裝)
1.文學理論 2.文藝評論 3.中國美學史
820.1　107001904